W0075687

PETRA STEPS

Mörderisches Thüringen

ECHT THÜRINGISCH Egal ob Thüringer Wald, Naturpark Hainich, die verträumte Saalfelder Unterwelt, geschichtsträchtige Orte wie Weimar und Eisenach in all ihren Facetten, kulturelle Ereignisse wie das Folkfestival in Rudolstadt oder der Yiddish Summer, gepflegte Gastlichkeit und Traditionen, der Rennsteig und andere Wanderwege – für jeden Geschmack und jedes Alter findet sich etwas im Grünen Herzen Deutschlands. Die Thüringer Gastfreundschaft ist fast schon legendär und ohne Thüringer Klöße oder die Original Thüringer Bratwurst kommt kaum einer davon. Bei ihrer Suche nach den schönsten Plätzen, den leckersten Gerichten und den interessantesten kulturellen Angeboten purzeln der Journalistin Adina Pfefferkorn immer wieder geplante oder vollendete Kriminalfälle vor die Füße. Dabei kann sie Kommissar Lars-Oliver Uhlig, mit dem sie zusammenlebt, nicht immer beschützen.

Petra Steps, Jahrgang 1959, ist waschechte Vogtländerin, jedoch im Kuckucksnest Zwickau geboren, Diplomphilosophin, Hochschullehrerin, Journalistin, Herausgeberin, Autorin, Ehefrau, Mutter und Oma. Sie ist (Mit-)Herausgeberin von Krimianthologien und Autorin bzw. Mitautorin von Reisebüchern, veröffentlicht Beiträge in Regionalia sowie Krimisammlungen und gibt Schreib-Workshops. Für den Förderverein Schloss Netzschkau war sie Intendantin der Krimi-LiteraturTage Vogtland.

Roland Spranger ist Autor und lebt in Hof. Er schreibt Romane, Theaterstücke und alles, was nötig ist. Beide sind Mitglied im Syndikat.

PETRA STEPS

Mörderisches Thüringen

KRIMIS

Immer informiert

Spannung pur – mit unserem Newsletter informieren wir Sie
regelmäßig über Wissenswertes aus unserer Bücherwelt.

Gefällt mir!

Facebook: @Gmeiner.Verlag
Instagram: @gmeinerverlag
Twitter: @GmeinerVerlag

Besuchen Sie uns im Internet:
www.gmeiner-verlag.de

© 2023 – Gmeiner-Verlag GmbH
Im Ehnried 5, 88605 Meßkirch
Telefon 0 75 75 / 20 95 - 0
info@gmeiner-verlag.de
Alle Rechte vorbehalten
1. Auflage 2023

Herstellung: Mirjam Hecht
Umschlaggestaltung: U.O.R.G. Lutz Eberle, Stuttgart
unter Verwendung eines Fotos von: © Votimedia / shutterstock.com
Druck: GGP Media GmbH, Pößneck
Printed in Germany
ISBN 978-3-8392-0396-5

INHALT

1 JÄHE WENDUNGEN

SAALFELD

»Ich freue mich. Mach's gut.« Adina drückte den roten Button ihres Mobiltelefons und schob es in die Hosentasche.

»Worauf freust du dich?«, fragte Oli. Er stand plötzlich neben ihr. Adina war so ins Gespräch vertieft gewesen, dass sie seine Ankunft in der Wohnung nicht bemerkt hatte.

»Ich werde ein langes Wochenende mit Mia unterwegs sein. Sie kommt mit ihren Kollegen und ein paar Geschäftspartnern nach Saalfeld. Das scheint nicht weit von uns zu sein. Einige ihrer Begleiter waren ja auch meine Kollegen.«

Oli schnappte nach Luft. »Was um Himmels willen willst du in Saalfeld? Nicht einmal eine richtige Straße führt dorthin. Es ist ein furchtbares Gegurke durch winzige Orte. Und ein paar Kleinstädte. Für weniger als 200 Kilometer brauchst du mindestens zweieinhalb Stunden – wenn kein Stau ist. In Saalfeld ist außerdem der Hund begraben.« Und manches andere vermutlich auch, setzte er in Gedanken hinzu.

»Ach komm. Hier im Erzgebirge ist es an vielen Stellen nicht anders. Die Autobahn ist genauso weit weg. Mia hat von den Feengrotten geschwärmt. Und ich war da noch nie. Vielleicht lässt sich sogar mehr daraus machen, für die Zeitung oder das Radio. Ich will ja nicht an die Nordsee entsandt werden.« Adina blickte Oli an.

Sie hatte vor knapp zwei Jahren von ihrer Berliner Agentur den Auftrag erhalten, die Region Erzgebirge für ein touristisches Internetportal aufzubereiten. Mehrere Wochen war sie zwischen Vogtland und Sächsischer Schweiz unterwegs gewesen, um die Gegend für sich und künftige Besucher zu erkunden. Auf dem Waldgeisterweg bei Ehrenfriedersdorf purzelten ihr zuerst zwei sich wegen ihrer missglückten Pilzsuche bekriegende Opas vor die Füße und dann Kriminalhauptkommissar Lars-Oliver Uhlig aus Annaberg, von ihr liebevoll Oli genannt. Schnell wurde aus den beiden ein Paar und Adina zog in Olis Wohnung nahe dem Annaberger Marktplatz. Mit ihren Recherchen und dem daraus entstandenen Werbematerial für das Erzgebirge war sie nicht zuletzt wegen ihrer persönlichen Verbindung zu dem Kommissar sehr erfolgreich. Außerdem hatte sie familiäre Wurzeln in Chemnitz, die sie nach und nach wiederentdeckte. Ihre Texte und Bilder hatten das gewisse Etwas, das dem Kollegen, der in den alten Bundesländern nach verlockenden Plätzen und interessanten Aktivitäten suchte, vollkommen abging. Sowohl was die Klicks auf ihre Berichte als auch die Buchungen von Übernachtungen und Tickets betraf, hatte sie die Nase weit vorn. Das hatte ihr den Auftrag für ganz Sachsen eingebracht. Inzwischen ergänzte sie die Daten, hielt alles auf dem neuesten Stand und beantwortete Anfragen aus aller Welt. Durch den Aufstieg des Erzgebirges ins UNESCO-Weltkulturerbe kamen ständig neue Angebote hinzu. Erst kürzlich wurden die über 80 Lehrpfade auf rund 700 Kilometer Länge auf deutscher und tschechischer Seite geprüft. An vielen Stellen wurden Veränderungen angeregt. Adina musste ihre Internetplattform regelmäßig anpassen. Dafür studierte sie verschiedene Webseiten oder das Magazin der Montanregion.

»Warum soll ich nicht Thüringen zusätzlich zum Erzgebirge und Sachsen … Was ist mit dir? Du siehst so blass aus. Fehlt dir etwas? Willst du vielleicht mit mir kommen? Ich kann Mia frag…«

»Lass mal«, fiel ihr Oli ins Wort. »Ich vertraue dir. Du bekommst das ebenso in Thüringen hin. Es ist nur … ach, nichts.«

Oli drehte sich um und ging in Richtung Küche. Adina hörte, wie er sich einen Kaffee aus der Maschine ließ. Sie machte den Flachbildfernseher an, klickte auf Spotify und suchte nach ihrem israelischen Lieblingsmusiker Yogev Shetrit. »I Will Wait« erklang als erster Titel. Vielleicht muss ich einfach mehr Geduld mit Oli haben, dachte sie. Dann lehnte sie sich auf dem Sofa zurück, schloss die Augen und träumte sich an den Strand von Tel Aviv.

»Ich mach uns ein paar Toasts«, hörte sie Oli nach einer Weile sagen. Sie musste kurz eingenickt sein. Der

Blick auf die Uhr bestätigte ihr das. »Ja, gern«, antwortete sie. »Ich schneide fix ein paar Tomaten und Mozzarella. Basilikum haben wir noch genug«, fügte sie hinzu. Sie schwang sich auf, nahm Messer und Schneidbrett und machte den Salat. Als sie die Balsamico-Creme gitterförmig über die Tomatenscheiben tropfen ließ, ertönte das »Pling« des Toasters. Alles war gleichzeitig fertig.

Oli aß wortkarg seinen Käse-Schinken-Toast mit dem Caprese-Salat und trank ein Fiedler-Bier, das so gar nicht zum Essen passen wollte. Adina hatte sich eine Rhabarberschorle aus dem Kühlschrank genommen. Oli erzählte, dass er seine Eltern lange nicht besucht hatte und dass es morgen wieder heiß werden würde. Das Thema Thüringen schaffte es nicht an den Abendbrottisch, nicht heute und nicht an den folgenden Tagen. Dann versuchte es Adina erneut. »Willst du wirklich nicht mitkommen? Mia hat ein Doppelzimmer frei, in einem Schloss. Wir könnten zusammen …«

»Die Mutter von Harald ist gestorben und er kommt in den nächsten Tagen nicht zur Arbeit. Ich bin allein und habe gerade einen Fall kurz vor dem Abschluss. Da kann ich nicht weg«, antwortete Oli. Dass noch etwas anderes auf Abschluss drängte, entnahm Adina seinem finsteren Gesichtsausdruck.

Die Nacht vor ihrer Abreise verlief ruhig, nach Adinas Geschmack viel zu ruhig. Oli hatte sich ins Bett begeben und demonstrativ umgedreht. Sie lag noch lange wach und lauschte seinem Atem. »Ich weiß, dass du nicht schläfst. Was ist nur mit dir?«, hörte sie sich fragen, doch das war das einzige Geräusch über der Bettdecke. Oli antwortete nicht.

Am Morgen begann Adina, ihre Tasche zu packen. In seiner Mittagspause rief Oli an und wünschte ihr eine gute Reise. »Meinst du das wirklich so, wie du es sagst?«, fragte Adina.

»Sicher. Ich muss weiter. Tschüss«, antwortete Oli. Zum ersten Mal in ihrer Beziehung fühlte sich Adina nicht wohl an diesem Platz in Annaberg. Einen Moment überlegte sie, die Tour mit Mia abzusagen. Doch dann gab sie sich einen Ruck, legte ihre Jacke über die Schulter, zog den Griff aus ihrer Reisetasche und bugsierte sie in Richtung Ausgang. Die Tür knallte ins Schloss. Adina drehte den Schlüssel zweimal um und lief zu ihrem Auto.

Die Fahrt von Annaberg nach Saalfeld gestaltete sich genau so, wie Oli vorausgesagt hatte. Bei Stollberg kam sie auf der Autobahn an einer Baustelle vorbei. Kilometerweit zähfließender Verkehr. Adinas Gedanken waren noch bei Oli und in Annaberg. Sein Verhalten nach ihrer Saalfeld-Idee kam ihr ziemlich merkwürdig vor. Irgendwie schien er sich gegen alles, was sie in diesem Zusammenhang vorbrachte, zu sträuben. Adina grübelte, ob das etwas mit dem Ort oder mit ihr zu tun hatte. Beinahe hätte sie verpasst, sich am Kreuz Chemnitz in die Spur zur A 4 einzufädeln. Ein Porschefahrer war auf den letzten Metern rechts an ihr vorbeigezogen, sodass sie gerade noch rechtzeitig die Fahrbahn wechseln konnte. Auf der A 9 fuhr Adina bis Triptis, dann ging es im Schneckentempo weiter. Ortschaft an Ortschaft, immer wieder der Wechsel von 50, 30, dazwischen kurzzeitig 70 Kilometer pro Stunde. In der Trostlosigkeit um Pößneck tauchte eine Burg in ihrem Blickfeld auf. Sie nahm sich vor, auf dem Rückweg einen Abstecher dahin zu machen. In Unterwellenborn erinnerte sie sich, dass sie den Namen des Ortes schon einmal gehört hatte. Ihre Großmutter hatte von einer FDJ-Aktion erzählt. Wie war das doch gleich, überlegte Adina. Es dauerte nicht lange, und sie hatte den Slogan »Max braucht Wasser« parat. Die Maxhütte war der Ostzone als einziges Stahlwerk nach den Reparationen an die damalige Sowjetunion geblieben, doch der Hochofen funktionierte nicht ohne Kühlwasser. Mit freiwilligen Helfern des Jugendverbandes wurde in 90 Tagen eine Wasserleitung von der fünf Kilometer entfernten Saale gebaut. Adina wusste nicht genau, ob ihre Großmutter dabei gewesen war oder alles nur aus Erzählungen kannte. Heute ketten sich Jugendliche an Bäumen fest oder kleben sich auf die Autobahn und an Kunstwerke. Solche Projekte wie damals gibt es nicht mehr. Allein die Genehmigung für den Bau würde Jahre dauern, dachte Adina, als sie das Stahlwerk passierte.

Kurze Zeit später erblickte Adina das Ortseingangsschild von Saalfeld. Auf dem Weg zum Schloss-Hotel, das Mia für das lange Wochenende gebucht hatte, kam Adina an einer großen Schokoladenfabrik vorbei. Spontan entschied sie sich für einen Abstecher. Während sie überlegte, ob Oli vielleicht die Puffreis-Schokolade oder doch lieber die Nougat-Tütchen mochte, ertönte ein fröhliches Hallo hinter ihr. »Hab ich mir doch gedacht, dass du hier hängen bleibst«, rief ihr Mia zu und umarmte sie.

»Bist du auch erst angekommen?«, fragte Adina.

»Nein, ich bin seit gestern da. Ich habe mich umgeschaut und mir ein paar klitzekleine Gemeinheiten für euch ausgedacht. Wir wollen doch etwas zusammen erleben, wovon wir als alte Leute noch berichten können. One day, baby … Du weißt schon«, spielte Mia auf den »Reckoning Song« von Asaf Avidan an.

Adina lachte. Sie bezahlte die Puffreis-Schokolade und die Katzenzungen. Zusammen mit Mia verließ sie den Laden. »Fahr mir einfach hinterher«, forderte die Freundin sie auf.

Am Hotel angekommen stellten beide ihr Auto auf dem Parkplatz ab. »Du schläfst bei mir in der Suite. Gib mir deine Tasche. Und vergiss das Tütchen nicht, sonst hast du heiße Trinkschokolade, bei den Temperaturen heute«, sagte Mia. Gemeinsam passierten sie den Eingang und stiegen die Stufen zur Suite empor.

»Wie sieht der Plan für die nächsten Tage aus? Ich muss das wissen, damit ich deine kleinen Gemeinheiten auslassen kann. Stattdessen produziere ich ein Stück Exposé für Markus. Mir ist, als sollte ich mich als Nächstes um Thüringen kümmern«, erklärte Adina. Markus war der Chef der Berliner Agentur, für die Adina freiberuflich arbeitete, seit sie Saschas Reise- und Lifestyle-Magazin den Rücken gekehrt hatte, gefolgt war die private Trennung von ihm. Sie hatte damals einen neuen Job gesucht und wusste bis heute nicht, welchen Anteil Mia an ihrer aktuellen Tätigkeit hatte. Schließlich hatte sie ihr den Kontakt zu Markus vermittelt. Doch seit Adina in Annaberg lebte, trafen sich die Freundinnen immer seltener.

»Ah, du kneifst. Ich dachte, du hilfst mir. Zum Beispiel beim Picknick während der Wanderung. Du bekommst dafür einen wunderbaren Blick von der Bohlenwand auf Saalfeld und die Saale, die sich blaugrau durch die hügelige Landschaft schlängelt«, nahm Mia das Gespräch wieder auf.

»Ist das alles? Klingt nicht sehr aufregend. Wie lange soll die Wanderung sein?«, hakte Adina nach.

»Na, so 15 Kilometer. Ich verspreche dir, du wirst einiges sehen, was du für dein Exposé verwenden kannst. Den Gleitsch, einen Aussichtspunkt auf der Höhe, eine Höhle, die von Steinzeitmenschen bewohnt wurde, Wälle, bei denen später die Kelten gesiedelt haben, einen Bienen- und Naturlehrpfad, die Teufelsbrücke ...«

»Teufelsbrücke, das klingt interessant«, meinte Adina.

»Ja, aber vorher gehen wir einen schmalen Pfad auf der Oberkante der Bohlenwand. Und bitte nicht auf dumme Gedanken kommen. Dir purzeln doch immer die Kriminalfälle vor die Füße.«

Adina schaute Mia belustigt an. »Sascha ist nicht etwa in deiner Gruppe? Erzähl: Wen kenne ich?«

Mia lachte. »Keine Angst, du musst deinen Ex nicht von der Kante schubsen, er hat am Wochenende etwas Besseres vor. Außerdem solltest du doch darüber hinweg sein, jetzt, wo du wieder in festen Händen bist.«

»Komm, verrate es mir: Wen außer dir kenne ich?«

Mia dachte nach. »Evchen natürlich. Alexander kam,

als du schon vor Sascha geflohen warst. Lisa könntest du kennen. Und Jan, der bringt seine neue Flamme mit. Bei den anderen weiß ich es nicht. Sind ja nicht alle aus Saschas Stall.«

»Jan, der Aufreißer. Nun ja, der war mir als Mann noch nie geheuer, aber als Kollege stellte er sich ganz passabel an. Und wenn die Flamme neu ist, muss sie ja nicht weg. Lisa? Lisa Markowitz? Die hat doch selbst Jan verschmäht. Dass sie immer noch da ist!« Adina lachte. »Aber sag mal, wollten wir nicht in die Feengrotten? Ich habe Oli davon erzählt. Er schien nicht begeistert von meinem Ausflug dorthin zu sein.«

»Wirklich? Wieso das denn? Die Feengrotten sind ja *die* Sehenswürdigkeit in Saalfeld und Umgebung. Ohne sie hätte keiner den Namen ›Saalfeld‹ je gehört. Aber vielleicht hat er als Erzgebirger ein Problem damit. Er ist ja mit dem Bergbau aufgewachsen«, antwortete Mia.

»Dann sollte er gerade begeistert sein. Ich glaube, es ist etwas anderes. Ich werde es herausfinden.«

»Aber nicht heute. Wir machen uns frisch. Wenn die anderen eingetroffen sind, essen wir gemeinsam. Ich habe eine lustige Vorstellungsrunde vorbereitet, da sich ja nicht alle kennen. Die Feengrotten besuchen wir am Samstag.«

Die Berliner waren mit zwei Fahrzeugen gekommen. Die Begrüßung fiel herzlich aus. Adina fühlte sich sofort wieder mittendrin, als Teil der Gruppe und nicht als Gast. Nach dem Abendessen auf der Terrasse setzten sie sich im Kreis zusammen. Mia verteilte Begrüßungssekt und Zettel für die Vorstellungsrunde. Jeder musste jemanden aus der Gruppe mit drei Sätzen beschreiben. Die anderen durften raten, wer gemeint war. Adina hatte das platinblonde Evchen erwischt, Saschas langjährige Sekretärin, auch Abfangjäger genannt. Sie hatte manchmal sogar versucht, Adina abzuwimmeln, als die noch mit Sascha liiert war. Ihre ehemaligen Mitarbeiter feixten bei Adinas Charakterisierung, die anderen wussten nichts damit anzufangen.

Gegen elf kündigte Mia ihren Rückzug ins Zimmer an. »Wir haben einen anstrengenden Tag vor uns, also macht nicht zu lange«, sagte sie.

Nach dem Frühstück begann die Wanderung, die sich eher als eine moderne Schnitzeljagd im Geo-Caching-Stil herausstellte. Dem Siegerteam winkten Präsente aus dem Werkverkauf der Schokoladenfabrik. Die anderen bekamen Trostpreise im Schokoformat. Mia hatte vor dem Abmarsch Getränke an alle ausgegeben. Sie hatte zusammen mit Adina und Jan den Proviant für das Picknick auf ihre Rucksäcke verteilt. Nach den ersten tausend Metern fragte Evchen: »Wie weit ist es denn noch? Das ist ja wie beim Militär hier.«

»Du kannst ja mal mit den Soldaten durch die Wüste robben. Ich habe gute Kontakte nach Israel. Also, wenn du magst. Da lässt sich sicher etwas arrangieren«, lachte Adina. Mia gab das Signal zum Start der vier Gruppen.

Evchen hatte doch noch ein wenig Ehrgeiz entwickelt. Ihre Gruppe scheiterte jedoch am Umgang mit den GPS-Daten, sodass sie sich einmal verfranzte und deshalb eine Station ausließ. Jan hatte den schweren Rucksack als Handicap und sein etwas schwergewich-

tiger Kollege Daniel suchte ewig nach dem Aufgaben-
zettel, der in einem Hochstand versteckt war. Am Ende
siegte das Team Lisa, das alle Aufgaben am schnellsten
und fehlerfrei bewältigt hatte. Hungrig verzehrten die
Teilnehmer die mitgebrachten Köstlichkeiten und tra-
ten den Rückweg an.

Beim Abendessen im Hotel wurde jedes Detail aus-
gewertet und über die kleinen Missgeschicke gelacht.
Evchen zog einen Flunsch. Sie hielt die Schatzsuche
mittels GPS-Daten für unfair.

»Wir fahren morgen früh mit euren beiden Autos
zu den Feengrotten. Jan nimmt Adina mit, ich steige
bei dir ein, Daniel. Es sei denn, ihr wollt laufen.« Mia
schaute in die Runde.

»Wie weit ist es denn?«, fragte Lisa.

»Etwa eine Stunde, ziemlich steil bergauf. Aber wir
gehen anschließend noch mal eine Stunde durchs kühle
Bergwerk und nach dem Mittagsimbiss ins Feenweltchen. Es gibt also genug Bewegung.«

Das Thema Laufen hatte sich schlagartig erledigt. Nur
Evchen stöhnte laut. »Von Extremsport war nun wirklich keine Rede, als ich mich für das Wochenende gemeldet habe«, sagte sie.

Am Vormittag trafen sich die Reiseteilnehmer zum
Frühstück. Bei Kaffee, Sekt und frischen Brötchen
machten es sich die Berliner gemütlich. »Husch, husch,
wir müssen in 15 Minuten los. Ich habe die Führung für
elf Uhr bestellt. Wir sind schließlich nicht zum Spaß
hier«, trieb Mia die Gruppe an.

Langsam trudelten die Letzten an den beiden Klein-
bussen ein. »Wir fahren voraus. Bitte folge mir«, wies
Mia Jan an und gab ihm die Adresse für den Fall, dass
sie sich unterwegs verloren. Jan hatte Adina bereits
den Beifahrerplatz angeboten, sehr zum Missfallen von
Evchen, der auf der Fahrt von Berlin nach Saalfeld dieses Privileg zuteilgeworden war. Jans Freundin war frei-
willig auf die Rückbank geklettert.

Nach etwa zehn Minuten hatten die Fahrzeuge den
Parkplatz an den Feengrotten erreicht. »Och, guck mal,
es gibt sogar einen Heilstollen. Vielleicht bleibe ich lieber im Wellnessbereich. Ich bin noch breit von gestern«,
piepste Evchen.

»Nix da, du weißt, was dein Chef dir aufgetragen hat.
Wie willst du ihm berichten, wenn du gar nicht dabei
warst!«, bügelte Mia Evchen samt ihrer Idee ab. Sie
blieb vor dem Eingang zum Grottoneum stehen. »Wir
haben genau 30 Minuten. Das Museum ist selbsterklä-
rend. Vorsicht, wer mehr als 40 Kilo wiegt, sollte nicht
in jedes Loch kriechen, selbst wenn es verlockend aussieht. Das ist eher für Kinder«, erklärte Mia.

»Löcher?«, fragte Evchen. »Ja, das Grottoneum ist
ein Erlebnismuseum. Es gibt viele Stationen, an denen
man selbst gefordert ist. Man kann Leitern hochklet-
tern oder Licht in die Dunkelheit bringen. Mit Löchern
habe ich vor allem die Kindergrotte in ihrer räumlichen
Beschränktheit gemeint«, antwortete Mia.

Kurz nach halb elf waren alle wieder draußen und
folgten Mia auf den Berg zum Treffpunkt für die Führung durch die Saalfelder Feengrotten. »Ein herzliches

Glück auf. Ich bin Wolf-Diether, Bergmann im Ruhe-
stand, und werde Sie eine Stunde lang durch die Grotte
führen. Zuerst müssen wir jedoch etwas an Ihrer Kleidung ändern. Bitte folgen Sie mir«, sagte er und begab
sich ein paar Meter nach oben zu einer Holzhütte, wo
ein Mann in seinem Alter die Gäste kurz mit einem
Blick taxierte und dann jeweils einen Umhang in passen-
der Größe durch eine Luke in der Hütte nach draußen
reichte. Derweil erklärte der Grottenführer, dass sich
jeder eine Zipfelmütze nehmen durfte. »Der Zipfel muss
hinten sein, sonst steht er nicht«, sagte er.

Evchen kicherte.

»Warum das so sein muss, erkläre ich Ihnen während
der Führung«, fuhr der Bergmann unbeeindruckt fort.

»Was ist denn mit der los?«, raunte Adina Mia zu.

»Ich glaube, sie bemerkt langsam, dass ihre Sturm-
und-Drang-Zeit vorbei ist. Sie steht längst nicht mehr
im Mittelpunkt. Damit kommt sie schwer zurecht«,
flüsterte Mia.

Als die Umhänge locker über die Schultern fielen und
sich die roten oder grünen Zipfel der Mützen in die
Höhe reckten, stellte sich die Gruppe zum Gruppen-
foto auf. Eine Frau mit Fotoapparat sprang gleich nach
dem kollektiven »Cheese« aus dem Baum, aus dem der
Blitz gekommen war, und lief zum Ausgangspavillon,
wo am Ende jeder Führung die Fotos bereitlagen und
Souvenirs verkauft wurden.

Wolf-Diether sperrte die Tür zur Grotte auf. Zu Adina
und den Berlinern hatte sich noch eine Gruppe aus dem
Erzgebirge gesellt. Zuerst erfuhren die Teilnehmer von

Wolf-Diether, dass es einen Unterschied zwischen künstlich entstandenen Grotten und natürlichen Höhlen gab. Die Erzgebirger verdrehten die Augen. Bei ihnen zu Hause wusste das sicher jedes Kind. Es folgte das erste laute Stöhnen, als der Bergmann verriet, dass beim Rundgang 120 Stufen zu absolvieren waren und es 26 Meter tief in die Erde ging. Evchen wieder. Die zehn Grad Celsius konnten alle gut vertragen, denn draußen war es ziemlich heiß. Genau genommen zu heiß für die Jahreszeit. Adina staunte, dass Bergmänner früher höchstens 1,35 Meter groß waren, schließlich mussten sie sechs Tage die Woche in der Enge und Dunkelheit des Berges verbringen. Dafür hatten sie größere Frauen. Das Bild von Schneewittchen und den sieben Zwergen schoss ihr in den Kopf. Da erzählte der Bergführer bereits von den mit Stroh ausgestopften Mützen, deren Zipfel des Kumpels Kopfschutz war. Wenn der Zipfel oben anstieß, war der Bergmann gewarnt und zog den Schädel ein. Das war bei einigen Gängen des Bergwerkes angebracht.

Die Besucher aus dem Erzgebirge glänzten bei jeder Aussage des Bergführers mit Wissen aus ihrer Weltkulturerbe-Montanregion. Jeder zweite Satz begann mit »Aber bei uns …«.

»Hier wurde Alaunschiefer abgebaut. Da ist manches ein wenig anders als im Silberbergbau«, versuchte der Bergmann immer wieder auf die Unterschiede hinzuweisen.

»Aber sicher war bei Ihnen doch auch die Wismut wie bei uns und hat nach Uran für die sowjetische Atomindustrie gesucht«, hakte ein älterer Mann nach.

»Ja, die Russen haben kurze Zeit ihr Unwesen im Berg getrieben, jedoch nichts gefunden. Bis sie uns die Quelle zerstört haben, hatten wir sogar Heilwasser im Stollen. Die Leute kamen von sonst woher und füllten es draußen am Brunnen ab. Nachdem die Wismut gewütet und alles wie Hund und Sau verlassen hatte, war die Quelle versiegt und bis heute konnte sie keiner reaktivieren.« Der Zorn darüber schwang in der Stimme des Bergmanns mit.

Der Erzgebirger gab sich nicht zufrieden. »Und heute? Aktuell sind wieder Typen mit der Wünschelrute unterwegs und suchen nach Bodenschätzen. Bei uns wollen sie sogar in aufgelassene Bergwerke …«

Der Bergführer unterbrach den Redeschwall. »Hören Sie mir mit den Goldgräbern auf. Sie nennen sich Geologen und arbeiten für Firmen in Australien oder Kanada. Es vergeht kein Monat, ohne dass da einer aufkreuzt. Bisher haben wir sie erfolgreich abwimmeln können. Bin gespannt, wann da wieder einer auftaucht. Ich würde die ja gar nicht hereinlassen, aber die kommen mit amtlichen Schreiben. Und bei uns sind manche so obrigkeitshörig«, schimpfte der Bergführer.

»Wir gehen jetzt …«, war das Letzte, was Adina hörte, bevor sich eine dicke schwarze Finsternis über sie legte. Der Führer stockte mitten im Satz, als wäre seine Sprache parallel zum Licht verschwunden. »Bitte halten Sie sich an den Händen. Es wird nicht lange dauern«, versuchte er die Besucher nach einer gefühlten Ewigkeit zu beruhigen.

Adina stand wie gelähmt auf dem feuchten Untergrund der Grotte. Ruhig atmen, befahl sie sich, doch es dauerte, bis ihre Atemorgane gehorchten. »Das ist genau wie damals, als die Praktikantin hier verschwand«, hörte sie jemanden sagen. Der Hall der fremden Stimme war ihr unheimlich. Kam das jetzt vom Bergmann oder hatte sich ein anderer geäußert? Adina wusste es nicht. Eine Hand griff nach ihrer. Adina wich instinktiv zurück. Wenn sie schon die Kontrolle über Raum und Zeit verloren hatte, wollte sie nicht noch die Kontrolle über ihren Körper verlieren. Und was, wenn sich ihr ein Krimineller näherte? Warmer Atem stieß an ihren Nacken. Er legte sich zwischen die hochgesteckten Haare und den Abschluss ihres Shirts. Sie trat einen Schritt nach links und einer Frau auf den Fuß. Das laute »Aua« war nicht zu überhören. Evchen. Zum Glück. Adina fühlte, wie alle Blicke in ihre Richtung wechselten, doch um sie herum war finstere Nacht. Sie versuchte es auf der anderen Seite. Da war wieder dieser Atem. Keine Sicherheitsleuchten, kein Schild mit der Aufschrift »Notausgang« oder »Fluchtweg«. Nur diese tiefschwarze Dunkelheit, die ihren weinroten Umhang zum Bleimantel werden ließ. Es dauerte mit Sicherheit keine ganze Minute, bis das Licht wie von Geisterhand wieder anging. Für Adina fühlte es sich an wie eine Erlösung. Luft strömte in ihre Lungen.

»Und jetzt kommen wir wieder zu uns und setzen die Führung fort, denn die nächste Gruppe schließt gleich zu uns auf. Gehen Sie bitte die Treppe hinunter zu den Seen. Ich folge Ihnen als Schlusslicht«, sagte der Bergführer.

Schlusslicht ist gut, dachte Adina. Es wäre nicht so dunkel gewesen, wenn wir ein Schlusslicht gehabt hätten. Später überlegte sie, warum keiner die Taschenlampe des Handys angemacht hatte, als sie da mitten in der Dunkelheit gestanden hatten, nicht einmal sie selbst. Sie konnte es sich nicht erklären. »War das jetzt eine von deinen kleinen Gemeinheiten?«, raunte Adina ihrer Freundin zu, nachdem sie zu ihr aufgeschlossen hatte.

»Hör mir auf, das war nicht geplant. Ich bin tausend Tode gestorben«, erhielt sie als Antwort.

»Na und ich erst. Ich habe nicht einmal mehr Luft geholt, zumindest gefühlt«, erwiderte Adina.

»Und ich dachte, du bist viel tapferer als ich, bei deiner Erfahrung mit Kriminalfällen und mit Selbstverteidigung«, sagte Mia.

»Du hast recht, das war eine schwache Kür. An Krav Maga habe ich in dem Moment nicht gedacht«, antwortete Adina.

Die Gruppe kam an einen See mit Tropfsteinen, die in den schönsten Farben angestrahlt wurden. »Stalaktiten wachsen von der Decke herab, Stalagmiten vom Boden nach oben. Bei einem zufälligen Zusammentreffen werden sie zu Stalagnaten. Wenn Sie das nächste Mal kommen, werden Sie jedoch keine Veränderung wahrnehmen. Auf einen Millimeter Tropfstein muss man deutlich länger warten als auf ein paar Zentimeter Hüftspeck«, versuchte der Bergmann die angespannte Situation nach dem Lichtausfall zu entkrampfen. Dann wies er auf eine fettige gelbgrünliche Masse hin, die den

Boden hinter einer Acrylscheibe überzog. »Das ist unser sogenannter Butterkeller mit Berg- oder Steinbutter. Würde sie nicht so miserabel schmecken, könnte man damit die Schwiegermutter vergiften, denn unsere Bergbutter ist extrem arsenhaltig. Allerdings braucht man etwas Geduld, bis der Erfolg einsetzt, denn wer isst schon Butter in solchen Massen?«, erklärte der Bergführer.

»Iiihhh, sieht das eklig aus«, flötete Evchen.

Die Gruppe ging weiter. »Wir nähern uns jetzt dem Höhepunkt der Führung, dem Märchendom. Das ist die Stelle, wo bitte alle ihre Handys in den Taschen lassen. Erst einmal genießen Sie die Farben und die Musik. Sie können danach fotografieren«, sagte der Bergmann und startete die Licht-Show mit einem Song von Enya. Andächtig schauten die Besucher auf die von einem Farbenspiel umgebene Gralsburg und lauschten der Gänsehautmusik.

»Fehlt nur der Heilige Gral«, flüsterte jemand in Adinas Nähe, als die Musik verstummt war. Während des großen Fotografierens wies der Bergmann auf die Möglichkeit für besondere Feiern oder Hochzeiten in diesem Teil der Feengrotten hin. Nachdem alle den Märchendom mit oder ohne sich und von allen Seiten abgelichtet hatten, forderte er sie zum Weitergehen auf.

»Sehen Sie die Hand mit dem Stinkefinger? Liebe Kinder, das ist natürlich nichts zum Nachmachen für euch«, sagte der Grotten-Führer. Kinder? Adina blickte in die Gruppe. Sie entdeckte keine Kinder. Außerdem wurde kurz nach ihrer Führung eine spezielle Kinderführung mit Schatzsuche angeboten, die für den Nachwuchs interessanter war. Der Mann hat Humor, dachte sich Adina.

»Ich sehe keinen Stinkefinger«, sagte sie zu ihm, während die anderen zur nächsten Grotte weiterliefen.

»Kommen Sie mit«, forderte der Bergführer sie auf, »ich zeige Ihnen die Hand.«

Adina folgte ihm ein paar Schritte. »Die Hand sehe ich, aber keinen Stinkefinger. Und was ich sehe, ist gewiss kein Tropfstein. Sieht eher sehr … menschlich …« Adina unterdrückte einen Aufschrei.

Des Bergmanns Gesicht verlor die Farbe, was jedoch der Beleuchtung geschuldet sein konnte. Er trat näher an die Grotte heran. »Oh, da scheint etwas aufgetaucht zu sein, was nicht hierhergehört. Kein Wort zu den anderen. Ich bringe die Führung erst einmal zu Ende«, sagte er, entnahm dem Kasten mit den Schaltern für Licht und Musik das Schild mit der Aufschrift »Kein Zutritt«, verhängte die Stinkefinger-Grotte damit und löschte das Licht. »Wir müssen die Feengrotten schließen, wie es aussieht. Ich habe unser vereinbartes Zeichen für diese Art von Vorkommnissen losgeschickt. Das wird ein Fall für die Polizei«, erklärte der Mann. Adina bewegte sich in Richtung Gruppe. Sie fühlte seinen Blick in ihrem Rücken. Von jetzt an würde er sie nicht mehr aus den Augen lassen.

»Na, du brauchst wohl eine Brille, um so einen riesigen Stinkefinger zu erkennen!«, rief ihr Mia zu.

»Viel schlimmer. Manchmal sehe ich so viel, dass mir das eigentliche Objekt entgeht und ich erst mit der Nase darauf gestupst werden muss. Ich glaube, ich hatte eine Gralsvision«, nahm sie die Bemerkung vom Heiligen Gral auf. An den Rest der Führung konnte sich Adina schon am Ausgang zum Bergwerk nicht mehr erinnern. Um die Eindrücke für ihr Tourismusportal zu beschreiben, musste sie auf jeden Fall noch einmal herkommen. Jetzt geisterte die wachsweiße Hand als Hauptattraktion durch ihren Kopf.

Nach der Führung zeigte der Bergmann auf die Ablagefläche für die Umhänge und die Zipfelmützen. Die Führungsteilnehmer entledigten sich der geliehenen Kleidung. Dann ließ er jeden von ihnen ein Exemplar aus einer Box mit Edelsteinchen und Halbedelsteinchen in den schillerndsten Farben aussuchen.

»Wie haben Sie das vorhin gemeint, als Sie sagten, dass es so dunkel wie damals war?«, fragte Adina den Mann im besten Alter. Dabei war sie gar nicht sicher, seine Stimme gehört zu haben.

»Es war vor genau fünf Jahren, am gleichen Tag. Ich hatte eine Führung, bei der das Licht ausging. Dann war sie weg.«

Volltreffer! »Wer war weg?«, hakte Adina nach. »Die Praktikantin aus Freiberg«, sagte der Bergführer. Seine Augen nahmen die Färbung des Sees an, in dem die Hand aus dem Wasser gelugt hatte.

»Könnten Sie mir mehr davon erzählen?«, fragte Adina und zog ihre Visitenkarte aus der Handyhülle. Für solche Fälle hatte sie immer ein paar geparkt.

»Sicher, aber nachher ist hier bestimmt erst einmal die Hölle los. Ich rufe Sie an«, antwortete er. »Und nicht

vergessen: Kein Wort über die Hand zu den anderen!«
Adina verließ den Raum, ohne sich die Souvenirs in den
Regalen auch nur angeschaut zu haben.

Mia versuchte, ihre Schäfchen zusammenzuhalten.
»Die Gaststätte ist leider zu. Ihr könnt euch etwas am
Imbiss holen oder unten am Grottoneum. Dort gibt
es Kaffee, Kuchen, Eis. Heute ist ja Grillabend. Ver-
hungern muss also keiner. Wir treffen uns pünktlich
um zwei drüben am Eingang zum Feenweltchen. Und
werft eure Eintrittskarten nicht weg, die benötigen wir
für den Einlass«, erklärte sie.

Adina orderte einen Eiskaffee und ließ sich auf einer
der Bänke nieder. Die warmen Sonnenstrahlen umspiel-
ten ihr Gesicht. Sie hatte die Augen noch nicht lange
geschlossen, als Mia sich neben sie setzte. »Vorn am
Grill haben sie erzählt, dass die Feengrotten gesperrt
sind wegen einer Havarie. Du hast doch einen siebten
Sinn. Weißt du mehr darüber?«, fragte sie.

»Keine Ahnung. Vielleicht hängt das mit dem Strom
zusammen. Ist ja nicht so angenehm ohne Licht da unten
im Berg«, antwortete Adina.

»Und du bist sicher, dass du mir nichts verschweigst?«,
fragte Mia nach.

»Ganz sicher«, antwortete Adina, was natürlich alles
Mögliche heißen konnte. Derweil trafen die ersten Poli-
zeifahrzeuge ein und fuhren durch den Fußgängerbe-
reich in Richtung Grotteneingang. Immer mehr Leute
versammelten sich an den Imbissständen oder strömten
ins Grottoneum. »Das wird heute nichts mehr«, hörte
Adina einen Familienvater sagen, dessen Kinder gerade

am Wasserspielplatz matschten. Die Feengrotten waren also geschlossen.

Die Gruppe hatte sich ein wenig zerstreut. Um Punkt zwei fehlte nur Evchen am Treffpunkt. »Das sieht aus wie ein Kindererlebnispark. Muss ich da mit hin?«, fragte sie, nachdem sie endlich eingetrudelt war.

»Klar, du weißt doch: Sascha will einen kompletten Report. Außerdem wird viel über Pflanzen und die Natur erklärt. Dann konzentrierst du dich eben darauf«, antwortete Mia. »Auf geht's«, forderte sie ihre Mitreisenden auf und setzte sich in Bewegung. Der Eingang zum Feenweltchen befand sich etwas oberhalb vom Kassenhaus und führte über eine Holzbrücke. »Um vier treffen wir uns wieder unten am Gasthaus. Halb fünf ist Abfahrt. Bis dahin könnt ihr euch mit den Feen beschäftigen«, sagte Mia.

Zuerst gingen alle in Richtung des magischen Gartens der Feenpflanzen, durchquerten den Weidendom, schauten sich die Pflanzen an und lauschten den Klangpilzen. Dann passierten sie den Hain der Lichtelfen und tauchten ins Reich der Waldgeister ein. Am großen Spielplatz schloss Mia zu Adina auf. »›Troll-Schatz-Platz‹. Das ist etwas für Kinder. Komm, wir laufen nach oben zu dem Wurzelhaus, da gibt es eine Laterna magica«, schlug Mia vor.

»Ich glaube, ich brauche etwas zu trinken. Da drüben ist ein Kiosk oder so etwas. Lass uns zuerst dahin gehen«, meinte Adina.

»Klar, da ist gleich die Toilette. Sehr vorteilhaft«, lästerte Mia.

»Kaffee muss man schließlich an der Stelle lassen, wo man ihn getrunken hat. Das passt«, gab Adina zurück.

Am Haus nahmen sie sich jeder einen Becher Kaffee und ein Wasser und warfen das Geld in die Kasse des Vertrauens. Dann setzten sie sich auf eine der Bänke am Häuschen.

Nach der dritten Frau, die aus dem Toilettenraum kam und von den einzigartigen Waschbecken schwärmte, war Adina neugierig geworden. Sie trank den Kaffee aus und ging durch die Tür. »Wow«, entfuhr es ihr beim Anblick der Porzellanschüsseln mit mexikanischem Muster in den strahlendsten Farben. So ein Waschbecken will ich in meiner nächsten Wohnung. Adina erschrak über ihre Gedanken. Warum sollte sie Olis Wohnung verlassen und eine neue beziehen?

»Das musst du gesehen haben! So toll«, rief Adina ihrer Freundin zu. »Los, mach schon, geh hinein.«

Mia ließ sich nicht lange bitten und trat genauso begeistert wieder ins Sonnenlicht. »So etwas muss ich unbedingt haben, und wenn es auf dem Gäste-WC ist«, sagte Mia.

»Komm, wir gehen bis zum Wurzelhaus und dann langsam nach unten«, schlug Adina vor.

Adinas Handy vibrierte. »Hallo, hier Wolf-Diether. Ich wäre jetzt frei«, sagte der Bergmann.

»Okay, ich benötige etwa 15 Minuten, dann bin ich unten an der Gaststätte«, erwiderte Adina. »Ich muss etwas schneller zurück. Der Bergwerksführer wartet auf mich. Ich will ihm ein paar Fragen zu den Feengrotten stellen, damit ich Markus mit Exklusivwissen überzeugen kann. Ich will den Thüringen-Auftrag unbedingt«, sagte Adina an Mia gewandt.

»Kein Problem, da drüben ist Evchen, mit der will offensichtlich niemand herumziehen. Ich erbarme mich. Viel Glück«, entgegnete Mia.

Adina trat den Rückweg durch das Feenweltchen an, der deutlich länger war, als sie vermutet hatte, und jede Menge spannende Stopps bereithielt. Sie hatte jedoch kein Auge für die hübschen Spielgeräte, die Bänke mit den lustigen Sprüchen oder die Beschreibungen der Pflanzen und Bäume. Im Vorbeieilen las sie bei der Esche: »Durchgang zu vielen Dimensionen der Anderswelt«. Wie in der Anderswelt fühlte sie sich gerade, irgendwie unwirklich. Einmal blieb sie stehen, als ein Kind schreiend von einer Bank aufsprang. Mit »Setz dich auf den verzauberten Thron und lausche einer Geschichte zum Lohn« wurden die Besucher angelockt. Allerdings wurde der Schwall Hexenbrodel nicht erwähnt, der sich vor der Geschichte über die Lauschenden ergoss. Die Eltern lachten und das erschreckte Kind kriegte sich schnell wieder ein. Sie wartete einen Moment, bevor sie weitereilte, um das Kind nicht noch mehr in Stress zu bringen. Nachdem sie das Feenwipfelschloss mit der Zauberrutsche rechts liegen gelassen hatte, erreichte sie den unteren Ausgang gegenüber dem Gasthaus. Der Bergführer nahm sie in Empfang. »Setzen wir uns doch auf eine Bank. Ich habe nicht viel Zeit«, sagte er.

»Ich muss ohnehin mit der Gruppe zurück. Wir sind nur mit zwei Autos da. Und um sechs ist Grillparty im

Schlosspark. Aber ich bin am Montag noch in Saalfeld«, erklärte Adina.

»Bevor ich es vergesse: Ich habe den Beamten Ihre Daten gegeben. Sie werden sich bei Ihnen melden, denn Sie haben ja die Hand entdeckt.« Adina nickte kurz. Sie kannte das Prozedere von Dutzenden anderen Fällen.

»Ist denn bekannt, wer da im Wasser schwimmt?«, fragte Adina.

»Ich glaube, er schwimmt nicht mehr. Der Bestatter kommt jedoch erst am Abend, wenn Ruhe eingekehrt ist«, antwortete der Bergmann und schaute Adina interessiert an.

»Ein Er also«, fuhr Adina fort.

»So ganz genau weiß ich es nicht. Ich war ja nicht dabei, als man die Leiche herausgefischt hat. Aber die Hand, ja, ich bin mir sicher, das war eine Männerhand«, versuchte er zu erklären.

Adina hatte jedoch längst Blut geleckt. »Erzählen Sie mir doch etwas von der Praktikantin, die verschwunden ist. Vielleicht liegt sie ja noch in einem der Seen«, forderte Adina ihn auf.

»Sie kam aus Annaberg und studierte an der Bergakademie in Freiberg Geologie. Angeblich wollte sie ein Praktikum machen zur touristischen Nutzung von geologischen Sehenswürdigkeiten. Wir erfuhren jedoch, dass sie an ihrer Doktorarbeit zum Thema ›seltene Erden‹ arbeitete und Proben im Bergwerk nahm. Also, als sie verschwunden war, haben wir das erfahren. Übrigens sah sie Ihnen sehr ähnlich. Sie war schlank, aber nicht dürr, Sie wissen schon … Und sie hatte dunkles Haar, das sie meist hochgesteckt trug. Genau wie Sie jetzt.« Der Bergmann schien mit seinen Gedanken abzuschweifen.

»Und, hat man sie gefunden? Ist sie einem Verbrechen zum Opfer gefallen?«, wollte Adina wissen.

»Gute Frage. Sie ist bis heute nicht wiederaufgetaucht, soviel ich weiß. Man hat ihren Freund verdächtigt, etwas mit ihrem Verschwinden zu tun zu haben. Der war wohl sogar bei der Polizei in Annaberg. Aber Sie wissen ja, eine Krähe …«

»Nana«, setzte Adina an. »Wie war ihr Name?«

»Da fragen Sie mich was! Ich kann mir keine Namen merken. Irgendwas mit A. Antonia, glaube ich. Und der Familienname war länger. Auch mit A. Ich hab's: Ackermann. Acker wie Feld, sagte sie immer.«

»Wieso hat vorhin eigentlich jemand gerufen, dass das wie damals war? Waren Sie das?«

»Nein, vielleicht war das einer der Erzgebirgskumpel, die eh alles besser wussten«, antwortete der Bergmann sichtlich verschnupft.

Adina war jetzt sicher, dass er log. »Was hatte es denn mit dem Ausfall der Beleuchtung auf sich?«, wollte sie wissen.

»Ich darf das eigentlich niemandem sagen, aber wir wissen es nicht. Die Beleuchtung fällt in unregelmäßigen Abständen für kurze Zeit aus. Wir hatten alle möglichen Handwerker da. Keiner hat etwas gefunden. Mit der Leiche im See hat das aber nichts zu tun. Die liegt schon …« Erschrocken hielt er inne. »Also, so wie die Hand aussah …«

Adina schaute demonstrativ auf ihre Uhr. »Ich muss. Meine Gruppe wartet am Parkplatz. Ich glaube, wir sollten uns noch ein wenig unterhalten. Eigentlich bin ich hier für ein exklusives Tourismus-Portal. Und Sie können mir bestimmt viel Interessantes erzählen.«

»Wollen wir uns am Montag treffen? Ich habe montags immer frei«, sagte der Bergführer.

»Das passt gut. Ich fahre am Montagabend nach Hause oder hänge einen Tag ran. Ich wollte mich eh noch ein wenig in der Gegend umschauen. Gegen elf fährt die Gruppe zurück nach Berlin. Ich bin mit meinem eigenen Auto da«, antwortete Adina.

»Dann kommen Sie doch zum Parkplatz an der Knochstraße. Sie können Ihr Auto stehen lassen und in meins umsteigen. Ich zeige Ihnen ein paar besondere Plätze. Waren Sie an der Hallelujah-Hütte? Von oben kann man bis zum Kickelhahn schauen. Wir müssen ein paar Meter laufen, aber dafür werden wir mit einer tollen Aussicht belohnt.«

»Nein, da war ich noch nicht und komme vor Montag auch nicht hin. Morgen wollen wir nach Ziegenrück zu dem Wasserkraftwerk und zum Stausee Hohenwarte. Abends machen wir eine Mondscheinfahrt. Hallelujah-Hütte klingt auf alle Fälle interessant. Ich freue mich auf Montag. Kurz nach elf auf dem Parkplatz«, verabschiedete sich Adina.

Den ganzen Sonntag überlegte Adina, ob sie das Treffen mit diesem Wolf-Diether absagen sollte. Irgendetwas fühlte sich seltsam an. Sie konnte jedoch nicht ausmachen, was es war. Sie dachte an Goethe und den

Kickelhahn: »Warte nur, balde ruhest du auch.« »Wandrers Nachtlied« – ein schlechtes Omen?

Am späten Abend kehrten sie von der Mondscheinfahrt auf dem Stausee Hohenwarte zurück. Beim anschließenden Telefonat mit Oli rutschte es ihr heraus. »In den Feengrotten ist etwas Seltsames passiert. Zuerst war das Licht aus. Dann habe ich eine menschliche Hand im See gesehen statt des Stinkefingers der Stalagmiten.«

»Adina, untersteh dich, wieder Ermittlerin zu spielen. In Saalfeld sind schon andere gescheitert«, sagte Oli in ernstem Ton.

»Wen meinst du damit?«

Oli schwieg. Adina hörte nur seinen Atem. »Bitte, Adina. Lass es. Vielleicht treibt sich dort ein Mörder herum und er ist dir näher, als du denkst.«

Mia hatte in der Nacht begonnen zu packen. Die Berliner wollten gleich nach dem Frühstück starten. Adina hatte länger Zeit. Vor ihr lag das Treffen mit dem Bergwerksführer.

»Sie können mich gern duzen. Ich bin Wolf-Diether, aber das wissen Sie ja bereits«, sagte der Bergmann, als Adina zu ihm ins Auto gestiegen war. Sie schaute aus dem Fenster. Moment, das war die gleiche Strecke, die sie hergefahren war. Warum hatte er sie nicht am Hotel abgeholt, sondern in der Stadt treffen wollen? Sollte ihr Auto an einer Stelle stehen, wo es niemandem auffiel? Wollte er nicht mit ihr gesehen werden? Adinas Fantasie trieb bunt schillernde Blüten.

Sie schickte Oli eine WhatsApp-Nachricht. »Ruf

mich bitte in einer Stunde an. Ich will dir etwas erzählen. Vergiss es nicht, es ist dringend«, schrieb Adina.

Adina dachte an Dippoldiswalde, wo sie ein Mörder beinahe erwürgt hatte. Ein Polizist mit schizoider Persönlichkeitsstörung. Nicht noch einmal, schwor sie sich … ein Polizist, schoss es durch ihren Kopf. Ein Polizist stand in Verdacht, die Geologin ermordet zu haben. Sie musste sich unbedingt mit dem Fall beschäftigen. Aber erst einmal musste sie heil aus dem riskanten Treffen herauskommen.

Wolf-Diether stoppte das Auto. »Hier ist Schluss. Das letzte Stück müssen wir laufen. Es geht ein bisschen bergauf.« Adina marschierte den Wanderweg forschen Schrittes entlang. Wolf-Diether schnaufte. Im Bergwerk war ihr gar nicht aufgefallen, dass er ein wenig kurzatmig war. An dem steilen Hang hatte er Mühe hinterherzukommen. Adina wartete einen Moment. Sie wollte ihn nicht im Rücken haben.

»Oh, ein begehbares Holzfass. Das sieht ja hübsch aus! Das nehme ich auf alle Fälle als besonderen Tipp für die Touristen auf. Und die Aussicht! So eine Weite …«, sagte sie, als sie vor der ungewöhnlichen Aussichtshütte stand. Am Wanderweg befand sich eine große runde Trommel, die auf einem Podest verankert war. An den Wänden waren Bänke, in der Mitte ein Tisch. Die ausgeschnittenen Fensteröffnungen erlaubten freie Sicht in alle Richtungen.

Der Bergmann gab Adina eine Flasche mit Wasser. »Hier, nach dem anstrengenden Marsch.«

»Wenn ich mich hier umgeschaut habe«, sagte sie und vertagte das Durstlöschen.

Adina stieg in das Holzfass hinein und platzierte sich mit dem Rücken zur Wand. »Ich bleibe lieber im Freien auf der Bank«, rief Wolf-Diether ihr zu.

Adina sog den Ausblick in sich auf. Sie ging wieder nach draußen, um Wolf-Diether nach den Orten am Horizont zu fragen. Sie setzte sich neben ihn. Dann fragte sie ihn über die Landschaft ringsum aus.

»In dieser Richtung ist Probstzella. Da war der Grenzübergang nach Bayern. Im Bahnhof ist ein kleines Museum«, sagte der Bergmann.

»Ich habe davon gehört. Da soll es ein Bauhaushotel geben. Das muss ich unbedingt besuchen«, antwortete Adina.

»Und da drüben liegt der Stausee Hohenwarte, den kennst du ja. Durch ihn fließt die Saale, ehe sie zu uns kommt. Unten ist das Saaletal, also, eins von vielen. Und die Berge gehören zum Thüringer Wald«, fuhr er fort.

Es dauerte eine Weile, bis ihr Gespräch wieder bei den Feengrotten und der geheimnisvollen Hand im Wasser angekommen war. »Gibt es Neuigkeiten zu der Wasserleiche? Wie lange lag der Tote schon im Wasser? War er lange verschwunden?«

Adina wollte gerade die nächste Frage formulieren, als Wolf-Diether entgegnete: »Du bist ganz schön neugierig.«

»Na, deshalb bin ich doch Journalistin geworden. Da darf man alles fragen, was man wissen will, und wenn es gut geht, bekommt man sogar Geld dafür«, versuchte sie zu scherzen. Aus dem Augenwinkel nahm sie wahr, wie Wolf-Diether in seinem Rucksack herumfummelte.

Als Wolf-Diether den Arm mit dem Grubenbeil heben wollte, war Adina bereits aufgesprungen und hatte ihn aufs Kreuz gelegt. Mit dem rechten Fuß stieß sie das scharfkantige Werkzeug zur Seite, dann fixierte sie den Mann auf dem Boden. »Krav Maga«, sagte sie. »Lernt man in der israelischen Armee und inzwischen sogar bei uns. Ich bin richtig gut, sagt mein Trainer immer.«

Sie hatte die körperliche Unterlegenheit des Bergmanns rasch bemerkt. Da der Mann allein mit ihr war und nicht auf Unterstützer hoffen konnte, brauchte sie kaum auf Selbstschutz zu achten. Sie musste sich nur überlegen, was sie mit Wolf-Diether anfing. Sie konnte ihn ja nicht ewig auf dem Boden festhalten. Adina summte sich mit Leonard Cohens »Hallelujah« Mut an. Hallelujah, König David. Der fand seinen Weg zu Bathseba, genau wie Moses den Weg durch die Wüste fand. Herr im Himmel, Hallelujah, hilf mir bei diesen ganz weltlichen Dingen und zeige mir einen Weg, schickte sie als Stoßgebet in die Unendlichkeit.

Zur Selbstverteidigungsstrategie gehörte das Sprechen mit dem Gegner. Das war ihr als Journalistin vertraut. Adina versuchte es mit Fragen, obwohl das eher provozierend als deeskalierend wirkte. »Willst du mir nicht erzählen, was du mit dem Tod des Mannes im Bergwerk zu tun hast? Und kann es sein, dass diese Antonia ebenso durch deine Zauberhand verschwunden ist?«

Wolf-Diether wollte sich aufbäumen, doch Adina schob ihn zurück. Er schnaubte verächtlich. »Pah, diese

Goldgräber, die alles zerstören. Damals war es die Wismut, jetzt sind es die Geologen«, presste er seinen Hass heraus.

Adina wollte gerade weiterfragen, als sie aus den Augenwinkeln eine Bewegung wahrnahm. Ein älteres Pärchen stapfte gemächlich in ihre Richtung. »Hallo, Sie da, ja, Sie! Würden Sie bitte die Polizei rufen und dann zu mir kommen? Der Mann unter mir wollte mich gerade umbringen«, rief Adina dem Pärchen zu.

Der Mann griff in seine Hosentasche, zog ein Handy heraus und telefonierte. »Die Polizei ist gleich da. Die sind gerade unten in Knobelsdorf und haben es nicht weit«, sagte er, als er Adina erreicht hatte. »Was haben Sie denn angestellt, dass er zu derart rabiaten Mitteln greifen musste?«, fragte er Adina. Bevor sie antworten konnte, war auch die Frau angekommen.

»Ach, Wolf-Diether! Was machst du denn für Sachen?«, fragte sie, als sie den am Boden Liegenden erkannte.

Adina erschrak. Sie blickte abwechselnd zum Bergmann und dem Paar. Gegen drei bin ich machtlos, war ihr sofort klar. »Sie kennen sich?«, fragte Adina.

»Klar, in einer Kleinstadt wie Saalfeld bleibt das nicht aus«, antwortete der Mann.

»Vielleicht kannst du mich aus dieser misslichen Lage befreien. Die Dame leidet ein wenig unter Verfolgungswahn«, sagte Wolf-Diether zu dem Mann.

»Ich glaube, das lasse ich lieber. Mit dem frisch geschärften Grubenbeil wolltest du bestimmt kein Frühstücksei öffnen«, erwiderte der Mann gelassen.

Die Sirene des Polizeifahrzeugs war bereits zu hören. Wolf-Diether bäumte sich noch einmal kurz auf, bevor er sich seinem Schicksal ergab. Zwei Beamte kamen im Laufschritt in Richtung des Holzfasses. Sie hatten die Situation schnell erkannt. Während einer, der sich mit »Polizeikommissar Fischer« vorgestellt hatte, den üblichen Spruch aufsagte, klickten bereits die Handschellen. »Alles Weitere besprechen wir im Revier«, erklärte der andere. Dann führte er Wolf-Diether zum Wagen.

»Bitte berühren Sie nichts und halten Sie sich zur Verfügung, alle drei. Meine Kollegen sind gleich hier«, sagte der Kommissar zu Adina und dem Pärchen.

Adinas Handy klingelte. »Danke, Oli. Deine Kollegen sind gerade dabei, alles zu regeln. Ich melde mich später. Mir geht es gut. Küsschen.«

»Adina!«, hörte sie Oli sagen und legte auf.

Die Beamten hatten Adina zu ihrem Auto gebracht. Sie beschloss, alle anderen Ausflugsziele links liegen zu lassen und sich direkt auf den Heimweg zu begeben. Als in den Nachrichten von Landeswelle Thüringen die Feengrotten erwähnt wurden, spitzte Adina die Ohren:

»Nach dem Fund der Leiche in den Feengrotten wurde ein ehrenamtlicher Bergführer der Touristenattraktion festgenommen. Er will nichts von dem verschwundenen Geologen gewusst haben. Die Beamten halten es jedoch für ausgeschlossen, dass ein Fremder, der nicht mit dem Bergwerk vertraut ist, die Leiche in den Feengrotten abgelegt hat. Laut Polizeidirektion sind erst nach der Obduktion genauere Aussagen zur

Todesursache möglich.« Die Geschäftsführung der Saalfelder Feengrotten und Tourismus GmbH zeigte sich bestürzt und distanzierte sich von dem vermeintlichen Verbrechen.

Adina hatte auf dem Rückweg von Saalfeld schnell ein paar frische Eier organisiert. In Annaberg angekommen kochte sie Pellkartoffeln. Während die Kartoffelscheiben mit Schinken und Zwiebeln in der Pfanne brieten, bereitete sie den Salat zu. Dann kippte sie die Eier über die Bratkartoffeln und zauberte ein Bauernfrühstück daraus. Es dauerte nicht lange, und die Tür fiel ins Schloss. »Wir können gleich essen«, begrüßte sie Oli, der von seinem Dienst gekommen war.

»Ich glaube, wir haben einiges zu besprechen«, setzte Oli an.

»Ja, später. Wasch dir die Hände, das Essen wird kalt«, antwortete Adina.

»Was war heute in Saalfeld los?«, fragte Oli.

»Ach, nichts weiter. Ich wollte mir noch einen Aussichtspunkt mit Rundwanderwegen anschauen, aber mein Wanderführer hatte andere Pläne mit mir. Ich habe ihn flachgelegt und die Polizei gerufen. Keine Sorge, ich war nicht allein. Ein Pärchen kam mir zu Hilfe.«

Oli schaute sie an. »Und der Tote in den Feengrotten?«

»Der war schon tot. Damit habe ich nichts zu tun. Ich habe ihn nur entdeckt. Scheint ein Geologe zu sein, der etwas länger im Wasser schwamm. Er war bereits vermisst. Aber das weißt du ja sicher aus dem Ticker«, entgegnete Adina. »Und außerdem ist das nicht das Interessanteste, was mir begegnet ist. Es gab dort vor fünf Jahren einen Vermisstenfall. Und jetzt halt dich fest: Die Frau war Geologin, wie der Mann in der Stinkefinger-Grotte.«

Oli kaute und kaute an den Bratkartoffeln. Die empfohlenen 30 Kaubewegungen für den Bissen hatte er längst überschritten.

Adina nahm den Faden wieder auf. »Kanntest du sie? Sie war aus Annaberg und Doktorandin an der Bergakademie Freiberg.«

Oli tat, als müsste er die Daten auf der Speicherplatte in seinem Kopf umschichten, um sich ins Archiv zu begeben. »Ich, ich weiß nicht. Sagt mir jetzt gerade nichts«, antwortete er.

»Vielleicht solltet ihr die Akten wieder herausholen. Der Tote in der Grotte – Geologe, die Frau – Geologin. Beide verschwunden. In Saalfeld. Wenn das keine Parallelen sind, weiß ich auch nicht«, meinte Adina.

»Ich kann ja mal mit meinen Kollegen darüber sprechen. Aber wir haben so viele aktuelle Sachen auf dem Tisch …« Begeistert klang das nicht, was Oli da von sich gab. Schon gar nicht hörte er sich an, als wollte er sich gleich morgen in die Arbeit stürzen.

»Ach, übrigens, Yogev Shetrit spielt nächsten Monat in Erfurt. Da könnten wir doch zusammen hinfahren. Vielleicht kann ich sogar etwas für die Presse mit ihm machen. Ich hätte Lust auf ein Interview mit ihm. Und wenn ich mich akkreditieren lasse, kann ich gratis zum Konzert«, sagte Adina.

»Kannst du mir das Datum sagen?«, fragte Oli nach.

»Irgendetwas mit 20. Auf alle Fälle ist es ein Mittwoch.«

»Vergiss es. Da bekomme ich nicht frei. Zwei Kollegen krank, einer in Elternzeit, keine Chance«, meinte er.

Adina seufzte. Die wievielte Abfuhr war das jetzt? Dachte sie das nur, oder war Olis Engagement für sie einmal größer gewesen? Sie blickte ihn lange an. »Vielleicht bleibe ich ein paar Tage da und du kommst am Wochenende nach?«

Oli überlegte. »Bis dahin ist ja noch etwas Zeit. Wir werden sehen.«

Wir werden sehen – so eine Formulierung, die Adina auf die Palme brachte. Was werden wir sehen? Wie ich allein durch Erfurt toure, wirst du nicht sehen, dachte sie. Das sehe dann nur ich.

Adina räumte den Tisch ab und stellte das Geschirr in den Geschirrspüler, bevor sie sich ins Arbeitszimmer verabschiedete. Oli machte sich im Wohnzimmer die Nachrichten an.

In Adinas Postfächern tummelte sich eine Menge E-Mails. Zuerst beantwortete sie alles, was mit dem Tourismusportal zusammenhing. Ein Besucher hatte sich beschwert, dass die empfohlene Gaststätte geschlossen hatte, ein anderer wollte wissen, ob im Kletterwald nach dem Sturm alles in Ordnung war. So ging das am laufenden Band. Adina notierte sich die Probleme, um die Angaben in den kommenden Tagen zu überprüfen. Bis dahin mussten sich die Besucher mit der allgemeinen Mail zufriedengeben, in der stand, dass man sich über die Reaktion freue und das Anliegen so schnell wie möglich bearbeite. Nach gefühlten 100 Mails las Adina: »Herzlichen Dank für Ihre großartigen Tipps. Wir haben alles befolgt. In Chemnitz sollten Sie unbedingt die Pinguinkolonie am Ende der Inneren Klosterstraße aufnehmen. In der Nähe gibt es viele Geschäfte und Restaurants. Und die putzigen Kaiserpinguine sind ein beliebtes Fotomotiv. Ein Besuch lohnt sich. Wir werden für unsere nächste Reise auf jeden Fall wieder im Portal vorbeischauen. Wir wünschen Ihnen noch viele interessante Entdeckungen! Sie beschreiben die Orte so schön, dass man Lust darauf bekommt!« Geht doch, dachte sich Adina. Es war nur eben viel zu selten, dass sie solche Mails bekam. Meist beinhalteten die Zuschriften nur Kritik oder Anfragen zu speziellen Angeboten. Aber immerhin war ihre Art des Storytellings gefragt, sonst würde keiner die Texte lesen, tröstete sie sich.

Während Adina ihre WhatsApp-Nachrichten las, zog sie den Kalender näher an sich heran. Na, das passt doch, dachte sie sich. Und dass es keine Zufälle gab.

»Ich fliege übernächste Woche nach Deutschland und arbeite drei Wochen in der deutschen Niederlassung meiner Firma. Dann würde ich gern eine Woche Urlaub ranhängen. Hast du Zeit und Lust?«, hatte ihre Freundin Sally aus Israel geschrieben. Adina checkte die Daten. Das war genau die Woche, die sie in Erfurt verbringen wollte. Und Yogev Shetrit war auch da, zumindest beim Konzert. »Wenn du mit mir die thüringische Landeshauptstadt unsicher machen willst, dann gern. Oder wir planen etwas anderes. Aber Erfurt ist wirklich eine schöne Stadt. Und am Mittwoch können wir in ein Konzert von Landsleuten von dir gehen. Und Domfestspiele sind ebenfalls«, schrieb Adina zurück.

»Lass mich raten. Idan Raichel? Yogev Shetrit? Oder Asaf Avidan?«, kam von Sally.

»Du hast den Finger drauf. Die goldene Mitte. Ich bemühe mich gerade drum, ein Interview in der Zeitung unterzubringen. Du kannst mir beim Übersetzen helfen. Dann lasse ich dich gleich mit akkreditieren«, verriet Adina.

»Klar, aber sag mal, haben wir dann noch genug Zeit für Ausflüge und Besichtigungen?«

»Aber sicher. Ich mach einen Plan«, antwortete Adina.

»Du bist so typisch deutsch, wie konnte ich das vergessen«, schrieb Sally.

»Ach komm, so schlimm ist es doch gar nicht. Ich halte es mit Brecht und bin nicht einmal traurig darüber. Im ›Lied von der Unzulänglichkeit menschlichen Strebens‹ lässt er sich über gescheiterte Planungsversuche aus. Sag mal, warum telefonieren wir nicht? Das ist einfacher als Schreiben«, schlug Adina vor.

Das Telefon klingelte zehn Sekunden später. »Hallo, meine Liebe …«, sagte Sally. Dann schmiedeten die beiden Pläne für ihre Begegnung. Oli kam darin nicht mehr vor.

»Ich habe gestern Abend noch mit Sally gesprochen. Sie kommt genau in der Woche, in der ich nach Erfurt will. Vorher ist sie in ihrer Firma in Magdeburg. Ich muss also nicht allein zum Konzert und habe gleich eine Übersetzerin, wenn ich den Auftrag für das Interview bekomme.«

Adina hörte den Stein plumpsen, der Oli vom Herzen fiel. Das Thema Erfurt war damit für ihn erledigt.

Die kommenden Tage verbrachte Adina mit der Pflege ihres Online-Portals. Sie musste Saalfeld und die Feengrotten mit allem Drum und Dran so aufbereiten, dass Markus ihr die endgültige Zusage für Thüringen erteilte. Das Exposé von Saalfeld, das sie noch am Dienstag abgeschickt hatte, schien ihm zu gefallen, ihre kriminellen Eskapaden mit diesem Wolf-Diether weniger. Es war nicht das erste Mal, dass sie sich in Gefahr brachte. Markus war sich jedoch auch im Klaren darüber, dass er sie als freie Mitarbeiterin verlor, wenn sie sich nicht entfalten konnte. Und sie war eine der Besten. Deshalb war sie zuversichtlich und stellte gedanklich bereits sinnvolle Routen zu den thüringischen Orten zusammen.

Und da waren noch die Recherchen zu dem Saalfeld-Fall. Bei einem Termin in der Freie-Presse-Lokalredaktion in Annaberg hatte sie im Archiv gestöbert und Zeitungsbeiträge von vor fünf Jahren studiert. Sie wunderte sich, dass Oli keine Erinnerungen an den Fall von damals hatte. Die Geologin hatte tagelang in den Schlagzeilen gestanden. Trotz mehrerer Versuche hatte sie Oli nicht begeistern können, diesen Cold Case wieder ins Blickfeld seiner kriminalistischen Tätigkeit zu rücken. Er hatte jedes Mal das Thema gewechselt oder abgewiegelt.

Adina wollte den Kopf frei bekommen. Da das am besten während des Laufens an der frischen Luft funktionierte, suchte sie im Internet nach einem interessanten Platz. Sie erinnerte sich daran, dass der Kammweg Erzgebirge/Vogtland an der gleichen Stelle wie der Rennsteig begann. Den Gedanken, an dem Wanderdrehkreuz die Tourismusregionen zu verbinden, fand sie genial. Sie hatte den Ort bei ihren Recherchen für das Erzgebirge entdeckt, doch dann kamen immer neue Orte dazwischen. Beim Wandern hoffte sie auf eine zündende Idee, wie sie mit dem Fall der Geologin weiter umgehen sollte.

2 SELBSTVERTEIDIGUNG

VON ROLAND SPRANGER

Dass sie früher oder später in Blankenstein landen würde, war Adina schon länger klar, denn der Ort galt als »Drehkreuz des Wanderns«. Hier hatten mehrere Fernwanderwege ihren Ausgangs- oder Endpunkt: der Rennsteig, der Frankenweg, der Fränkische Gebirgsweg und nicht zuletzt der Kammweg Vogtland-Erzgebirge. Kaum war sie mit dem Auto über die Selbitzbrücke gefahren, sah sie das weiße »R«, das Markierungszeichen des Rennsteigs, auf eine Buchenrinde gepinselt. Sie hatte seit einiger Zeit vor, den 170 Kilometer langen Kammweg über die Höhen des Thüringer Walds zu wandern und dabei auf jeder Etappe einen Podcast zu produzieren. Vielleicht mit wechselnden Mitwanderern, die etwas über die Gegend erzählen konnten. Damit das nicht nur ein schöner Wanderurlaub würde, sondern sich hinterher in angemessener Bezahlung niederschlug, wollte sie erst mal einen Radiosender oder einen Streaming-Anbieter für die Produktion gewinnen.

Heute war sie eher zur Recherche in einer Privatangelegenheit da: Durch einen Blog im Internet hatte Adina erfahren, dass Antonia Ackermann, die vermisste Praktikantin aus Saalfeld, hier im Sommer vor ihrem Verschwinden einige Tage wandern gewesen war. Nicht nur das schöne, gewundene Saaletal lud dazu ein, sondern für eine Geologin war die Region auch hinsichtlich ihres Fachgebiets interessant: Im Thüringischen Schiefergebirge und ebenso im angrenzenden Höllental auf fränkischer Seite wurde von jeher Bergbau betrieben, dessen Spuren sich heute noch zahlreich fanden. Eine von Antonias Wanderstrecken, die Adina rekonstruieren konnte, wollte sie heute abgehen. Sie wusste selbst nicht, was sie sich davon versprach. Nach all den Jahren würde es nirgendwo einen Hinweis auf die Vermisste geben. Keiner würde sich erinnern. Vielleicht war es eher so ein »Hineinfühlen« in den Fall der Antonia Ackermann. Als Journalistin hatte Adina oft die Erfahrung gemacht, dass Orte neue Gedanken und Inspirationen vermittelten, wenn man sie selbst betrat.

Adina hielt nach dem Ortsausgang auf einem Wanderparkplatz. Richtung Südwesten mündete die Selbitz in die Saale, aber fast gezwungenermaßen guckte man in die entgegengesetzte Richtung auf ein Bauwerk industrieller Wucht: Die riesigen Kessel, rauchenden Schornsteine und mächtigen Halden der Zellstoff- und Papierfabrik Rosenthal prägten das Landschaftsbild. Ein Monster, das jährlich 1,8 Millionen Festmeter Holz verschlang.

Adina sah sich auf dem Parkplatz um. An einer Lore war ein Hinweisschild angebracht: »Feldbahn Blankenberg«. Sie folgte dem Pfeil und kam an einer Haltestelle vorbei. Etwa sechs Mal im Jahr fuhr die Museumsbahn hier noch. Die Schmalspurstrecke hatte ursprünglich die Papierfabriken in Blankenstein und Blankenberg verbunden. Zunächst waren auf der etwa zwei Kilometer langen Strecke Pferdebahnen verkehrt, dann Dampf- und zuletzt Dieselloks. Adina machte sich auf den Weg. Um zwischen den nur 60 Zentimeter auseinanderliegenden Schwellen ohne Stolpern zu gehen, durfte man nicht unachtsam werden. Die Bahnstrecke war gesäumt von Weiden und anderen Laubbäumen. Nach einiger Zeit zeigten sich die ersten Felsen des Bergsporns, den die Schmalspurbahn umrundete und auf dessen Gipfel die Reste des Alten Schlosses Blankenberg lagen. Rechter Hand floss die Saale, die Thüringen von Bayern trennte. Während der deutschen Teilung waren hier Welten und Systeme aufeinandergeprallt. Zwischen dem Fluss und der Bahnlinie hatte damals noch der Grenzzaun mit Selbstschussanlagen gestanden. Auf jedem Zug war ein bewaffneter Grenzsoldat mitgefahren, um dem Lokführer die Fluchtgedanken möglichst auszutreiben. Heute erinnerte nur noch eine Reihe von Betonpfosten, die bereits vom Zahn der Zeit angenagt waren, an diese Jahrzehnte.

Und eine Schiefertafel mit der Inschrift:

»Sie befinden sich im ehemaligen Grenzgebiet (500-Meter-Zone). In der Zeit von 1950 bis 1961 wurden ca. 60.000 unschuldige Bürger entlang der gesamten innerdeutschen Grenze zwangsausgesiedelt, davon 32 Personen aus Blankenberg.«

1952 hatte die Operation den Namen »Ungeziefer«, 1961 wählte man den Namen »Kornblume«. Erst knallharter Stalinismus, dann machte man doch in Euphemismus.

Nachdem sie ein Foto von der Tafel gemacht hatte, setzte Adina ihren Weg fort. Der Fluss plätscherte leise vor sich hin, während Sonnenstrahlen, die durch lichtes Laubwerk fielen, ein Fleckenmuster auf die Schienen zeichneten. Ein Idyll mit Eisenbahnanschluss. Eine Zeitlang wurde sie von einer verspielten Libelle begleitet, die sie immer wieder schnell umrundete, vor- und zurückflog. Im Schatten war sie kaum zu sehen, aber im Sonnenlicht leuchtete sie blaugrün.

»Hab ich wohl ein neues Haustier!«, sagte Adina zu sich selbst. Als hätte die Libelle sie gehört, flog sie schnurstracks auf Adina zu und zog erst unmittelbar vor ihrem Gesicht hoch. Adina lachte auf und drehte sich um.

Da sah sie den Mann. Er blieb ebenfalls stehen. Drehte sich auch um. Sie versuchte, ihn besser zu erkennen, aber das flackernde Spiel aus Licht und Schatten stülpte sich über ihn wie eine Kappe aus Flecktarn. Er suchte etwas in seinen Hosentaschen. Oder tat so, als suchte er etwas in seinen Hosentaschen. Dann ging er in die entgegengesetzte Richtung davon.

Sie wandte sich wieder um und ging zielstrebig weiter. Die Libelle begleitete sie noch kurz, dann hatte sie etwas mit einem ihrer 7.000 Einzelaugen am Wasser erspäht. Ein kurzer Blick aus den Augenwinkeln genügte Adina: Der seltsame Wanderer war wieder hinter ihr. Der Verfolger. Anscheinend hatte er gefunden, was er gesucht hatte. Adina beschleunigte ihre Schritte. Die Felsen wuchsen. Links Gestein, rechts Fluss. Keine Möglichkeit, einen anderen Weg einzuschlagen. Oder zu flüchten. Jedenfalls nicht, ohne zu klettern oder zu schwimmen. Sehen wir es positiv, dachte Adina: unmöglich, sich zu verlaufen. Immer schön zielgerichtet zwischen den schmalen Schienen entlang. Im Zweifelsfall durch den Fluss. Sie drehte sich um, aber wegen der Flussbiegung um die Bastei-Felsen herum war der Weg an dieser Stelle nur über wenige Meter einsehbar.

Adina beschleunigte ihre Schritte und atmete auf, als die Überbleibsel der alten Papierfabrik Blankenberg in ihr Blickfeld kamen. Selbst wenn der seltsame Kerl ihr weiter folgen wollte, hätte er ein Problem: Von hier aus konnte man verschiedene Wege nehmen. Die Brücke über den Fluss, die Straße in beide Richtungen oder hoch zur Schlossruine auf dem Bergkamm. Normalerweise würde sie stehen bleiben und das hochinteressante Industriedenkmal fotografieren. Die Gebäude, die nicht dem Abriss zum Opfer gefallen waren. Den Kollergang, einem Mahlwerk aus zwei mächtigen senkrecht stehenden Steinscheiben.

Adina entschloss sich, dem Rundwanderweg R15 zu folgen. Sie ging durch den Ort und bog in eine schmale Straße, die schnell in einen Feldweg mündete. Im letzten Anwesen am Ortsrand schossen zwei Hunde laut bellend und mit gefletschten Zähnen an den Maschen-drahtzaun. Kläffend und knurrend begleiteten sie die Wanderin, bis die das Grundstück hinter sich ließ. Nach 200 Metern traf Adina auf einen der Kolonnenwege, die DDR-Grenztruppen innerhalb der Sperrzone mit ihren Fahrzeugen genutzt hatten. Der Weg ging steil bergauf. Schnell machte sie Höhenmeter gut. Adina musste daran denken, wie sich die Trabant-Kübelwagen mit ihren 26 PS hochgequält haben mussten. Sie blieb kurz ste-hen, um kräftig durchzuatmen. Von hier aus hatte man einen schönen Blick zu den auf einem Bergkamm gele-genen höheren Ortsteilen Blankenbergs mit der auffälli-gen, aus Natursteinen gebauten Gnadenkirche. Gerade wollte sie weitergehen, da hielt sie inne. Die zwei Hunde bellten wieder. Offensichtlich begleiteten sie lautstark einen anderen Wanderer. Von ihrer Position aus konnte sie den Weg hinter ihr nur circa hundert Meter einse-hen, aber sie hatte eine Befürchtung, wer dort unter-wegs war. Okay, der Typ hatte sich seltsam benommen. Ist ja auch typisch. Wenn ein Wolf einen anderen Wolf im Wald trifft, denkt der sich: ah, ein Wolf. Wenn ein Mensch einen anderen Menschen im Wald trifft, denkt er sich: ah, ein Mörder. Ich könnte einfach stehen blei-ben und abwarten, wer kommt. Oder ich könnte an einem Ort warten, der weniger verlassen ist.

Adina lief weiter. Noch immer ging es bergauf, aber die Steigung war weniger steil. Sie kam an einer einge-zäunten Weide vorbei. Auf einem Anhänger befanden sich ein großer Ballen Futterstroh und ein 1.000-Liter-Wassertank. Daneben standen im Schatten eines Baums ein Ziegenbock, ein Pony und ein Pferd einträchtig nebeneinander. Adina machte ein Foto der tierischen Gesellschaft und drehte sich noch einmal um, bevor sie weiterging. Sie durchquerte ein Wäldchen. Nach einiger Zeit kamen die ersten Häuser und geparkten Autos in Sicht. Das gelbe Ortsschild war eingewachsen und grün bemoost: »Pottiga«.

Adina folgte den Wegweisern zur Hauptattraktion des kleinen Orts: dem Skywalk. Vom Wachhügel aus ragte eine grüne Metalltreppe mit einer runden Aussichtsplattform über den Steilhang des Hügels hinaus. Einen Moment zögerte Adina: Die nicht blickdichten Metallstufen weckten leichte Anflüge von Höhenangst. »Ach komm!«, sagte sie zu sich selbst und nahm die Stufen mit schnellen Schritten. Auf der Plattform wurde sie mit einer wunderbaren Aussicht auf die sich sanft schlängelnde Saale und die weichen Hügel links und rechts belohnt. Eine dünne, windschiefe Kiefer überragte alle anderen Bäume. Sie mochte schon so manchem Sturm widerstanden haben, indem sie ihnen nachgab. Adina fiel der Tocotronic-Song »Kapitulation« ein. Vielleicht hatte Antonia Ackermann die sensationelle Aussicht auch genossen. Die Augen groß und Wind in den Haaren.

Schritte auf der Metalltreppe.

Klingt immer wie im Horrorfilm, dachte Adina – und man will sich nicht umdrehen, aber dann macht man es doch.

Natürlich kam der Verfolger die Treppe hinauf. Der Wolf. Der Mörder.

Adina musterte ihn kurz. Unten im Pavillon mit der E-Bike-Ladestation checkte ein Radfahrer sein Handy, während der Akku des Fahrrads aufgeladen wurde. Sie könnte sich jederzeit zu ihm gesellen. Doch ein anderer Impuls war stärker in Adina: Warum soll ich ausreißen? Ich werde meinen Platz verteidigen. Ich habe keine Angst.

Sie blickte hinunter ins malerische Saaletal. Der Wind spielte in ihren Haaren.

»So schön hier«, sagte der Mann. Seine Stimme war heller, als sie erwartet hatte. Dass sie sich eine Stimme vorgestellt hatte, zeigte ja nur, wie sehr sie im Alarmzustand war.

»Und doch befand sich hier eine Grenze zwischen zwei Machtblöcken, die bereit waren, den jeweils anderen auszuradieren. Und die gesamte Menschheit.«

»Sprechen Sie mit mir?«, fragte Adina.

Der Mann sah sich langsam um. Er zuckte mit den Schultern.

»Sehen Sie noch jemand anders auf der Plattform?«

»Gehen Sie wandern, um Frauen anzusprechen?«

»Wo denken Sie hin? Ich schreibe, um Inspiration zu finden.«

»Wozu wollen Sie inspiriert werden?«

»Ich bin Autor. Edgar Wacht.«

Er verbeugte sich. Gute Manieren gruselten Adina schon seit der Tanzschule, aber nun musste sie das Kennenlernspiel mitspielen.

»So ein Zufall. Ich schreibe auch. Adina Pfefferkorn. Journalistin.«

»Sehr angenehm.«

»Schön, Sie kennengelernt zu haben, Edgar. Ich muss nun weiter, während Sie sicher noch ein wenig die Aussicht genießen wollen.«

»Wenn es Ihnen nichts ausmacht, begleite ich Sie gerne noch ein bisschen. Zu zweit wandert es sich doch angenehmer. Und als zwei Schreiberlinge werden wir uns ja etwas zu erzählen haben.«

Adina musste den Impuls unterdrücken, kurz und knackig mit der Faust zuzuschlagen. Sie hasste das Wort »Schreiberling«.

»Ich bin gerne alleine unterwegs«, sagte sie stattdessen.

Edgar nickte. Und während des Nickens schaute er sie genau an.

»Sie sind jemand, der sich gerne dafür entscheidet, den Weg zu verlieren.«

»Ich verirre mich, wann ich will. Das ist ein freies Land.«

»Ich werde Sie begleiten. Das ist ein freies Land.«

»Wo wollen Sie denn hin, Edgar? Den Kammweg weiter?«

Er lächelte.

»Nein, ich mach wie Sie den Rundweg. Unsere Autos stehen auf dem Parkplatz der Schmalspurbahn nebeneinander. Das ist doch sehr gut, oder?«

»Ja. Sehr gut.«

Adina stapfte den Skywalk nach unten. Edgar folgte ihr. Die Schritte auf den Metallstufen klangen wie ein bedrohlicher polyphoner Metal-Soundtrack.

Adina überlegte sich kurz, ob sie den Radfahrer an der Ladestation ansprechen sollte, dann ging sie zügig ins Tal. Links und rechts Wiesen. Alles noch schön einsehbar. Hier konnte ihr niemand etwas antun. Edgar ging neben ihr in der gleichen Geschwindigkeit. Schaute sie nicht an, sondern konzentrierte sich auf den Weg. Eine Zeitlang sagten sie nichts, und wäre es nach Adina gegangen, hätte es auch so bleiben können, aber Edgar Wacht war eher progressiv in seiner Haltung zu Spoken-Word-Formaten.

»Es ist gut, dass Sie nicht alleine wandern, wo doch der Wandermörder unterwegs ist«, sagte er.

Sie gingen weiter bergab. Irgendwie hatte Adina das Gefühl, noch etwas entgegnen zu müssen.

»Ich hab kein Interesse am Wandermörder«, sagte sie.

»Sie empfinden keine Gegenliebe für ihn«, antwortete Edgar, »aber vielleicht entwickelt er dennoch Gefallen an Ihnen.«

»Ich würde es ihm nicht raten. Ich bin schwer verdaulich.«

»Er isst die Opfer nicht. Er bringt sie nur um.«

Sie kamen in eine mit Weiden bewachsene Auenlandschaft. Adina genoss jeden Meter ohne Wort. Irgendwann sagte Edgar: »Keine Sorge. Ich hab das dabei. Ich kann uns verteidigen.«

Er holte aus einem kleinen am Gürtel befestigten Täschchen ein Klappmesser. Er klappte es aus. Die Klinge war erstaunlich lang, spitz und an manchen Stellen mit Sägezähnen versehen.

»Schönes Messer«, sagte Adina und dachte an das

Pfefferspray, das sie im Rucksack mit sich führte. Wer ist eigentlich so blöd und bunkert ein Pfefferspray im Rucksack?

Sie kamen zu der Brücke, die an der Mühle nach Bayern führte. Rechts davon war ein Felsspalt, aus dem ein ungesund aussehendes eisenbraun-gelbschwefeliges Gemisch sickerte. Adina ging zu der in der Nähe angebrachten Tafel und wurde darüber informiert, dass die Grube in früheren Zeiten der Alaun- und Vitriolgewinnung diente. Bestimmt hatte sich Antonia Ackermann auch dafür interessiert, als sie hier gewandert war.

»Der Wandermörder zerrt seine Opfer immer gerne in Höhlen«, sagte Edgar.

»Ich bin zu fett für den Felsspalt«, sagte Adina und überlegte, ob sie über die Brücke nach Bayern rennen und die Leute in der Mühle rausschreien und rausklopfen sollte. Aber sie kam sich bei dem Gedanken blöd vor. Was sollte sie sagen? Mich verfolgt ein Wanderer, der mich zulabert?

In diesem Moment kamen zwei jugendliche Moped-Fahrer den Weg von Pottiga lautstark nach unten. Sie blieben direkt vor dem Felsspalt und vor den Wanderern stehen. Die zwei Jungs zündeten sich Zigaretten an und begannen, sich lautstark zu unterhalten, über Mädchen und anderes, als wären Adina und Edgar gar nicht da.

Es gibt also doch noch ein Gleichgewicht der Macht, dachte Adina und ging weiter. Der Weg führte wieder sehr steil bergan. Die Landschaft war anspruchsvoll. Und der Untergrund. Typische Grüne-Band-Beton-Lochplatten.

»Ich hasse die Lochplatten«, sagte Adina. Es erschien ihr besser, ihren Mitwanderer mit einem Gespräch zu beschäftigen.

»Die Löcher in den Platten bewirken, dass sie von Pflanzen durchwachsen und so stark mit dem Boden verbunden sind. Du merkst schon: Auch im real existierenden Sozialismus gab es Ideen, und die wurden dann ja umgesetzt in Fünf-Jahres-Plänen«, antwortete Edgar.

»Gute Idee. In der Realität muss man dauernd darauf achten, dass man sich nicht den Knöchel bricht, weil Löcher in den Platten sind.«

»Keine Sorge. Ich lass dich nicht zurück. Dich kriegt der Wandermörder nicht. Notfalls lege ich dich über die Schulter.«

Weit oben über dem Fluss verlief der Kolonnenweg schnurstracks durch den Wald.

Am Anfang ihrer Karriere hatte ein älterer Kollege Adina ernsthaft erklärt, dass man als Journalistin keine Vorurteile haben dürfe. Ein paar Jahre lang hatte sie versucht, sich an diesem Glaubenssatz zu orientieren. Heute würde sie zu dem Kollegen sagen: »Oh, dann haben wir aber ein Problem! Dummerweise ist unser Gehirn nämlich darauf ausgelegt zu kategorisieren und Neues aufgrund von bekannten Informationen in Schubladen einzusortieren. Man muss sich nur des Umstands bewusst sein und sich selbst reflektieren.« Natürlich ist es unfair, mehr Angst zu haben, weil die Person, die an der nächtlichen Bushaltestelle wartet, ein Mann mit Bierflasche und keine Frau mit Baby ist. Andererseits ist Angst auch ein evolutionärer Vorteil. Und sie lässt uns schneller laufen.

Wo hätte sie hinlaufen sollen?

Edgar erzählte noch ein paar Anekdoten vom Wandermörder. Wie ihn die zwei Polizisten fast erwischt hatten, aber dann hatten sie ihn nicht genug gesichert, und er hatte sie von der Rückbank aus geköpft. Von der Landrätin, die einen Wanderweg eröffnen wollte, doch dann lagen ihre abgenagten Knochen in einem Wildschweingehege.

Endlich kamen sie aus dem Wald wieder in eine Flussauenlandschaft. Adina konnte den Kirchturm von Blankenberg sehen. Er beruhigte sie.

Edgar erzählte davon, wie der Wandermörder ein ausgeweidetes Opfer mit dem Kopf nach unten an eine Eisenbahnbrücke gehängt hatte.

Sie kamen an der alten Papierfabrik vorbei und folgten dem steilen Weg hoch zum Bergkamm.

Edgar musste nach Luft schnappen, und seine Geschichten von abgehackten Köpfen in Wanderrucksäcken kamen weniger rhythmisch daher.

Oben angekommen sagte Edgar: »Gehen wir erst mal zur Bastei. Da hat man eine gute Aussicht.«

An der Bastei setzte sich Adina auf eine Bank.

»Geh ruhig nach vorn, Edgar. Ich hab eine Blase. Die muss ich erst mal verarzten.«

Adina öffnete einen Wanderschuh und zog ihn aus.

Edgar stieg über ein paar große Felsstufen auf ein darunter liegendes Plateau. Er überquerte es und kletterte auf die Felsen ganz am Rand.

»Du verpasst eine wunderbare Aussicht.«

»Die Aussicht von hier ist auch super.«

Edgar breitete die Arme aus und rief: »Ich bin der König der Welt!«

Während Adina so tat, als würde sie sich ihrem Fuß widmen, googelte sie in Wirklichkeit den Namen »Edgar Wacht« auf dem Smartphone. Anschließend traf sie noch ein paar Vorbereitungen, während er das Saaletal abfotografierte.

»Direkt hier drunter sind wir vorhin auf der Schmalspurbahn gelaufen«, rief Edgar, während er sich leicht nach vorne beugte. »Wenn von hier oben jemand einen Felsbrocken nach unten wirft, dann ist für den Wanderer im Parterre schnell Schicht im Schacht.«

Adina zog sich den Schuh wieder an.

»Ich geh jetzt zur Burgruine.«

Sie begab sich auf den gewundenen schmalen Weg durch den Laubwald. Noch bevor die ersten Reste der Burgruine Blankenberg auftauchten, hatte Edgar Wacht sie eingeholt. Er war jetzt so nah, dass sie seinen Atem in ihrem Nacken spüren konnte.

»Nur nicht so schnell. Wer schützt denn eine kleine Frau wie dich, alleine im Wald, wenn der Wandermörder kommt!«

Sie spürte seine feuchte Aussprache an ihrem Hals.

»Ich kann mich schon selber schützen.«

Edgar lachte. »Das sagen sie alle.«

An der Burgruine Blankenberg angekommen blieb Adina vor einem Modell des einstigen Alten Schlosses stehen. Ein trutziger Wohnturm mit abgerundeten

Ecken und einem kleinen Innenhof. Die Sowjets hatten es nach der Enteignung im Jahr 1947 gesprengt.

»Radikale Lösungen«, sagte Edgar. »›Sie neigen zu radikalen Lösungen‹, sagt meine Psychologin immer.«

»Meine auch.«

»Haha, sehr gut.« Edgar lachte gekünstelt und drückte die Augenbrauen nach oben.

»Lass uns zur Hauptburg gehen«, schlug Adina vor.

Edgar Wacht schaute zu einer steilen Steintreppe mit Metallgeländer.

»Du meinst, zu der Treppe, die dahin führt, wo keine Hauptburg mehr steht.«

»Ja, genau.«

Edgar ging los.

Adina blieb dicht hinter ihm. Die Tools hatte sie griffbereit. Sie war vorbereitet. Sie konnte sich selbst schützen.

Als sie auf etwa einem Drittel der Treppe waren, hielt sich Adina mit beiden Händen am Geländer fest und trat Edgar mit der Schuhsohle voran in eine Kniekehle. Edgar hatte den Angriff nicht kommen sehen. Ungebremst stürzte er auf die Treppe. Adina stürmte die verbleibenden Stufen nach oben und trat ihm zwischen die Beine, dorthin, wo es am meisten wehtat. Dann setzte sie das Pfefferspray ein. Aus der Nähe direkt in die Augen. Sie kniete sich auf seinen Rücken, riss Edgars rechten Arm hoch und fesselte ihn mit einer Handschelle ans Metallgeländer.

Edgar stöhnte. Tränen liefen ihm über die Wangen. Er zerrte an den Handschellen. Sie setzte sich ein paar

Stufen höher. Sie wollte gerne auf ihn herabschauen. Mit der freien Hand rieb er seine Augen.

»Was soll das werden?«, keuchte er.

»Ich sagte doch: Ich kann mich selber schützen. Krav Maga. Schnell gelernt und sehr effektiv.«

»Haben Sie immer Handschellen dabei?«

»Die kann man für alles Mögliche brauchen.«

»Warum machen Sie das?«

»Keine Ahnung. Vielleicht um herauszukriegen, ob in Ihrem Rucksack der mumifizierte Kopf eines Wanderers ist. Ich hab den Namen Edgar Wacht gegoogelt. Nirgendwo Buchveröffentlichungen.«

»Ich schreib unter Pseudonym. Rupert McCaffrey. Überprüfen Sie das!«

»Vielleicht mach ich das. Später. Erst mal gehe ich da hinauf und genieße die Aussicht von der Burg, die nicht mehr da ist. Das sind Gänsehautmomente. Auf so was stehen Sie doch. Zähneklappern. Höllenangst.«

Adina ging die Treppe hoch. Durch die wenigen Überreste der Burg. Sie setzte sich auf eine Bank und blickte ins Tal. Die Aussicht war wirklich so schön, dass man alles um sich herum vergessen konnte.

3 HINTER DEN KULISSEN

ERFURT

»Adina, kann es sein, dass du da in Blankenstein eine etwas seltsame Begegnung hattest?«, fragte Oli seine Freundin beim Frühstück.

»Was meinst du? Ich war allein wandern. Sonst nichts.«

»Und du hast niemanden getroffen?«

»Dort in der Pampa? Da ist doch der Hund begraben!«, antwortete Adina.

»Hast du eigentlich deine Handschellen noch?«

»Warum willst du das wissen, Oli? Natürlich. Und du weißt so gut wie ich, dass ich mit Krav Maga jeden hinlege, wenn ich noch irgendwie bei Bewusstsein bin«, erinnerte sie ihn an ihre Kampfkünste. »Aber warum fragst du mich das alles?«

»Wenn ich gewusst hätte, dass sich dort ein Wandermörder rumtreibt, hätte ich dich nie in diese Gegend fahren und allein herumlaufen lassen«, sagte Oli.

»Bitte? Wer läuft herum? Ein Wandermörder? Wieso habe ich davon nichts bei meinen Recherchen gelesen?« Adina tat erschrocken.

»Na, nun läuft er ja nicht mehr herum. Jemand hat ihn an ein Geländer gekettet und der Polizei sozusagen auf dem Tablett geliefert. Und die Aktion, ich kann mir nicht helfen, die trägt irgendwie deine Handschrift. Die Polizei hatte ihn schon einmal fast erwischt. Um die Ermittlungen nicht zu gefährden, wurde nichts darüber veröffentlicht«, sagte Oli.

»Okay, Ermittlungen darf man nicht gefährden, aber allein wandernde Frauen. Oder wie soll ich das jetzt verstehen?«, hakte Adina nach.

»Nein, so habe ich das nicht gemeint, aber die Polizeiarbeit ...« Oli war dabei, sich um Kopf und Kragen zu reden. Adina trieb ihn so weit, dass er die Nachfragen einstellte. Immerhin wusste sie jetzt, dass ihre Aktion geglückt und der Kerl dingfest gemacht worden war. Wenn niemand enthüllte, dass sie ihn ans Geländer gekettet hatte, und er selbst nicht sang, konnte sie keiner wegen Freiheitsberaubung zur Verantwortung ziehen. Bei den Winkeladvokaten von heute wusste man ja nie, worauf die ihre Verteidigungsstrategie stützten. Statt einer Auszeichnung für die Lieferung des Mörders würde sie sich vielleicht auf der Anklagebank wiederfinden! Nein, so weit wollte sie es nicht kommen lassen. Auf alle Fälle musste sie sich neue Handschellen besorgen, so viel stand fest.

»Jetzt fahre ich erst einmal nach Erfurt. Da gibt es höchstens Blumenmörder. Du musst dir keine Sorgen machen. Außerdem kommt ja Sally übermorgen an. Ich freue mich so, sie wiederzusehen«, lenkte Adina das Gespräch in eine andere Richtung und fuhr gleich fort, damit Oli erst gar nicht zum Sprechen ansetzen konnte: »Ich habe noch ein paar Besorgungen zu machen, dann fange ich an zu packen. Und das Interview mit dem Musiker muss ich auch vorbereiten«, fügte sie an.

Am Abend versuchte Oli noch einmal, auf das Thema vom Frühstückstisch zurückzukommen, doch Adina erzählte von ihren Plänen in Erfurt. Sie wollte ihre israelische Freundin mit einem ausgefeilten Programm überraschen und brauchte noch einen Tag Vorlauf, um sich ein paar Dinge vor Ort anzuschauen und den Kühlschrank des Apartments aufzufüllen.

Adina fuhr mit der Straßenbahn vom Domplatz in Richtung Hauptbahnhof, um Sally vom Bus abzuholen. Ihr Auto hatte sie in der Tiefgarage der Ferienwohnung stehen. Die Erfurter Altstadt war ihr zu eng, um sie mehrfach mit dem Auto zu durchqueren. Seit sie einmal in so einer Gasse zwischen parkenden Autos hatte rückwärtsfahren müssen, war sie vom Autowahn in der Innenstadt geheilt. Das war der Preis einer Ferienwohnung in der Nähe des Zentrums mit Fußgängerzonen und verkehrsbeschränkten Bereichen.

Am Bahnhofsvorplatz schaute Adina nach der Fernbushaltestelle und lief die paar Meter bis zum Ausstieg. Es dauerte nicht lange, und der Bus aus Berlin rollte ein. Sallys Umarmung war herzlich wie immer. Die beiden Freundinnen kannten sich seit mehreren Jahren und waren sich sowohl in Israel als auch in Deutschland begegnet.

Der Busfahrer hatte das Gepäckfach geöffnet. Sally zog ihren Monsterkoffer ins Freie. Adinas Augenbrauen erreichten fast den Haaransatz. Daran hatte sie nicht gedacht. »Äh, schaffen wir das mit der Straßenbahn oder wollen wir lieber ein Taxi …?«

»Ist es bis zur Haltestelle der Straßenbahn weit?«, fragte Sally.

»Nein, und alles gerade hin. Kein großes Ding«, antwortete Adina. Sie nahmen die Bahn. Beim Aussteigen half ein freundlicher Erfurter, den Koffer auf den Gehweg zu befördern. Er lief noch ein paar Meter neben den Freundinnen her und fragte, was sie in Erfurt vorhätten. Dann gab er ihnen ein paar Tipps. »Fahren Sie unbedingt auf den Petersberg. Mit dem Aufzug, der zur Bundesgartenschau in Betrieb genommen wurde, ist das ganz einfach. Wir Erfurter sind begeistert über die Veränderung des Areals da oben. Nach unten können Sie dann laufen und in den Dom gehen«, sagte er.

»Das glaube ich Ihnen gern. Ich war schon mal kurz oben. Ein fantastischer Ausblick über die Stadt und bis zum Ettersberg in Weimar«, antwortete Adina. Sally erkundigte sich, was es mit dem Ettersberg auf sich hatte. »Das erzähle ich dir später«, versprach Adina.

»Hübsch ist es hier«, sagte Sally, nachdem sie in der Wohnung auf Zeit angekommen waren und den Koffer in die erste Etage gehievt hatten.

»Ich habe lange gesucht, um etwas mit zwei Schlafzimmern und Parkplatz im Zentrum zu finden«, antwortete Adina. Dann schlug sie Sally einen Abendspaziergang an die Gera vor. »In der Altstadt nahe der

Krämerbrücke gibt es viele Restaurants. Da finden wir auf jeden Fall etwas.« Adina peilte eine urige Kneipe am Fluss an. »Es gibt Gerichte mit Hähnchen oder Rind«, las sie die Karte vor. Sie selbst bestellte sich ein Thüringer Rostbrätel mit Bratkartoffeln und ein Hefeweizen. Sally wählte das Hähnchenschnitzel mit Pommes und Salat. Als Dessert teilten sie sich einen Kaiserschmarrn.

Nach dem Abendessen bummelten die Freundinnen durch die Erfurter Altstadt zurück. »Hier muss ich unbedingt tagsüber noch einmal her«, sagte Sally, nachdem sie ein paar Handyfotos von Krämerbrücke und Fluss geschossen und dem Puppenspiel vom Schneewittchen im Theatrum Mundi zugeschaut hatten.

»Du kannst noch den Odysseus sehen, bei uns um die Ecke. Dort ist die Kinder- und Jugendbibliothek und im Schaufenster läuft das Stück, wenn du einen Euro in den Schlitz steckst. Der Puppenbauer ist der gleiche. Martin Grobsch heißt er«, erklärte Adina.

»Das schaue ich mir auf jeden Fall an. Ich liebe Theater«, antwortete Sally.

»Deshalb habe ich uns Karten für ›Nabucco‹ gekauft. Das Theater-Ensemble probt seit ein paar Tagen auf den Domstufen. Du wirst begeistert sein.«

Sally blickte zu Adina: »›Nabucco‹, ist das nicht eine Oper? Ich mag eigentlich keine Opern.«

»Die wirst du mögen, denn es ist ja ein Stück deiner Geschichte. Es geht um das Babylonische Exil und das Streben der Juden nach Freiheit. Ich habe einen Teil vom Bühnenbild gesehen. Es erinnert an die Klagemauer.

Und ein riesiger Davidstern hängt da auch«, versuchte Adina, ihre Freundin zu überzeugen.

»Okay, überredet«, gab diese zurück.

Die beiden Frauen suchten sich ein lauschiges Plätzchen auf einer Terrasse direkt über der Gera und verzehrten genüsslich ein paar Süßigkeiten, die Sally aus Israel mitgebracht hatte. »Ich habe in der Wohnung Getränke kühl gestellt«, sagte Adina, als sie sich auf den Rückweg machten. Sally ließ sich noch mit Pittiplatsch fotografieren, nachdem sie die Skulptur auf einer Bank entdeckt hatten.

»Der Pittiplatsch ist aus dem DDR-Kinderfernsehen und immer noch Kult, jetzt beim Kinderkanal«, klärte Adina auf. Sie versprach ihrer Freundin, dass sie in Erfurt noch über mehr solche Figuren stolpern würden und es genug Fotomotive gebe.

Kurz bevor die beiden zu ihrer Ferienwohnung abbogen, zeigte Adina auf eine enge Gasse. »Schau, das ist die Alte Synagoge. Da gehen wir morgen hin.«

Sally freute sich, dass der Weg nur kurz war. »Ich muss erst ein bisschen ankommen und runterfahren«, sagte sie.

Am Donnerstag frühstückten die beiden Frauen in der Altstadt. »Das ist die Krämerbrücke, stimmt's?«, fragte Sally, als sie das Bauwerk vom Vorabend erkannte.

»Ja, die werden wir noch öfter sehen«, versprach Adina. Dann liefen sie die paar Meter zur Alten Synagoge zurück. Adina sperrte die Taschen in ein Schließfach und kaufte die Eintrittskarten. Danach begaben sich die Freundinnen in das Hinterhaus. Sie besichtigten die Ausstellung über Erfurter Juden und die Geschichte des Gebäudes im Erdgeschoss. Anschließend stiegen sie die Treppen in die erste Etage empor, wo sich alles um die Tora und die Erfurter Bibel drehte.

»Es ist gut, dass sich Erfurt diesem Geschichtsthema stellt. In vielen Orten Deutschlands findet man überhaupt nichts mehr, was an die jüdischen Landsleute erinnert. Dabei waren viele Juden vollkommen assimiliert und wichtige Bürger in den Orten, wie der Kaufmann, der den Erfurter Schatz versteckt hat. Ich bin ganz gespannt«, sagte Sally.

»Den sehen wir gleich, also den Schatz, nicht den Kaufmann«, versprach Adina.

Die Freundinnen setzten sich auf die Stühle im Ausstellungsraum. Sie unterhielten sich noch eine Weile über die Exponate und ihren Hintergrund. Adina wusste viel über Haus und Schatz, Sally brachte die rohen Fakten mit dem jüdischen Leben und seinen Bräuchen zusammen.

»Lass uns in den Keller gehen«, schlug Sally vor.

»Nein, warte noch. Pst.« Adina fuhr ihre Lauscher auf höchste Stufe. »Hast du das auch gehört? Die beiden da haben sich über den Ring unterhalten. Er ist weg.«

»Welcher Ring?«, wollte Sally wissen.

»Der Jüdische Hochzeitsring vom Erfurter Schatz. Echtes Gold, zwei ineinandergelegte Hände und statt eines Brillanten die Nachbildung des Jerusalemer Tempels. Er wird auf das 14. Jahrhundert datiert und wurde wohl bei mehreren Hochzeiten getragen, immer nur bei der Hochzeitszeremonie«, klärte Adina auf. »Komm mit!«

Auf dem Weg nach unten blieb Sally vor dem Schild zur Toilette stehen. »Ich bin gleich wieder da«, sagte sie und verschwand hinter der Tür. Adina lauschte derweil noch dem Gespräch der beiden Frauen, die Museumsaufsicht hatten. Sie hörte etwas von »Werkstatt«, »Restaurierung«, »Ausstellung«, ohne sich einen Reim darauf machen zu können. Gemeinsam mit Sally ging sie die Treppen hinunter in den Keller.

Adina erzählte Sally die Geschichte des Erfurter Schatzes, die sie sich zuvor angelesen hatte. Von dem Tag im Jahr 1998, als bei archäologischen Untersuchungen in der Michaelisstraße mehr als 3.000 silberne Münzen, 14 Silberbarren, über 700 gotische Schmuckstücke entdeckt worden waren, darunter der Jüdische Hochzeitsring. »Beim Ausgraben ahnten die Bauarbeiter nicht, dass sie von einem Tag zum anderen berühmt werden würden. 30 Kilogramm Gold und Silber, das findet man nicht oft«, sagte Adina. »Lass uns die Exponate anschauen«, forderte sie Sally auf. Sie begannen mit den Vitrinen auf der linken Seite und liefen die Runde im Uhrzeigersinn. Sally stand als Erste vor dem leeren Glaskasten in der Mitte des Raumes. »Der Hochzeitsring befindet sich gerade auf dem Weg in eine Ausstellung«, war neben einer Abbildung zu lesen.

»Da komme ich extra aus Israel, und dann stehe ich vor einer leeren Vitrine«, seufzte Sally.

»Sie haben eine Frage?«, meldete sich der Herr von der Museumsaufsicht und kam auf die beiden Frauen zu.

»Ja, ich bin extra aus Israel angereist, um den Ring zu sehen, und nun ist er weg«, sagte Sally. Sie zwinkerte Adina zu. Der Mann brauchte ja nicht wissen, dass sie bis vor wenigen Minuten noch nichts von dem Ring gehört hatte.

»›Weg‹ ist gut formuliert«, meinte der ältere Herr.

»Wie meinen Sie das?«, wollte Adina wissen.

»Na weg, fort, unauffindbar.« Der Mann hob seine Hände mit flatternden Bewegungen, die an freigelassene Brieftauben erinnerten. »Der Ring sollte in die Zentrale Restaurierungswerkstatt gebracht und aufpoliert werden. Er traf jedoch nie ein. Wir wollten mit ihm bei der Ausstellung über jüdisches Leben im Europa des Spätmittelalters glänzen. Nun fehlt er uns in der Ausstellung und die Kuratoren der Sonderschau warten vergeblich«, fuhr der Mann fort.

»Adina, das ist etwas für dich«, sagte Sally zu ihrer Freundin. Die hatte noch gefühlte tausend Fragen an den Herrn.

Bevor sie dazu kam, schwebte eine rothaarige Frau in den Raum. »Was erzählen Sie da?«, fragte sie den Mann mit vorwurfsvoller Miene. »Der Ring ist nicht weg und nach der Ausstellung wird er den Keller wieder zum Strahlen bringen!«

Adina fragte die Frau, was sie so sicher mache.

»Meine Agentur kuratiert Ausstellungen in Erfurt. Wir sind für die Exponate verantwortlich und natürlich über ihren Verbleib im Bilde«, sagte die Frau.

»Dann gewähren Sie mir bitte ein Interview. Mein Name ist Adina Pfefferkorn, ich bin Journalistin.«

Die Farbe wich aus dem ohnehin blassen, sommersprossigen Gesicht. »Das muss ich erst mit unserem Geschäftsführer besprechen. Könnten Sie Ihre Wünsche bitte in einer E-Mail formulieren?«, bat sie Adina und überreichte ihre Visitenkarte. »Und bitte bewahren Sie Stillschweigen über alles, was Sie bis jetzt zu dem Ring wissen.« Sie verabschiedete sich eilig.

»Da stimmt was nicht«, raunte Adina ihrer Freundin zu. Der gesprächige Mitarbeiter hatte sich zurückgezogen. »Komm, Sally, wir haben noch mehr vor«, sagte Adina und lief in Richtung Treppe. Zuvor hatte sie noch ein zweideutiges »Auf Wiedersehen« in den Raum geflötet. An der Kasse kaufte Adina ein Buch über den Erfurter Schatz und die Alte Synagoge. Dann nahm sie die Taschen aus dem Schließfach und folgte Sally nach draußen.

»Guck mal, ob es überhaupt eine Ausstellung zu dem Thema irgendwo auf der Welt gibt«, riet Sally und zeigte ihr den Wegweiser zum rituellen jüdischen Bad.

Adina setzte sich auf eine Bank nahe den Stufen, die zur Mikwe führten. Sie freute sich, dass sie in Erfurt fast überall WLAN hatte. Dadurch ging alles ziemlich schnell. »Sally, hast du gehört, wo die Ausstellung sein soll?«, fragte Adina.

»Nein, nur, dass es um Juden im späten Mittelalter in Europa gehen soll. Also wäre Europa naheliegend«, antwortete Sally.

Adina hatte jahrelang für ein Kultur- und Lifestyle-Magazin gearbeitet und bot der Redaktion auch jetzt noch Beiträge an. Daher kannte sie die relevanten Datenbanken für solche Ausstellungen und Veranstaltungen. »Komisch, nirgendwo ist eine solche Schau gelistet. Sind die in Erfurt einer Ente aufgesessen oder spielt diese Agentur ein falsches Spiel?«

»Ich vermute Letzteres. Es kommt ja immer wieder vor, dass Exponate zum Restaurieren unterwegs sind oder ausgeliehen werden. Da fragt niemand nach, ob sie auch wirklich an dem Ort gezeigt werden«, meinte Sally.

»Egal, ich melde bei meiner Redaktion ein Feature an. Stoff genug gibt das allemal.« Adina öffnete ihr Mailkonto auf dem Handy und schrieb an die Redaktion. Es dauerte nicht lange, bis das Handy »pling« machte. Sie hatte die Zusage. Wenn sie etwas zustande brachte, wurde es gedruckt. Diese Sicherheit machte es ihr leichter, an einer Sache dranzubleiben.

»Sind solche Ringe eigentlich heute noch üblich?«, fragte Adina ihre jüdische Freundin.

»Bei den Aschkenasi, also den europäischen Juden, habe ich so etwas noch nie gehört. Die orientalischen Juden haben viele gute Goldschmiede, vielleicht da. Aber das weiß ich nicht genau«, antwortete Sally.

»Na dann habe ich schon die halbe Miete. Ich erkläre den Brauch, beschreibe den Ring aus dem Schatz, schwenke zu heute … Jetzt müssen wir nur noch herausfinden, wo das gute Stück ist. Ich schreibe gleich die Mail an die Dame in der Agentur. Dann gehen wir weiter«, versprach Adina.

»Mit dir ist es immer spannend«, meinte Sally. Kurze Zeit später standen die Freundinnen auf und liefen zu der Stelle, von der aus man in die Mikwe schauen konnte.

»Wie man sieht, sieht man nichts. Das Glas hat schon bessere Zeiten gesehen. Und in den Raum darf man nur mit einer Führung. Schade«, sagte Adina halbherzig. Sie war vom Jagdfieber befallen. Ihre Gedanken kreiselten unaufhörlich um den Ring.

»Wer könnte ein Interesse daran haben, den Ring verschwinden zu lassen?«, fragte sie Sally, als sie beim Abendessen zusammensaßen. Heute hatten sie eine italienische Trattoria ausgewählt. In Sachen Gastronomie gab es in Erfurt nun wirklich keine Not. »Weißt du schon, was du nimmst?«, fragte Sally mit Blick auf die herannahende Bedienung.

Adina gab ihre Bestellung auf. »Ich hätte gern Antipasti, oder nein, lieber Bruschetta und Zitronenpasta mit Hähnchen. Dazu passt ein Weißwein, trocken«, sagte sie und einigte sich mit der Kellnerin auf Pinot Grigio.

»Ich nehme Vitello tonnato und Tagliatelle mit Trüffel. Dazu einen fruchtigen Rosé«, fügte Sally an.

»Da haben wir gerade einen Hauswein im Angebot, den kann ich Ihnen empfehlen«, sagte die junge Frau und entfernte sich nach Sallys Zustimmung.

Adina nahm den Gesprächsfaden wieder auf und fragte Sally erneut, wer ein Motiv haben könnte.

»Ich weiß nicht …«, meinte Sally.

»Das wäre ein Ding. Der Ring im Panzerschrank und in der Vitrine eine Replik. Nein, das kann nicht sein.« Adina spann den Gedanken weiter. »Der Ring ist unverkäuflich, denn es gibt kaum erhaltene Exemplare von Hochzeitsringen und diesen nicht noch einmal. Einschmelzen wäre Unsinn. Da könnte man auch anderen Schmuck nehmen.

»Es könnte ja sein, dass sich diese merkwürdige Dame in das Schmuckstück verliebt hat und es heimlich austauschen wollte. Aber was wollte sie damit machen? Oder es steckt ein Liebhaber von ihr dahinter. Glaubst du, dass heute noch jemand so bedeutende Spuren jüdischen Lebens in Erfurt beseitigen will? So richtig ergibt das alles keinen Sinn, oder?«, fragte Sally.

»Lass uns uns nicht den Kopf zerbrechen. Sicher hören wir bald mehr über die Geschichte. Für meinen Beitrag reicht das, was wir bis jetzt wissen, allemal. Die werden staunen in Berlin«, sagte Adina.

Zurück in ihrem Zuhause auf Zeit besprachen die Freundinnen den kommenden Tag. »Wir gehen zum späten Frühstück. Es gibt ein Restaurant mit Frühstücksbüfett. Dorthin habe ich Yogev Shetrit bestellt. Ich will ein Interview mit ihm machen, für das Magazin. Er tourt ja überall in der Welt und ist jetzt auch öfter in Deutschland. Hilfst du mir zu übersetzen? Er spricht zwar Englisch und zumindest haben wir uns verstanden, als wir den Termin vereinbart haben, aber manchmal gibt es so Nuancen, die man in einer fremden Sprache nicht bemerkt.«

»Natürlich bin ich behilflich. Es ist komisch, dass ich ihn noch nie in Israel getroffen habe, aber hier mit dir. Ich glaube, er ist nicht so oft im Norden, wo ich wohne«, antwortete Sally.

»Habe ich dir gesagt, dass ich uns zum Konzert heute Abend im Jazzclub angemeldet habe? Der ist neuerdings etwas außerhalb der Altstadt, am Juri-Gagarin-Ring. Wir laufen dahin, vorbei am Augustinerkloster, in das wir noch einen Blick werfen können. Es ist nicht sehr weit«, erklärte Adina.

»Ich sehe, du hast an alles gedacht und lässt kein Vergnügen aus«, meinte Sally.

»Du bist ebenfalls akkreditiert, als meine persönliche Übersetzerin.«

Punkt 10 Uhr hatten Sally und Adina an einem der hinteren Tische des Cafés Platz genommen und warteten auf ihren Gast. »Ach so, es kommt noch eine Radiomoderatorin dazu. Hab ich ganz vergessen zu sagen. Ich kenne sie vom Studium. Als sie hörte, dass ich eine Deutsch sprechende Israelin im Schlepptau habe, war sie hellauf begeistert.«

»Dann komme ich wohl im Radio?«, fragte Sally. »Das kann passieren. Sie will das Konzert heute Abend groß ankündigen und braucht ein paar O-Töne. Sag bitte, dass es dir ein großes Bedürfnis ist, das israelische Trio um den Ausnahme-Drummer Yogev Shetrit zu erleben. Und dass du in Israel viel von ihm gehört hast.«

»Hab ich ja auch. Ich hatte nur noch nicht das persönliche Vergnügen. Aber das verschaffst du mir ja gerade«, antwortete Sally.

»Hallo, Adina, willkommen in Erfurt. Ich freue mich, dich wiederzusehen. Das letzte Mal ist eine Weile her. Und das ist deine israelische Freundin, ja?«

»Hallo, Lony. Schön, dass du gekommen bist. Das ist Sally. Das hast du genau richtig erkannt. Der große Meister ist noch nicht eingetroffen, aber du kannst dich inzwischen am Büfett bedienen. Das Frühstück ist echt preiswert«, sagte Adina. Nach ein wenig Small Talk kamen sie auf die Alte Synagoge und den Hochzeitsring zu sprechen. »Sag mal, Lony, hast du in den vergangenen Tagen etwas von dem Ring gehört, oder überhaupt in letzter Zeit?«, fragte Adina.

»Was meinst du? Dass er weg ist?«, fragte Lony nach.

»Also doch. Wir waren gestern in der Ausstellung. Sie haben uns erzählt, der Ring sei auf dem Weg zu einer Sonderschau. Nur gibt es gar keine zu dem Thema, nirgendwo auf der Welt«, sagte Adina.

»Das ist sonderbar. Mir hat auch jemand erzählt, dass der Ring noch einmal poliert werden soll, in den Restaurierungswerkstätten, wo die ganzen Erfurter Kulturgüter gerettet und aufgehübscht werden. Und dass er für ein paar Wochen verliehen wird. Es gibt seit Längerem so merkwürdige Gerüchte um den Ring. Seit sich diese private Agentur darum kümmert«, sagte Lony.

»Du meinst, dass in der Ausstellung nicht das Original gezeigt wird, sondern eine Replik? Aber verschwunden ist die trotzdem. Und eine Replik in dieser Qualität und Größe hat einen hohen Wert. Daran muss ja jemand ein besonderes Interesse haben. Vielleicht ist die Agentur nicht ganz koscher«, gab Adina zu bedenken.

Während die Frauen noch überlegten, erschien der erwartete Musiker an der Restaurant-Terrasse und hielt nach ihnen Ausschau. Adina erkannte ihn an seinen weißen Haaren und der auffälligen Frisur. Sie rief seinen Namen, ein Lächeln huschte über sein Gesicht. Er trat an ihren Tisch und begrüßte die Damen auf Englisch mit einer angedeuteten Verbeugung. Sally antwortete auf Ivrit. Das Eis war sofort gebrochen, denn mit so viel Heimat in 4.000 Kilometern Entfernung hatte er nicht gerechnet. Die beiden wechselten ein paar Worte in ihrer Muttersprache, wobei das nicht das richtige Wort war, denn Sallys Mutter stammte aus Deutschland und seine aus Marokko. Beide gehörten zu der Generation, die in Israel geboren war. Dann erklärte Sally dem Drummer erst einmal, wie er zu Kaffee und etwas zu essen kam. Er ging zum Büfett und deckte sich mit dem, was er zum Frühstück brauchte, ein. Nach dem Essen startete Adina mit ihrem Interview. Lony hatte zuvor gefragt, ob sie das Gespräch mitschneiden durfte.

Der Musiker hatte ausreichend Zeit, sodass Adina ihm viele Fragen stellen konnte. Sally half an den Stellen, an denen es etwas holperte, zum Beispiel bei den Erklärungen zu den einzelnen Rhythmen. Als ihn Adina fragte, ob er kein Problem habe, seine jüdisch-andalusisch-marokkanisch-israelische Musik ausgerechnet nach Deutschland zu bringen und sie mit dem Publikum hier zu teilen, erntete sie ein verständnisloses Kopfschütteln. »Es gibt für mich nichts Besseres, als meine Musik in der Welt zu spielen und Menschen damit zu begeistern. Ich bin bei Festivals und in Clubs auf der ganzen Welt unterwegs. Warum sollte ich sie also nicht mit euch teilen!«, sagte er.

Lony musste als Erste weg, um den Beitrag für die Radiosendung zusammenzubauen. »Wegen der anderen Sache bleiben wir in Kontakt!«, rief sie Adina zu, nachdem sie noch ein paar Sätze von Sally aufgenommen hatte.

Adina bat Yogi zu ein paar Fotos. Die Erfurter Altstadt war wie geschaffen für ein kleines Shooting mit dem Musikstar. Er lehnte am Geländer, saß auf den Stufen an der Krämerbrücke und schaute kontemplativ über die Gera. Die übrigen Bilder wollte sie schießen, wenn er mit seinen Musikern am Abend in Aktion war.

»Sehen wir uns heute Abend im Jazzclub?«, fragte er, ehe er sich verabschiedete.

»Aber sicher, wir und Lony werden da sein. Das sind schon drei Besucher«, lachte Adina.

Lony traf am Abend kurz nach Adina und Sally im Club ein. Sie kannte die Leute vom Einlass und am Tresen und begrüßte sie freundlich. Mit einem frisch gezapften Bier trat sie an den Tisch, an dem Adina und Sally saßen. »Darf ich bei euch Platz nehmen?«, fragte sie.

»Aber natürlich«, antwortete Adina. Es war noch etwas Zeit bis zum Beginn des Konzerts.

»Was habt ihr morgen vor?«, fragte Lony.

»Wir wollten auf den Petersberg, hinauf mit dem Aufzug, runter zu Fuß und dann noch in den Dom«, antwortete Adina.

»Das trifft sich gut. Kannst du deine Freundin für eine Stunde allein lassen? Ich habe dich für die Pressekonferenz angemeldet. Du hattest den richtigen Riecher. Um 11 an der Hütte. Es geht um etwas Größeres. Vergiss die Kamera nicht«, sagte Lony.

»Das ging ja fix«, antwortete Adina. Dann gaben sich die drei den Jazz-Klängen hin und riefen am Ende nach einer Zugabe.

Am Morgen lief Adina mit Sally über den Dom-platz zum Aufzug, der die Stadt mit dem Petersberg verband. Seit der Bundesgartenschau ersetzte er den Weg für alle, die sich den steilen Aufstieg nicht antun wollten. Von der oberen Plattform aus eröffnete sich ein Panoramablick über Erfurt bis nach Weimar. Die Frauen blieben eine Weile stehen und genossen die Aus-sicht. Sally erkundigte sich nach dem weißen Turm am Horizont. »Das ist der Glockenturm auf dem Etters-berg. Er erinnert an das ehemalige Konzentrationslager Buchenwald«, antwortete Adina. Und war froh, dass Sally wegen der vielen Eindrücke keine Zeit hatte, wei-tere Fragen zu stellen. Sie hatte ihr ja bei der Ankunft in Erfurt eine Erklärung dazu versprochen.

Ihr Weg führte sie direkt zum Paradiesbaum. »Das Kunstwerk von Ruth Horam und Nihad Dabeet aus Israel ist ein Geschenk der ACHAVA Festspiele, die jedes Jahr in Erfurt und anderen Thüringer Orten statt-finden. Die Erfurter und Leute von außerhalb haben die Blätter gekauft und Nihad hat sie Stück für Stück ange-bracht, nachdem der in Israel zusammengebaute Baum via Schiff von Haifa aus in Hamburg und mit dem Lkw in Erfurt angekommen und aufgestellt war. Die Leute konnten dem Künstler zuschauen«, erklärte Adina.

»Ruth Horam, sagst du? Die ist erst vor Kurzem ver-storben. Ich habe davon gehört. Es gibt mehrere solcher Bäume, stimmt's?« Sally blickte Adina an.

»Ja, ein etwas kleinerer steht in Jerusalem im Kreisverkehr Wingate, da wo es zur Schocken-Bibliothek und zur Residenz des Premierministers geht. Aber Letzterer fährt wohl immer von der anderen Seite in sein Domizil und sieht das Kunstwerk der Jüdin und des Arabers eher selten«, antwortete Adina.

»Dafür sehen es hier viele«, sagte Sally und schoss ein paar Bilder mit Dom und Severikirche im Hintergrund. »Es ist so schön auf dem Berg. Diese Aussicht …«, schwärmte Sally.

»Vielleicht können wir Nihad Dabeet im Atelier besuchen, wenn ich wieder in Israel bin? Er lebt in Rame. Erfurt ist übrigens die Partnerstadt von Haifa«, sagte Adina.

»Echt? Ich bin in Haifa geboren und dort zur Schule gegangen, wenn ich nicht gerade in Deutschland war. Von Erfurt habe ich nie etwas gehört«, antwortete Sally.

»Dann weißt du ja jetzt umso besser Bescheid. Schau, das ist ›Die Hütte‹, eines der beliebtesten Restaurants in Erfurt, was angesichts des Blickes über die Stadt nicht verwundert. Ich muss jetzt zu der Pressekonferenz, die dort stattfindet. Du kommst sicher allein zurecht«, sagte Adina und zeigte Sally noch das Besucherzentrum und Fidi, die kleine Fledermaus aus dem Kinderkanal, die zwischen den beiden Gebäuden auf einem Abzugsschacht herumlungerte. »Du hast ja genug zu entdecken. Vielleicht gibt es sogar eine Führung. Ich rufe dich an, wenn ich fertig bin«, sagte Adina und begab sich zur »Hütte«, wo die Pressekonferenz stattfinden sollte.

Am Einlass zeigte Adina ihren Presseausweis und

ließ die Sicherheitskontrolle über sich ergehen. Lony stand an der Eingangstür und begrüßte sie. »Ein bisschen ungewohnt, dass wir kontrolliert werden, aber ich sagte dir ja, dass es um etwas Größeres geht«, erklärte sie.

Zusammen betraten sie den Raum. Adinas Gesicht hellte sich auf, als sie einen früheren Kollegen aus Berlin entdeckte. »Mensch, Mischa, was machst du denn in Thüringen?«, fragte sie ihn.

»Ich bin jetzt Chef des Thüringer Platzhirsches unter den Zeitungen. In Berlin waren die Karrierechancen zu schlecht«, antwortete er.

»Meinen Glückwunsch«, erwiderte Adina.

Ins Präsidium am anderen Ende des Raumes war Bewegung gekommen. Ranghohe Polizeibeamte hatten neben dem Oberbürgermeister Platz genommen. Die rothaarige Schönheit von der Ausstellungsagentur und viele Adina unbekannte Gesichter waren da. »Alles, was in Erfurt Rang und Namen hat. In der zweiten Reihe links sitzt der Mann, dem wir die Pressekonferenz verdanken. Er war bei einer der Taschenlampenwanderungen durch die Horchgänge der Zitadelle Petersberg. Dort ist ihm etwas aufgefallen«, klärte Lony auf. Adina war froh, dass sie durch das Interview mit Yogev Shetrit wieder Kontakt mit ihrer Studienkollegin hatte. Lony kannte sich in Erfurt deutlich besser aus als sie und war ihr eine große Hilfe.

Der Chef der Thüringer Polizei trat ans Mikrofon und begrüßte zuerst die anwesenden Personen, die den Journalisten Rede und Antwort stehen sollten, und dann die Medienvertreter selbst. »Heute ist ein großer Tag für uns: Wir haben das Nest einer Bande ausgehoben, die seit Längerem aktiv ist. Immer wieder verschwanden Kunstgegenstände aus Thüringer Museen und Galerien, oft unbemerkt. Um die Ermittlungen nicht zu gefährden ...«

»Blablabla«, flüsterte Lony.

Adina nickte ihr zu.

»Diesmal sind die Kunsträuber zu weit gegangen. Sie wollten den Hochzeitsring des Erfurter Schatzes stehlen.«

Adina sah, wie die rothaarige Dame aus der Agentur auf ihrem Stuhl hin und her rutschte.

»Die Räuber haben eine internationale Ausstellung mit jüdischen Kunstwerken vorgetäuscht. Der Ring sollte für die Ausleihe noch in den Zentralen Restaurierungswerkstätten der Erfurter Museen poliert werden. Er kam nur nie an. Ein Netz von Helfern und Helfershelfern sorgte dafür, dass er und mit ihm noch weitere Schmuckstücke verschwanden«, setzte der Polizeipräsident fort.

Adina stupste Lony an. »Guck mal, die Dame dort. Sie hat sich uns gestern als Mitarbeiterin einer Agentur vorgestellt, die für die Exponate verantwortlich ist. Und sie machte einen sehr überreizten Eindruck. Mit der stimmt etwas nicht.«

Die Pressevertreter wurden langsam unruhig und wollten ihre Fragen loswerden. Der Polizeipräsident setzte seinen Vortrag seelenruhig fort. »Ich möchte Ihnen den Mann vorstellen, der uns auf die Spur des

Diebesgutes gebracht hat: Samuel Simon, ein sehr aufmerksamer Bürger. Herr Simon, kommen Sie bitte nach vorn.« Die ersten Kameraverschlüsse klickten, die Fotografenmeute stürzte sich auf den Mann, der vermutlich älter war, als er aussah. Was hätten sie auch sonst im Bild festhalten sollen von dieser Pressekonferenz außer ein paar Köpfen!

Während sich der Genannte erhob und den Weg in die vordere Saalmitte antrat, blickte Adina unablässig zu der rothaarigen Frau. Die saß jetzt nur noch halb auf ihrem Stuhl und drehte sich regelmäßig zur Tür um, wie um den Abstand zum Ausgang zu taxieren.

»Samuel Simon war nach längerer Zeit wieder bei einer Taschenlampenführung dabei, um sich den Baufortschritt anzuschauen. Ihm sind ein paar Veränderungen aufgefallen, die nichts mit der Sanierung des Petersberges und seiner Gebäude zu tun haben. Ich will jetzt gar nicht näher darauf eingehen. Danke, lieber Herr Simon, dass Sie Erfurt vor einem großen Verlust bewahrt haben«, sagte der Polizeipräsident.

Die Sekretärin des Oberbürgermeisters übergab dem Mann eine Geschenktüte. Das Blitzlichtgewitter brach über den Geehrten herein. »Sie bekommen noch eine Einladung in den Stadtrat«, rief das Stadtoberhaupt in den Applaus der Anwesenden, die keinen Fotoapparat in den Händen hatten und klatschen konnten. Die Rothaarige hielt ihre Hände still und saß in Habachtstellung auf ihrem Stuhl.

Nachdem der Erfurter wieder Platz genommen hatte, begann endlich die Fragerunde für die Jour-

ʹnalisten. Die erste Frage drehte sich um das Auffinden der Kunstgegenstände. »Dazu möchten wir aktuell keine weiteren Angaben machen. Bitte haben Sie dafür Verständnis. Aber wir haben eine Liste für Sie, in der die gefundenen Gegenstände aufgeführt sind. Alle akkreditierten Journalisten erhalten diese Liste per Mail. Ist jemand vom Museum oder der Ausstellungsagentur da, der sich mit den Exponaten beschäftigt?«, fragte der Polizeipressesprecher. Alle schauten instinktiv auf die rothaarige Frau. Die stand auf und tat so, als wollte sie etwas sagen, stammelte ein paar Worte in Richtung bereitgehaltenes Mikro und ergriff die Flucht. Doch sie hatte nicht mit Adina gerechnet, die sich ihr in den Weg stellte.

»Lassen Sie mich durch, sonst …«

»Was sonst?«, fragte Adina, wehrte die auf sie zurasende Hand ab und legte die Frau gekonnt aufs Kreuz. Ein paar Beamte im Saal applaudierten, andere waren erschrocken. Zwei hatten bereits ihre Richtung eingeschlagen. »Diese Frau ist höchst verdächtig. Sie ist mir bereits gestern in der Alten Synagoge aufgefallen. Ich hoffe, Sie stimmen mit mir überein und lassen sie nicht laufen«, rief Adina in den Saal.

»Keine Sorge, wir hatten sie auch auf dem Schirm. Aber Sie waren schneller«, sagte einer der Polizeibeamten. Er half der Rothaarigen auf und legte ihr Handschellen an. »Sie stehen im Verdacht, am Diebstahl der Kulturgüter beteiligt zu sein«, hörte Adina und dann den üblichen Spruch, den die Beamten bei Festnahmen aufsagen mussten. Sie führten die Dame ab.

Adina wollte noch weitere Fragen stellen. »Das können wir aktuell nicht beantworten. »Wir danken Ihnen für Ihren Einsatz. Bitte vereinbaren Sie gleich einen Termin für eine Zeugenaussage. Und falls Sie einen neuen Job suchen – da lässt sich bestimmt etwas machen«, sagte der Polizeisprecher zu Adina.

»Krav Maga, meine Empfehlung für jeden Beamten«, erwiderte sie lässig. »Die mauern gewaltig«, sagte Adina zu Lony. Die Radiojournalistin meldete sich: »Können Sie uns wenigstens etwas zu den Dieben sagen? Bisher war das alles ziemlich dürftig, was uns geboten wurde.«

Die Journalisten applaudierten ihr. Der Polizeipräsident runzelte die Stirn.

»Vielleicht so viel: Wir haben es mit einer international agierenden Bande zu tun, deren Spuren bis in den Iran reichen. Von der kriminaltechnischen Untersuchung des Fundortes versprechen wir uns weitere Erkenntnisse. Die Bandenmitglieder erschleichen sich das Vertrauen von Museumsmitarbeitern oder Beauftragten und spähen so ihre Beute aus. Das mit einem Vertrag über die Ausleihe zu einer fiktiven Ausstellung scheint jedoch ein Novum zu sein. Offensichtlich ist die Mitarbeiterin der Ausstellungsagentur auf so einen Mann hereingefallen. Einsame Herzen scheinen sehr anfällig zu sein. Oder sie macht bewusst gemeinsame Sache mit ihm. Aber dafür braucht es weitere Ermittlungen. Bis dahin gilt die Unschuldsvermutung«, sagte er.

Lony musste lachen. Unschuldsvermutung und die Medien … »Zum Glück sind wir nicht die Justiz. Hier ist heute nichts mehr zu holen«, flüsterte Lony ihrer Kollegin zu.

Ein paar Minuten später verabschiedete sich Adina von Lony, die noch ein paar Interviews machen wollte. »Wir bleiben in Kontakt. Falls du etwas erfährst, halte mich bitte auf dem Laufenden«, sagte Adina.

»Du mich auch. Mach's gut. Und danke für die Idee mit dem israelischen Musiker. Der kommt echt gut rüber.«

Sally steuerte auf sie zu, als Adina das Restaurant verließ. »Willst du wissen, wo die gestohlenen Sachen gefunden wurden? Ich kann dir die Stelle zeigen«, sagte sie.

»Lass uns warten, bis der Trubel vorbei ist. Komm, wir trinken einen Kaffee«, schlug Adina vor und holte zwei Becher. Sie setzten sich ein wenig abseits auf eine Bank und Sally berichtete von ihrer Entdeckung.

»Der Mann stand so verlassen vor der Tür, da habe ich ihn gefragt, ob er etwas sucht. Er lachte und meinte, dass es eher umgekehrt sei. Und so verwickelte ich ihn in ein Gespräch. Und weil ich ja bei einigen deiner Interviews dabei war, habe ich ihm ein paar gut verpackte Fragen gestellt. Ich kann das auch recht gut.«

»Und was hast du erfahren?«, wollte Adina wissen. »Zum Beispiel, dass die rothaarige Frau von der Agentur sich wohl hat einlullen lassen, von einem der Kerle, die zu einer Bande gehören.«

»So etwas Ähnliches kam bei der Pressekonferenz ebenso zur Sprache. Ich habe sie übrigens an der Flucht gehindert. Du weißt schon – Gefahrenabwehr.«

»Die israelische Armee hätte ihre wahre Freude an dir«, lachte Sally.

»Ich habe vorhin sogar Angebote bekommen, falls ich einen neuen Job suche. Aber im Moment sieht es eher nach zu viel Arbeit für mich aus. Ich schicke der Redaktion fix eine erste Nachricht, damit die das Ereignis gleich vermelden können«, antwortete Adina.

»Du scheinst das Kriminelle magisch anzuziehen«, sagte Sally und erinnerte an den realen Mord in der Theaterpremiere auf der Burgruine Elsterberg, die sie zusammen mit Adina besucht hatte.

»Apropos Theater! Wir gehen runter zum Dom, schauen uns das Innere an. Die Domstufen sind ja gesperrt, wegen der Theateraufführungen. Aber der Biergarten ist offen, da können wir etwas trinken. Dann erholen wir uns ein wenig für heute Abend«, schlug Adina vor.

Sie genossen die Himbeer-Fassbrause mit Blick zum Domplatz, zum Minervabrunnen und dem Obelisken, erfreuten sich im Vorbeigehen an dem bunt bepflanzten Hügel und liefen über die Marktstraße zu ihrem Apartment.

Sally genoss die »Nabucco«-Aufführung auf den Domstufen. Zwischen zwei Akten hatte sie Adina angestupst und sich für die Idee bedankt. Bei dem Bühnenbild war ihr das Herz aufgegangen. Und den Gefangenenchor kannte sie aus der Schule. »Manchmal muss man dich zu deinem Glück zwingen«, lachte Adina. Was Sturheit und Eigensinn betraf, nahmen sich die beiden Freundinnen nicht viel.

Den Abend ließen sie in der Kultkneipe »Noah« ausklingen, die sich gegenüber vom Naturkundemuseum befand. Das Essen war hervorragend, das Biersortiment kaum zu überblicken. Adina probierte zuerst eine Variante namens Organic Apricot, dann ein Blanche de Namur Rosé mit Himbeergeschmack.

»So schmeckt sogar mir Bier«, sagte Sally, die bei Adina gekostet hatte. Sally wollte sich die vielen Bilder an den Wänden ansehen, deshalb hatten sie sich entschieden für einen Tisch im Inneren. Der füllte sich im Laufe des Abends mit Tomatensuppe, Lauchrührei, Kartoffelpuffern mit Räucherlachs und einem Bauernfrühstück »Noah«. Als Dessert wählten die beiden Walnusseis mit warmen Zimtpflaumen. Dazu tranken sie fruchtige Ale und Cider.

In der Altstadtkneipe bestellten sie auch gleich für den Freitagabend einen Tisch, um mit dem Shabbat ihren Abschied zu feiern. Zuvor hatten die beiden Frauen Erfurt als Gartenstadt erkundet. Dazu fuhren sie auf das Gelände des »egaparks« mit der Erfurter Gartenbauausstellung und in den Stadtwald. Sally begeisterte sich vor allem für die Blumenpracht und das Museum auf dem Gelände. »Hierher muss ich unbedingt noch einmal im Frühling kommen. Natürlich wieder mit dir«, sagte sie zu Adina.

Sally fuhr am Samstag mit dem Fernbus nach Berlin. Sie wollte das Wochenende mit Bekannten verbringen und am Montag früh fliegen. Adina brachte Sally mit ihrem Auto zum Bahnhof. Sie hatte rund zwei Stunden Fahrt ins Erzgebirge vor sich.

»Ich habe zwei richtig gute Storys mitgebracht. In der einen geht es um die vielfältigen Einflüsse in Kunst und Kultur und darum, wie sie von Künstlern verarbeitet werden. Dazu habe ich Yogev Shetrit interviewt. Das zweite ist ein Feature zum Erfurter Schatz. Aber das ist eine längere Geschichte«, erklärte Adina Oli, nachdem sie ihr Gepäck ausgeladen hatte.

»Und du warst natürlich wieder mittendrin statt nur dabei«, erwiderte er.

»So ähnlich. Ich habe auf alle Fälle allerhand zu schreiben und Bilder zu bearbeiten. Und am Tourismusportal ist einiges zu tun. Ich hatte diese Woche kaum Zeit dafür«, sagte Adina.

»Ich verstehe. Der Kühlschrank ist gut gefüllt und ich kümmere mich ums Abendessen. Dann kannst du mir alles erzählen«, sagte Oli.

Adina kam aus dem Schwärmen über Erfurt nicht mehr heraus. »Sally will da unbedingt wieder hin, im Frühling, wenn die Natur erwacht und die vielen Frühblüher die Stadt und das ›ega‹-Gelände schmücken. Sie war ganz traurig, dass sie nicht zur Bundesgartenschau gekommen ist. Aber da war ich noch in Ostsachsen unterwegs und wollte mich vergiften lassen. Und Yogev Shetrit und seine Musik findet Sally auch toll. Sie will jetzt unbedingt seine Konzerte besuchen, wenn er in Israel auftritt«, beendete Adina ihren Bericht über den Aufenthalt.

»Schön, dass ihr Spaß hattet und meinen Kollegen helfen konntet. Bevor ich es vergesse: Ich habe deine

Post auf den Schreibtisch im Arbeitszimmer gelegt. Es ist ein Brief der Landespolizeiinspektion Saalfeld dabei. Er kam erst gestern, deshalb habe ich dir noch nichts davon erzählt«, sagte Oli. Die Stimmung änderte sich schlagartig.

»Ich schau gleich nach«, sagte Adina und sprang auf. Sie eilte ins Arbeitszimmer, nahm die Briefe in die Hand und öffnete zuerst den aus Saalfeld. Förmliche Zustellung. Ein Termin für eine erneute Zeugenaussage. Hatte das Vögelchen vielleicht endlich gesungen und erzählt, wie es dieser Antonia ergangen war?

Sie drückte die Power-Taste des Computers und ließ das Gerät hochfahren. Sie suchte nach einer Bleibe in Rudolstadt, in der sie vor dem Termin bei der Polizei in Saalfeld übernachten konnte. Die Orte waren in unmittelbarer Nachbarschaft und hatten die gleiche Polizeiinspektion. Und Rudolstadt stand ohnehin auf ihrer Wunschliste für das Tourismusportal.

Dann ging Adina zurück ins Wohnzimmer. Oli hatte den Tisch bereits abgeräumt und kümmerte sich um Ordnung in der Küche. »Ich muss kommende Woche nach Saalfeld. Sie wollen mich weiter befragen«, sagte Adina.

»Verständlich«, meinte Oli kurz angebunden.

»Ich würde die Fahrt gleich mit einem Aufenthalt in Rudolstadt verbinden. Das liegt in der Nähe.«

Oli erwiderte nichts.

»Meinst du wirklich, dass ich fahren soll? Oder soll ich um Terminverlegung bitten? Ich war ja gerade eine Woche weg«, fragte Adina.

»Fahre bitte. Ich komme zurecht. Wirklich«, antwortete Oli.

Adina schaute ihn an. Wollte er sie nicht hier haben? Und warum war er so abweisend, wenn es um Saalfeld ging? Adina war ratlos.

Das ganze Wochenende über saß sie am Computer und schrieb ihre Erfurt-Geschichten für die Zeitung. Zwischendurch sortierte sie die neuen Daten für das Internetportal, beantwortete Mails und las Thüringer Nachrichten. Sie hoffte auf irgendeinen Hinweis im Feengrotten-Fall um den toten Schatzsucher und das rätselhafte Verschwinden der Geologin. Am Sonntag buchte sie eine Ferienwohnung mitten im historischen Zentrum von Rudolstadt. Ihre Wäsche war gerade trocken, als sie den Koffer erneut packte.

4 NICHT NUR EIN GESTÄNDNIS

RUDOLSTADT

Ruhe. Himmlische Ruhe. Adina erwachte und schaute auf die Uhr. Es war bereits zehn, sie hatte verschlafen. Und irgendetwas war anders als an den vergangenen Tagen. Da hatte sie täglich um Punkt acht Uhr die Steinschneidemaschine der Pflasterer am Anger in Rudolstadt geweckt. Ein lang gezogenes »Eeenggggghhh«, unterbrochen von kreischenden Pfeiftönen, direkt vor ihrem Schlafzimmer nahe der Sternquell-Bierstube. Sie hätte dem Straßenbauer den Hals umdrehen können, wenn er nicht immer so freundlich gegrüßt und so gut ausgesehen hätte. Das hatte ihm einen Bonus bei ihr verschafft. Jedes Mal, egal, ob sie kam oder ging, sagte er mit südländischem Akzent: »Schönen guten Tag, Madame.«

Die Nachbarn hatten ihr erzählt, dass das mit dem Krach jetzt seit Monaten so gehe. Nur beim Folkfest im Juli sei es relativ ruhig gewesen. Zuerst wurde die Straße aufgebuddelt, dann wurden Kanäle verlegt. Zu allem Überfluss fand man einen historischen Brunnen, der dokumentiert und verfüllt werden musste. Dann rückten die Pflasterer an. Und nicht nur am Anger, sondern auch in den angrenzenden Straßen.

Akribisch wurden Pflastersteine und größere Granitblöcke auf die passende Größe zugeschnitten. Manchmal waren die Reihen nur halb so dick wie die des ohnehin kleinen Pflasters. Zwischendurch das Festklopfen der Steine. War es vor dem Haus relativ still, hatte sich der Lärm auf die andere Seite des Gebäudes verzogen. Zwischen acht und 18 Uhr, Montag bis Freitag. Nur heute nicht.

Adina konnte sie spüren, diese himmlische Ruhe. Sie schwang sich aus dem Bett, denn sie hatte noch einiges an Programm in der Gegend zu absolvieren. Hitze und Trockenheit beflügelten nicht unbedingt ihren Elan, obwohl sie die Wärme eigentlich gut vertrug.

Heute hatte sie ihren Termin in der Landespolizeiinspektion Saalfeld. Deshalb war die Wahl des Quartiers auf Rudolstadt gefallen. Die Stadt war ihr kaum vertraut gewesen. In Saalfeld hatte sie mit Mia und deren Gruppe erst kürzlich ein langes Wochenende verbracht und war in ein kriminelles Abenteuer geschlittert. Deshalb hatten sie die Beamten erneut eingeladen.

Als sie vor gut einer Woche gekommen war, hatte sie sich über das fehlende Leben in der Stadt gewundert. Bisher kannte sie Rudolstadt nur von den jährlichen Folkfesten. Sie war immer von Berlin gekommen, um darüber zu berichten, schon als das Festival noch »Tanz&FolkFest« hieß. 2016 war es zum »Rudolstadt-Festival« geworden und trotzdem das größte Folk-

Roots-Weltmusik-Festival Deutschlands geblieben. Vier Tage lang steppte jeweils Anfang Juli der Bär zwischen Heidecksburg, Altstadt und Heine-Park in den Saale-auen. In manchen Jahren weilten an dem Wochenende 100.000 Besucher in der Thüringer Kleinstadt, mehr als viermal so viele, wie der Ort Einwohner hatte.

Jetzt waren nur ein paar Urlauber und Tagestouristen in der Stadt. Trotzdem hatte Adina Mühe, abends einen Platz in einer Gaststätte mit regionalem Angebot zu finden. Sie hatte bereits Hummus mit Falafel, knusprige Ente mit Reis, Pizza Vierjahreszeiten und ein Lamm-gericht mit Raita gegessen, bevor sie das erste Origi-nal Thüringer Rostbrätel mit Bratkartoffeln in einem Lokal verzehren durfte. Kein Personal, Urlaub, abends nicht geöffnet oder mehrere Ruhetage, das Restau-rant im Schillerhaus gleich ganz geschlossen – es war nicht einfach gewesen für eine Nichteinheimische. Ges-tern Abend hatte sie sich wieder ins Gewimmel auf der Bleichwiese gestürzt, wo das Jubiläumsvogelschießen stattfand. Als größtes in Thüringen wurde es beworben. Die Annaberger Kät, die noch deutlich älter war, hatte sie größer in Erinnerung, aber sie konnte sich auch täu-schen. Auf der Bleichwiese gab es alles, was das Herz begehrte. Sie hatte die Fahrgeschäfte bestaunt und sich vor der Geisterbahn auf einen Liegestuhl gelegt. Die Geschwister Weisheit verursachten ihr mit ihrer Hoch-seilartistik eine Gänsehaut. Die Travestie-Show erinnerte an das Berlin der Goldenen Zwanziger, der Autoscoo-ter und die Berg- und Talbahn namens »Musik Palast« hatten etwas vom Rummel in der DDR. Damals waren

Volksfeste oder Kirmesfeiern ein Großereignis. Ihre Großmutter hatte ihr davon erzählt. Für die Geisterbahn »Fahrt zur Hölle«, bei der sich selbst die angeschickerten Oktoberfestbesucher gegruselt haben sollen, hätte sie sich noch erwärmen können, aber allein hatte sie keine Lust. Das Riesenrad hatte sie eine Weile beobachtet, um es dann trotzdem abzuwählen. Der Blick auf die Heidecksburg hätte sie gereizt, nur bewegten sich die wackelnden Gondeln für Adinas Geschmack viel zu schnell. Das historische Riesenrad im Wiener Prater war so ziemlich das Maximale, worauf sie sich bei Fahrgeschäften einließ. Es blieb alle paar Meter stehen und gestattete so den Blick auf die Stadt. Da war genug Zeit, um die Eingeweide ruhigzustellen. Über »Höllenblitz«, »Wellenflug« oder das weltweit höchste Looping-Karussell »Infinity« brauchte sie erst gar nicht nachzudenken. Überschlag in 65 Metern Höhe! Das Einzige, was sie sich am Abend gönnte, war die Fahrt in einer Gondel des venezianischen Nostalgie-Karussells. Ansonsten beobachtete sie das Treiben und den Spaß der anderen, genoss das bunte Farbenspiel bei einsetzender Dunkelheit und ließ sich an der Wildwasserrutsche nassspritzen, wo sie zuschauenderweise ihr Knoblauchbrot verspeiste. Die Entscheidung zwischen Fladenbrot mit warmem Schafskäse, Kartoffelspiralen, Fischbrötchen, Langos, Crêpes, Pulled Pork, Thüringer Rostbratwurst und Steaks, Pommes, kandierten Früchten und gebrannten Mandeln, Eis und den anderen Leckereien war ihr nicht leichtgefallen.

Am Freitagabend war sie zum ersten Mal hier gewesen und hatte sich als Journalistin in den Rundgang des

Bürgermeistertrosses gemogelt. Dieser begann nach einem Böllerschuss der Schützen, bei dem so manchem vor Schreck der Bierbecher überschwappte. Der größte Spaß war der Besuch der Vorführung mit der Frau ohne Kopf. Bild und Ton versetzten die Ehrengäste in die lockere Jahrmarktstimmung der 5oer-Jahre, wie man sie aus alten Filmen kannte. Außer dem Bürgermeister, dessen Konterfei sie auf der Webseite der Stadt gesehen hatte, erkannte sie nur noch die Medienvertreter, und die vor allem anhand von Block, Stift, Mikro oder Kamera. Deshalb wusste sie auch nicht, von wem die Bemerkung stammte, dass die kopflosen Frauen früher wenigstens nackt gewesen waren. Das Wesen im schwülwarmen Zelt mit roten Vorhängen war in schwarze Spitze gehüllt. Doch erotische Anfälle waren angesichts der Drähte und Leitungen eher nicht zu erwarten. Nach drei Minuten hatte die Dame alles gegeben, was sie zu geben vermochte, und wurde wieder hinter den blutroten Samt befördert.

Die offiziellen Besucher verließen mit ihrem Gefolge das Spektakel. Das Werbeschild »Junge Frau zum Mitreisen gesucht«, ausgerechnet bei einer Nummer mit Frau ohne Kopf, gab nicht nur Adina Rätsel auf. Die Männer witzelten noch über die Fehlerquote, während gegenüber gerade Natalia Weisheit mit dem Motorrad über das Seil brauste und die 66 Meter hohe Spitze der Hochseilanlage erklomm. Diese Frau hatte keine Mühe, die anwesenden Besucher in ihren Bann zu ziehen.

Am Abend hatte sie dann noch den Pflasterer getroffen, der mit zwei jungen, akzentfrei Deutsch sprechenden Männern unterwegs gewesen war. Er hatte ihr freundlich zugewunken und war ins Kettenkarussell gestiegen.

Da sie heute Morgen verschlafen hatte, musste sich Adina sputen, damit sie im Kaffeehaus Wenzel noch ein Frühstück serviert bekam. Sie bestellte sich ein Omelett und einen Früchteteller, dazu einen Milchkaffee. Am Nachbartisch unterhielten sich zwei jüngere Frauen lautstark über Reisen nach Schottland, gescheiterte Beziehungen, ihren Job und die Kinder. Adina verkniff sich eine Bemerkung. Vielleicht war sie einfach nur zu empfindlich. Aber dieser Mangel an Rücksichtslosigkeit, gepaart mit Egoproblemen und dem Hang zur Selbstdarstellung, begegnete ihr öfter. Sie vermutete sogar, dass viele Beziehungsprobleme darin ihren Ursprung hatten. Dass die Frau just in diesem Moment vom Wechselmodell bei der Betreuung ihrer Kinder sprach, schien ihr recht zu geben. Adina nahm den letzten Schluck ihres Kaffees und zahlte, bevor ihr Adrenalinspiegel die Decke berührte.

Als Adina in ihr Quartier zurückkehrte, sah sie zwei der Pflasterer aufgeregt miteinander reden. Sie fragte, wo denn ihr Kumpel heute sei. »Kumpel ist gut, er ist unser Chef«, sagte der eine mit Tränen in den Augen.

»Er ist weg, einfach weg. Seine Freundin im Ort sagte uns, dass er in der Nacht nicht nach Hause gekommen sei. Und nun wissen wir nicht, wie es weitergeht«, fügte der andere an.

In der Ferienwohnung packte Adina zusammen, was sie für die Fahrt brauchte, und trug dezent Schminke auf. Heute würde sie ihr Auto wieder einmal bewegen. Es stand seit Tagen für fast kein Geld auf dem Parkplatz hinter dem Cineplex. Parkgebührenwucher muss also nicht sein, dachte sich Adina.

Überhaupt hatte sie Hochachtung vor dieser Stadt, die einmal Residenz gewesen war und mit dem Slogan »Schillers heimliche Geliebte« warb, im Jahr zwei riesige Events wie das Festival und das Vogelschießen stemmte und auch sonst in der reichen Thüringer Kulturszene mitmischte. Adina mochte die vielen Skulpturen mit regionalen Persönlichkeiten, die Schillerzitate an den Häusern, den Schillergarten und das kleine Museum, die Heidecksburg, die hoch über der Stadt thronte, die Grünanlagen, die hübsch sanierten Häuser mit ihren unterschiedlichen Haustüren, die malerischen Gassen und die Saaleauen.

Adina drehte den Zündschlüssel um und fuhr nach Saalfeld.

»Kriminalhauptkommissar Matthias Claudius, guten Tag.«

Adina musste sich das Lachen verkneifen.

»Ich weiß, den stellen sich die meisten anders vor, aber ich kann ja nichts dafür. Mein Vater entstammt einer Familie Claudius, und irgendwie zieht sich der Vorname Matthias durch die Jahrhunderte.«

»Ich dachte gerade an das Gedicht ›Auf einen Selbstmörder‹: ›Er glaubte sich und seine Not zu lösen durch den Tod. Wie hat er sich betrogen!‹«

»Ich sollte mich wieder einmal mit den Gedichten

beschäftigen, wo ich schon so heiße wie der Dichter«, erwiderte der Beamte. »Sie wissen, worüber ich mit Ihnen sprechen will. Schildern Sie doch bitte noch einmal, was an diesem Tag in den Feengrotten passiert ist.«

Adina erzählte die Geschichte ihres Wochenendausfluges mit Mia, sprach vom Besuch in den Feengrotten, der plötzlichen Dunkelheit und ihrer Entdeckung der Hand des Toten in der Stinkefinger-Grotte. Der Beamte unterbrach sie immer wieder, um Nachfragen zu stellen. Dann ging er auf den Vorfall an der Hallelujah-Hütte und den Mordversuch an ihr ein.

Als sie fast fertig waren, übernahm Adina die Position des Fragenstellers: »Können Sie sich an das Verschwinden der Geologin Antonia Ackermann von der Bergakademie Freiberg erinnern?«

Claudius überlegte einen Moment. »Wann war das?«

»Exakt weiß ich es nicht, so vor fünf Jahren.«

»Was genau wollen Sie wissen?«

»Na zum Beispiel, was unternommen wurde, um sie zu finden. Wurden die Feengrotten durchforstet? Haben Sie nach möglichen Verstecken gesucht? So was.«

Dann erzählte Adina von der lauten Bemerkung aus der Dunkelheit: »Das ist genau wie damals, als die Praktikantin hier verschwand.«

»Mein Eindruck ist, dass dieser Wolf-Diether Angst hatte, ich könnte Licht ins Dunkel der Sache von damals bringen. Ist die Geologin wiederaufgetaucht? Tot? Lebendig? Wissen Sie etwas darüber?«

»Ich erinnere mich an einen Vermisstenfall, aber ich war damals neu in Saalfeld und bin nicht vertraut mit der Sache. Ich müsste in die Akten schauen und meine Kollegen fragen.«

»Könnten Sie das bitte tun? Vielleicht ist es ein Cold Case, dessen Lösung mit dem aktuellen Mord und dem Anschlag auf mich zusammenhängt«, sagte Adina.

»Fahren Sie heute noch nach Annaberg zurück?«, fragte der Beamte.

»Ich habe ein Zimmer in Rudolstadt gebucht, gleich in der Altstadt beim Anger. Ich will mich noch ein wenig in der Gegend umschauen«, antwortete Adina.

»Ich wohne in Rudolstadt. Wenn Sie mögen, können wir uns auf einen Kaffee treffen oder zusammen essen. Ich habe morgen ab um vier frei«, schlug er vor.

Puh, wieder ein Kriminalhauptkommissar. Die scheinen alle auf der Suche zu sein, dachte Adina. »Ja, gern, Sie können mir sicher auch ein paar Rudolstädter Geheimnisse verraten.«

Als Adina in ihre Ferienwohnung zurückkam, versuchten die Pflasterer ein kompliziert aussehendes Stück nahe ihrem Eingangstor mit Steinen zu füllen. »Und, etwas Neues von Ihrem Kumpel?«, fragte sie.

»Nein. Er ist weg. Seine Freundin hat Wut auf ihn. Sie ist schwanger und glaubt, dass er sich aus dem Staub gemacht hat. Aber das glauben wir nicht. In zwei Wochen wären wir hier eh weg gewesen und sie mit dem Kind allein.«

»Das klingt ja interessant«, meinte Adina. Der Bauarbeiter starrte sie verständnislos an.

Am Abend ging Adina durch den Heine-Park. Nachmittags hatte es endlich geregnet. Der Nebel waberte über die Saale wie die Gedanken durch ihren Kopf.

Vor ihr lag ein Bauwerk, das sie mit seinen aufragenden Säulen an die Überreste der Baracken von Auschwitz erinnerte. Nur, dass alles enger beieinanderstand. Lass es bitte kein Kriegerdenkmal sein, mit den Namen der Gefallenen des Zweiten Weltkriegs, bei denen es keinen interessiert, was sie vor ihrem Ableben getrieben haben, flehte sie innerlich. Sie hasste diese Gedenksteine und den Volkstrauertag, an dem alle Gefallenen gleichermaßen geehrt wurden, Täter wie Opfer. Adina ging um die Mauer herum. Der Zugang über eine Treppe war mit einem Tor verschlossen. Keine Namen. Nur eine Tafel, die an die gefallenen Studenten aus dem Ersten Weltkrieg erinnerte. Jemand hatte ein paar Noten auf die Steine gemalt. »Make Music, not War«. Das hätte sie sofort unterschrieben und zum Gesetz erhoben.

Ihr Weg führte sie an ein paar alten Koniferen vorbei, deren Äste bogenartig zur Erde gewachsen waren und so eine Art Höhle bildeten. Während Adina noch dachte, dass sie gar nicht wissen wollte, was unter dem grünen Dach alles lag, hatte sie bereits einen Schritt in Richtung der Öffnung gemacht und sich gebückt. »Sch…«, entfuhr es ihr. »Der Steinschneider.« Sie fühlte seinen Puls. Nichts. Adina stand auf und wählte den Notruf.

»Sorry, eigentlich wollte ich Sie erst morgen treffen. Es tut mir leid, dass Sie wegen mir jetzt noch arbeiten müssen«, sagte Adina zu dem Beamten, der am Nachmittag ihre Zeugenaussage in Saalfeld aufgenommen hatte.

»Mir auch. Sie scheinen die Fälle ja tatsächlich anzuziehen. Ich denke, wir verschieben unser Treffen gleich auf um sieben Uhr abends. Vorher wird das nichts, Frau Pfefferkorn. Das sieht nach viel Arbeit für die nächsten Tage aus, sehr viel Arbeit«, antwortete er.

Adina schilderte kurz die Situation.

»Jetzt müssen Sie wieder eine Zeugenaussage machen. Das können wir gleich in der Dienststelle vor Ort erledigen. Da brauchen Sie nicht extra nach Saalfeld fahren«, sagte Kommissar Claudius. Adina folgte ihm auf die nahe gelegene Polizeistation, während die eingetroffene Tatortgruppe das Gelände und dessen Absperrung übernahm.

»Sie kennen den Toten? Ich denke, Sie haben keine Bekannten in Rudolstadt?«

Adina erzählte von den Pflasterarbeiten vor ihrer Haustür, der stets freundlichen Begrüßung des Arbeiters, wenn sie das Haus verließ oder zurückkehrte, seinem gepflegten Äußeren und dem verschmitzten Blick, dem man schwer widerstehen konnte. Sie gestand ihren Groll, wenn sie die Steinschneidmaschine pünktlich früh um acht und damit viel zu zeitig weckte. Dann erwähnte sie das Gespräch mit den beiden Kollegen des Toten, berichtete von der schwangeren Freundin, der Begegnung mit dem Pflasterer auf dem Vogelschießen und seinen beiden Begleitern.

»Na, da haben wir ja jede Menge Motive und Arbeit. Lärmgeschädigte, die Freundin, Saufkumpane ... Aus-

länderfeindlichkeit vielleicht eher nicht, obwohl Rudolstadt einst einen Namen in der Szene hatte. Er war ja
mit Deutschen unterwegs auf dem Vogelschießen und
hatte eine deutsche Freundin ...«

»Das klingt tatsächlich nach viel Arbeit«, stellte
Adina fest. »Morgen 19 Uhr beim Italiener am Markt?
Bleibt es dabei?«

»Ja, selbst Kriminalbeamte müssen manchmal etwas
essen«, sagte der Kommissar. Adina verkniff sich eine
Bemerkung darüber, dass sie das nur allzu gut von zu
Hause kannte.

Der Kriminalkommissar wartete bereits, als Adina am
Markt eintraf. Ein Kellner geleitete sie zu ihrem Platz.
Er zündete eine Kerze an, für die es noch viel zu hell war.

»Ich habe die alten Akten gezogen und den Fall Antonia Ackermann noch einmal genauer unter die Lupe
genommen. Und ich muss sagen, Sie könnten den richtigen Riecher haben. Mein Kollege, der sich näher mit der
Sache beschäftigt hat, sieht das ebenso. Vielleicht lösen
wir den Cold Case gleich zusammen mit dem Fall um
die Wasserleiche. Beide Opfer sind Geologen, beide sind
verschwunden, nur einer ist wiederaufgetaucht, unfrei-
willig. Und der Anschlag auf Sie ... Ich heiße übrigens
immer noch Matthias. Wenn Sie einverstanden sind, können wir zum Du übergehen«, schlug der Kommissar vor.

»Adina, aber das wissen Sie ja bereits«, antwortete
sie nach kurzem Zögern. Sie war sich nicht sicher, was
der Kommissar mit der Einladung und der vertrauten
Ansprache bezweckte. Da sie jedoch mehr über diese

Antonia in Erfahrung bringen wollte, spielte sie das Spiel mit.

»Eigentlich darf ich dir das ja gar nicht erzählen, aber was soll's. Ohne dich würden wir ja beim aktuellen Fall im Trüben fischen. Und bei dem von heute sowieso. Der Verdächtige bei dieser Antonia war ein Kollege von uns. Einer aus meiner Dienststelle kannte ihn sogar vom Studium. Er kommt aus dem Erzgebirge und war damals in Chemnitz. Uhlig heißt er.«

Adina fiel die Tortellini von der Gabel. Nur jetzt nichts anmerken lassen, sonst bin ich draußen, dachte sie. Der Kommissar war zum Glück mit dem Bändigen seiner Spaghetti beschäftigt. Mit einem Mal wurde Adina klar, warum Oli etwas gegen das Wochenende in Saalfeld gehabt hatte. Sie spießte die Tortellini unelegant auf und beförderte sie in ihren Mund. Damit war sie erst einmal von einer Antwort befreit und konnte kurz nachdenken.

Matthias fuhr fort: »Es hatte sich schnell herausgestellt, dass es der Freund nicht gewesen sein konnte. Er hatte ein wasserdichtes Alibi, denn er weilte damals zusammen mit Kollegen bei einem Lehrgang. Und wir waren am Ende mit unserem Latein. Die Geologin war beliebt. Sie hatte Kontakte zu einigen Saalfeldern, ging mit Freundinnen aus, war in den Feengrotten eine wichtige Hilfe bei Fachführungen, und attraktiv soll sie auch gewesen sein, einfach eine Bilderbuchfrau.«

Obwohl Adina beim Wort »Bilderbuchfrau« einen Stich in ihrem Herzen fühlte, setzte sie das Gespräch fort.

»Dieser Wolf-Diether hat mir erzählt, dass sie ihre wahre Identität verschwiegen habe und in den Feengrotten nach seltenen Erden suchte. Genau wie bei diesem Schatzsucher im Stinkefinger-See hatte er also Angst, dass etwas gefunden wird, was abbauwürdig ist und die Touristenattraktion weiter zerstört. So wie damals, als die Wismut die Heilquelle verschüttete. Das könnte als Motiv reichen«, sagte Adina.

In Gedanken war sie jedoch bei Oli, dem sie vertraut hatte. Wieso hatte er ihr diese Antonia verschwiegen? Die Frau, von der Wolf-Diether behauptet hatte, dass sie ihr ähnlich sehe.

»Du wohnst doch in Annaberg. Vielleicht kennst du diesen Lars-Oliver Uhlig? Wir werden ihn auf alle Fälle mit den neuen Erkenntnissen konfrontieren müssen. Hoffentlich reißen wir da keine alten Wunden auf«, sagte der Kommissar.

Adina schwieg beharrlich und aß weiter. Lars-Oliver Uhlig, ihr Lebensgefährte. Der Mann, mit dem sie den Rest ihres Lebens verbringen wollte. Der Vertrauensbruch schmerzte.

»Ich bin erst einmal zwei Tage weg. Nach dem Wochenende komme ich wieder. Du hast ja meine Nummer, falls etwas ist. Halte mich auf dem Laufenden, hier wie dort«, sagte Adina dem Kommissar zum Abschied.

Auf der Fahrt nach Annaberg überlegte Adina, wie sie sich Oli gegenüber verhalten sollte. Die Enttäuschung saß tief. Trotzdem versuchte sie es auf die sanfte Art und erzählte ihm von den Erkenntnissen über den Typen, der sie erschlagen wollte. Die neue Leiche, über die sie in Rudolstadt gestolpert war, ließ sie erst einmal weg. »Dieser Wolf-Diether hat zu mir gesagt, das mit dem Geologen sei ähnlich wie damals mit Antonia gewesen. Sie war aus Annaberg. Weißt du etwas darüber?«

Oli entgegnete nichts.

»Bestimmt werden sie auch wegen ihr weiter ermitteln. Die wollen den Fall vielleicht wieder aufrollen. Was meinst du? So sag doch endlich was!«, fuhr Adina fort.

Oli ging ins Bad. Nach einiger Zeit hörte Adina die Wasserspülung rauschen. Oli kehrte zurück an den Esstisch. »Komm«, forderte er sie auf. Adina folgte ihm ins Arbeitszimmer. Der Wandschrank war ihr bisher nie aufgefallen. Oli drehte den Schlüssel, dann gab er Zahlen in ein zweites Schloss ein und öffnete die Tür. Adina blickte in das Gesicht einer jungen Frau, die ihre Schwester hätte sein können.

»Das auf dem Foto ist Antonia. Sie war meine Freundin. Wir wollten heiraten, wenn sie ihren Doktortitel hatte und zurück nach Annaberg kommen konnte. Sie ist immer noch verschwunden. Drei Jahre habe ich gesucht. Seitdem hasse ich Saalfeld. Und die Feengrotten ganz besonders.« Oli liefen Tränen übers Gesicht.

Adina sagte nichts. Dann ging sie auf ihn zu und umarmte ihn. »Warum hast du mir das nicht gesagt?«

»Was hätte es geändert?«, fragte Oli.

Adina stimmte in sein Schluchzen ein. »Sie sieht mir ähnlich. Das hat dieser Wolf-Diether behauptet, bevor er mich erschlagen wollte«, stellte Adina nach einer Weile des Schweigens fest.

»Ja, das ist mir damals auf dem Waldgeisterweg in Ehrenfriedersdorf aufgefallen, als wir uns zum ersten Mal begegnet sind. Zuerst wollte ich nur wissen, ob du irgendetwas mit ihr zu tun hast. Dann habe ich mich Hals über Kopf in dich verliebt.«

»Und jetzt?«, fragte Adina.

»Ich bin hin- und hergerissen. Einerseits möchte ich wissen, was mit ihr passiert ist. Andererseits würde ich gern abschließen. Sie kann nicht die dritte Person in unserer Ehe sein«, sagte Oli.

Erstmals hatte er von Ehe gesprochen. Adina wusste nicht, was sie antworten sollte. Sie ging ins Wohnzimmer, machte die Stereoanlage an. Norah Jones sang ihr »Don't Know Why«. Adina wünschte sich auch, dass sie wegfliegen könnte. Irgendwohin, wo sie nicht ständig von Kriminellen und Kriminalfällen verfolgt wurde. Wo die Liebe regierte. Doch sie wusste, dass sie sehr allein sein würde.

An beiden Tagen versuchte Adina mit Oli über die Wiederaufnahme der Ermittlungen zu sprechen. Dabei musste sie ihm von dem Treffen mit Matthias Claudius erzählen und von ihrem Schweigen, als Olis Name fiel. Sie hatte keine Ahnung, wie sie aus der Nummer rausfinden sollte, ohne ihr Gesicht zu verlieren. Sie war nicht ehrlich gewesen, als sie dem Kriminalkommissar in Rudolstadt ihre Beziehung zu dessen Kollegen in Annaberg verschwiegen hatte.

»Was würdest du mir raten?«, fragte sie Oli.

»Wenn du ihm die Wahrheit sagst, erfährst du wahrscheinlich nichts mehr. Wenn du sie verschweigst und er mitbekommt, dass wir liiert sind, gleichfalls nicht. Soll ich ihn anrufen?«

»Ich weiß nicht, ob das so eine gute Idee ist. Ein persönliches Gespräch ist sicher der bessere Weg«, meinte Adina.

»Hat er dir irgendwelche Avancen gemacht, äh, ich meine, etwas Persönliches …?« Oli stotterte herum.

»Nein, natürlich nicht. Wir haben nur über die Fälle gesprochen und ein bisschen über Rudolstadt.«

»Fälle?«

»Ach so. Ich habe dir noch gar nicht erzählt, dass ich im Heine-Park eine Leiche gefunden habe, unter einer riesigen alten Konifere, die wie eine Höhle gewachsen ist. Und dass ich den Mann, der da drin lag, kannte.«

Oli stöhnte. »Was beichtest du denn noch alles? Und wieso kanntest du den Mann? Ein bisschen viele Männer um dich herum in Rudolstadt, oder?«

Adina erzählte Oli die Geschichte von dem Pflasterer, der ihr jeden Tag den Schlaf geraubt hatte. »Übrigens habe ich meine Rechnung beim Italiener selbst bezahlt«, fügte sie an.

»Na, dann pass schön auf, dass du nicht wieder in Verdacht gerätst. Es sind langsam allerhand Leichen, die deine journalistischen Spuren pflastern.«

»Du tust ja gerade so, als könnte ich etwas dafür«, erwiderte Adina.

»Nein, natürlich nicht«, versuchte Oli, den Beziehungsstreit abzuwenden. Norah Jones sang »Come Away With Me«.

Am Montag rief Kommissar Claudius an, kaum dass

Adina in Rudolstadt zurück war. »Sehen wir uns heute Abend?«, fragte er.

»Ja, ich glaube, das wäre gut«, antwortete Adina.

»19 Uhr beim Inder in der Mauerstraße«, schlug der Kriminalbeamte vor. Sie sagte nicht, dass sie dort vor ein paar Tagen gegessen hatte.

Den Nachmittag verbrachte sie im Heine-Park bei den Thüringer Bauernhäusern, in denen ein Museum untergebracht war.

Die meisten Gäste beim Inder hatten den Biergarten gewählt. Adina und Matthias bevorzugten den Innenraum und nahmen in einer Nische Platz. Der einzige Nachteil war, dass ab und an einer auf dem Weg zur Toilette vorbeikam. Ansonsten waren sie ungestört. »Probier mal ein indisches Bier«, forderte Matthias die Journalistin auf.

»Ich bleibe lieber bei Mango-Lassi, das kenne und liebe ich«, erwiderte Adina.

Bevor sie zu ihrer Beichte ansetzen konnte, hatte Matthias angefangen, von den Ermittlungen zu erzählen. »Wir haben uns am Wochenende auf dem Vogelschießen umgehört. Deine Beobachtung mit den zwei jungen Männern haben mehrere geteilt. Aber niemand konnte mehr Angaben zu den Herren machen. Sie scheinen nicht aus Rudolstadt zu kommen. Heute waren meine Kollegen rund um den Anger unterwegs und haben Anlieger befragt. Bewohner, Anwälte, Steuerberater, Geschäftsinhaber, Therapeuten … Alle haben sich zwar vom Lärm gestört gefühlt, aber gesagt, dass sie ja um das Ende in wenigen Wochen wissen und das bis dahin aushalten würden. Da war keiner, der sich verdächtig gemacht hat.«

»Ich habe ja auch keinen Mordgroll gegen ihn gehegt. Zumal er immer freundlich war.«

»Das haben die Anwohner übrigens bestätigt. Und dass er sehr gepflegt aussah.«

»Ja, selbst mir ist aufgefallen, dass er trotz des Knochenjobs Wert auf sein Äußeres legte. Sicher war er regelmäßig bei einem der Barbiere in der Stadt, denn die Haare waren stets gegelt, der Bart getrimmt. Er sah ein bisschen orientalisch aus, obwohl die Haarfarbe am Abend durch den Staub von Tiefschwarz in Steingrau gewechselt hatte.«

»Er war Bulgare, lebte aber bereits lange in Deutschland und zog mit seinen Mitarbeitern von Baustelle zu Baustelle. Und wahrscheinlich von Frau zu Frau«, vermutete der Kommissar.

»Und die schwangere Freundin?«, hakte Adina nach. »War schon jemand bei ihr?«

»Das ist ein wenig heikel. Unsere Kollegin, die auf Frauen in besonderen Situationen spezialisiert ist, kommt erst morgen wieder. Aber wir wissen den Namen und die Adresse.«

»Habt ihr geschaut, ob sie aus Rudolstadt stammt oder vielleicht zugezogen ist?«, fragte Adina.

»Du meinst …«

»Ja. Sie ist schwanger. Und hat sich bestimmt mehr versprochen, eine Zukunft mit ihm oder so. Aber die beiden Kollegen haben mir gesagt, dass sie in zwei Wochen eh weg sein wollten. Richtig weit weg. Und jetzt nicht wissen, wie es weitergeht. Schaut sie euch ruhig genauer an. Enttäuschte Liebe gebiert oft grausame Ideen.«

»Ich muss noch einmal telefonieren. Bestellst du mir bitte Chicken Curry mit Kokos, mittelscharf?«, bat der Kommissar und ging nach draußen.

Adina nahm Huhn in Mandel-Sauce. Sie war nicht sicher, ob er nach ihrer Beichte noch mit ihr sprechen wollte. Deshalb beschloss sie, erst mit ihm zu essen, ehe sie ihm von Oli erzählte. Es dauerte nicht lange und er kam zurück, fast gleichzeitig mit der Bedienung.

Als das Geschirr abgeräumt war und Matthias sich ein zweites Bier bestellt hatte, während Adina immer noch am Pappstrohhalm ihres Mango-Lassis sog, setzte sie an: »Du, möchtest du die Telefonnummer von Kriminalhauptkommissar Lars-Oliver Uhlig?«, fragte sie Matthias.

»Du kennst ihn also. Mir war schon so, als du mit den Tortellini kämpftest.«

»Da hatte ich gerade feststellen müssen, dass ich ihn doch nicht kannte. Oder zumindest nicht alles von ihm wusste. Das hat mich etwas aus der Bahn geworfen. Ich lebe mit ihm zusammen.«

Jetzt war es raus. Matthias schwieg eine gefühlte Ewigkeit. »Du weißt, dass mich die Treffen mit dir meinen Job kosten können?«

»So in etwa. Es tut mir leid, wenn ich dich enttäuscht habe. Aber sieh es positiv: Ich habe euch zwei Leichen geliefert, einen Täter, an dessen Händen vielleicht noch mehr Blut klebt, und jede Menge Details dazu.«

»Da ist etwas dran. Trotzdem sollten wir uns erst einmal nicht mehr treffen. Gibst du mir die Telefonnummer von Kommissar Uhlig?«

»Natürlich. Ich habe sie dir ja angeboten«, antwortete Adina. Sie schickte die Visitenkarte an Matthias' WhatsApp-Nummer.

Mit einem unverbindlichen »Lass uns in Kontakt bleiben« verabschiedete er sich von Adina. Sie lief die paar Meter bis zu ihrer Ferienwohnung zurück.

Die folgenden beiden Tage verbrachte sie mit Ausflügen und Wanderungen in der näheren Umgebung.

Adina wandelte auf Schillers Wegen an der Rudolstädter Rivera mit der Schillerhöhe. Sie beneidete den jungen Friedrich, der damals noch einen freien Blick auf die Heidecksburg gehabt haben musste und zum Haus der Lengefeld-Schwestern schauen konnte, von denen er Charlotte heiratete. Nicht nur die Liebe soll Schiller in Rudolstadt gefunden haben, sondern auch die Anregungen für die Ballade von der Glocke. Adina konnte auch das Theater nicht sehen, das auf eine Tradition bis 1792 zurückblickte und an dem Goethe inszeniert und dabei Schiller zum ersten Mal getroffen hatte. Die Aussicht war vollkommen zugewachsen. Und von dem Verhältnis 500 Theaterbesucher bei 4.000 Einwohnern wagte der heutige Intendant nicht einmal zu träumen.

Bevor sie den steinigen Weg zur Schillerhöhe hochgekraxelt war, hatte Adina Halt an der Richter-Villa gemacht, die einem kleinen Schloss glich. Sie bedauerte, dass der verwunschen scheinende Garten mit seinen Skulpturen genau wie das Gebäude nicht zugänglich war. Was muss dieses Rudolstadt einst reich gewesen sein, dachte sie mit Blick auf das Domizil des Herstellers der legendären Ankersteine und die Überreste seiner Produktionsfirma. In einem Optikerladen an der Marktstraße hatte sie die Dekoration aus Ankerbausteinen getriggert. Neben Bauwerken war ein Bild Albert Einsteins ausgestellt, der als Kind mit den Steinen gespielt haben soll. Heute wurden die Baukästen im Gewerbegebiet produziert und waren sündhaft teuer.

Zwischendurch arbeitete Adina an ihrem Tourismusportal und an einer Reportage über Anker-Bausteine sowie deren Ursprung in Rudolstadt. Sie hatte eine Betriebsführung in der Manufaktur erlebt und versuchte sich an der Herausforderung, die Themen Tradition, Forschung und Bildung mit Leinöl und Fantasie zu verbinden. Besonders das Leinöl als ein Bestandteil der Traditionsbausteine hatte es in sich. Die meisten kannten es nur als Zutat für das Arme-Leute-Essen Kartoffeln mit Quark.

Adina entdeckte in Rudolstadt Spuren von Hans Fallada, der das Rudolstädter Gymnasium besucht hatte und sich am Uhu-Felsen eine tödliche Schießerei geliefert haben soll. Sogar Richard Wagner war kurze Zeit hier gewesen und hatte das Orchester dirigiert. Die Litfaßsäule, der Stromkasten und die Gasstation am Bayreuther Platz erinnerten an ihn und seine Werke. Dass Rudolstadt die Partnerstadt von Bayreuth war, konnte kein Zufall sein.

Überall in der Altstadt traf sie auf Renaissance-Häuser, Villen, Stadt-Palais, viele von ihnen sorgfältig restauriert und mit einer neuen Nutzung. Für eine Exkursion entlang der Porzellanstraße brauchte sie mehr Zeit. Dass die Rudolstädter ihren von Fritz Cremer geschaffenen Karl Marx wieder aufgestellt hatten, nötigte ihr Respekt ab.

Am Mittwoch rief Kommissar Claudius an. »Der Bergmann hat gestanden, diesen Schatzsucher aus dem Stinkefinger-See umgebracht zu haben. Wir glauben nicht, dass er es allein war. Zu Antonia Ackermann schweigt er sich aus. Ich habe inzwischen mit deinem Lebensgefährten gesprochen. Ich glaube, er braucht dich.«

»Ich fahre Freitagfrüh ohnehin nach Annaberg. Dann kann ich mich um ihn kümmern«, antwortete Adina.

»Kannst du vorher noch in Saalfeld anhalten? Wir haben ein paar Fotos von möglichen Begleitern des Steinschneiders. Die würden wir dir gern zeigen. Vielleicht erkennst du ja jemanden.«

»Kein Problem, ich muss ja durch Saalfeld. So zwischen zehn und elf bin ich da«, erwiderte sie. »Habt ihr eigentlich daran gedacht, was wäre, wenn Antonia noch lebt? Er ist im Knast, sie vielleicht ohne Hilfe«, gab Adina zu bedenken, bevor der Kommissar auflegen konnte.

»Ja. Wir bereiten gerade eine großangelegte Fahndungsaktion vor. Auch über das Fernsehen, ›XY‹«, antwortete er.

Am Freitagmorgen packte sie ihre Sachen zusammen und lud sie ins Auto. Dann brach sie in Richtung Saalfeld auf.

Auf dem Computer in der Polizeiinspektion hatte sie zehn Fotos zur Auswahl. Bei zwei davon glaubte sie, sich an die Person zu erinnern. Daraufhin legten ihr die Beamten weitere Bilder der zwei Personen vor. »Ich bin mir ziemlich sicher«, gab Adina zu Protokoll. »Glückwunsch. Das sind die, die auch die anderen Personen ausgewählt haben, die den Steinschneider auf dem Rummel oder im Heine-Park trafen«, sagte der Kommissar.

»Und lass mich raten: Sie haben etwas mit der schwangeren Freundin zu tun, ja?«, fragte Adina.

»Bingo«, sagte Claudius. »Ihr jüngerer Bruder und der große Sohn. Sie wohnt übrigens erst seit drei Jahren in Rudolstadt. Zweimal geschieden, vier Kinder von drei Männern ... Jetzt brauchen wir nur noch Beweise oder ein Geständnis.«

»Und die Sache mit Antonia?«, hakte Adina nach.

»Die Suche läuft auf Hochtouren. Die Sendezeit bei ›Aktenzeichen XY‹ wurde bestätigt. Das Team dreht in den Feengrotten und bei uns«, sagte der Kommissar.

Adina war zurück in Annaberg, während Oli noch arbeitete. Unterwegs hatte sie ein paar Einkäufe erledigt. Sie räumte schnell die Wohnung auf. Im Arbeitszimmer stand das Wandfach mit dem Foto von Antonia unverändert offen. Sie wusste, dass die bevorstehende Zeit keine leichte würde, nicht für sie, nicht für Oli, nicht für ihre Beziehung. Adina ging in die Küche, um das Abendessen vorzubereiten.

5 ZWISCHENSPIEL MIT HINDERNISSEN

NATIONALPARK HAINICH

»Du hast doch am Wochenende frei. Lass uns drei Tage wegfahren. Einfach alles vergessen«, schlug Adina vor. Sie konnte Olis traurige Miene einfach nicht mehr ertragen und erhoffte sich durch den Ortswechsel eine Besserung. Besserung für ihn und für ihre Beziehung. Seit der Vermisstenfall von Olis früherer Freundin Antonia Ackermann wieder aktuell war, litt er vor sich hin. Adina wusste nicht, wie sie ihm helfen konnte. In reichlich zwei Wochen sollte der Cold Case der Saalfelder Polizei in der Sendung »Aktenzeichen XY« ungelöst laufen. Nachdem es zusätzlich zu dem Vermisstenfall einen Toten in den Feengrotten gegeben hatte, hatte die Kriminalpolizei die Ermittlungen im alten Fall wieder aufgenommen. Adina wollte während der Sendung nicht in Olis Haut stecken. Eigentlich überhaupt nicht. Seit Jahren diese Ungewissheit und dann die Angst vor dem Unaussprechlichen. Nach allem, was Adina von Wolf-Diether gehört hatte, der sie wegen ihrer Neugier hatte umbringen wollen, war ihr eins klar: Antonia lebte entweder nicht mehr, oder sie musste schnell gefunden werden. Dieser Situation musste sich auch Oli bewusst sein, der ihr Bild und ein paar Erinnerungen wie in einem Schrein aufbewahrte. Vergangene Woche war er bei Antonias Eltern gewesen und hatte ihnen von den aktuellen Entwicklungen berichtet. Sie sollten vorbereitet sein, wenn die Bilder von ihrer Tochter durch den Äther rauschten.

»Es gibt viele Orte in Thüringen, die ich noch bereisen will. Worauf hättest du Lust? Eine Stadt mit viel Kultur, mehr Natur, eine Kombination aus beidem? Thüringen ist wirklich vielseitig.«

Oli überlegte. »Eigentlich hast du recht. Ein paar Tage Auszeit von dem, was jetzt vermutlich auf mich zurollt, sind sicher gut. Wir könnten am Freitag nach meinem Dienst fahren und am Montag zurückkommen. Meine Kollegen haben bestimmt Verständnis, dass ich einen Tag freinehme. Was meinst du zum Hainich?«, fragte er.

»Hainich? Damit habe ich mich noch gar nicht beschäftigt. Aber ich habe ja noch ein paar Tage Zeit. Das bekomme ich hin«, antwortete Adina.

»Warte noch mit dem Buchen eines Zimmers. Ich rufe dich mittags an, wenn ich das Okay für den freien Tag habe«, sagte Oli beim Frühstück am Montag. Als er das Haus verlassen und Adina die Frühstücksspuren beseitigt hatte, startete sie den Computer. Der Antonia-Schrein in ihrem Rücken machte sie nervös. Es war, als schaute ihr immer jemand über die Schulter. Sie versuchte, die Tür des Wandschranks zu schließen. Nach einer Weile ploppte sie wieder auf. Die Prozedur wiederholte sich mehrmals.

Adina nahm ihren Laptop und setzte sich an den Küchentisch. Als Erstes studierte sie die Webseite des Nationalparks Hainich. Im Baumkronenpfad fand am Samstagabend eine Veranstaltung unter dem Motto »Höhengenuss« statt. Sie notierte die Kontaktdaten, um Karten zu bestellen. Eine musikalische Lesung mit ausgewählten Speisen und Getränken. Das würde Oli auf andere Gedanken bringen.

Kurze Zeit hatte Adina überlegt, ob sie nach einem Quartier in Bad Langensalza schauen sollte. Nachdem Oli den freien Montag bestätigt hatte, entschied sie sich jedoch für das Forsthaus Thiemsburg. Von hier konnten sie zu Fuß zum Baumkronenpfad und auf anderen Wegen gehen. Es gab einen Parkplatz und einen Biergarten. Gleich gegenüber befand sich das Besucherzentrum mit einer kleinen Ausstellung. 75 Quadratkilometer Nationalpark sollten für ein Wochenende reichen.

Gegen 15 Uhr waren beide startklar und konnten die gut drei Stunden Fahrt antreten. Von Annaberg aus fuhren sie auf die A 72 und in Chemnitz auf die A 4. Von der Abfahrt Eisenach Ost ging es direkt in Richtung Wald. Gegen halb sieben abends checkten sie ein und bezogen ihr Zimmer. Im Restaurant wartete bereits ein hübsch gedeckter Tisch auf sie.

Am Samstagmorgen, eigentlich war es noch Nacht, wurden Adina und Oli vom Martinshorn der Feuerwehr geweckt. Auf dem Parkplatz am Besucherzentrum brannten zwei Fahrzeuge der Nationalpark-Ranger und eins, das einem Jäger zuzuordnen war. Die Feuerwehr sperrte das Gelände weiträumig ab und kämpfte gegen das Übergreifen des Feuers auf die Gebäude und den angrenzenden Wald. Adina hatte sofort die Bilder von der Sächsischen Schweiz vor Augen, wo Feuer große Teile des Waldes sowohl auf tschechischer als auch auf deutscher Seite vernichtet hatten. Sie wusste um die Gefahr bei Waldbränden, die sich unterirdisch ausbreiteten. Das Feuer konnte so an weiter entfernten Stellen ausbrechen und die Feuerwehrfahrzeuge einschließen.

Während sie noch mit Oli diskutierte, was zu tun sei, erklang der Feueralarm im Haus und mit ihm die Aufforderung, das Gebäude zu verlassen. Die Gäste wurden zur Hainichbaude am Craulaer Kreuz gebracht, wo bereits Kaffee, Tee und andere Getränke bereitstanden. »Das fängt ja gut an«, stellte Oli fest. Nach zwei Stunden kam die Entwarnung. Die Feuerwehr hatte die Fahrzeuge gelöscht und einen Waldbrand verhindert.

Zurück im Forsthaus setzten sich die beiden erst einmal an den Frühstückstisch. Das Wort »Brandstiftung« geisterte durch den Raum. »Wer hat ein Interesse daran, Autos derjenigen anzuzünden, die sich um die Erhaltung der Natur kümmern?«, fragte Adina ihren Lebensgefährten.

»Keine Ahnung. Vielleicht gibt es irgendwelche Rivalitäten«, antwortete er.

Nach dem Frühstück kauften Adina und Oli im Nationalparkzentrum die Eintrittskarten für den Baumkronenpfad. Sie wollten ihn gesehen haben, bevor sie am Abend zu der Veranstaltung gingen. Auch hier wurde über den Brand spekuliert. »Brennt es bei euch öfter?«, fragte Adina nach.

»Bei uns passieren immer mal merkwürdige Sachen. Zum Beispiel brechen am Rande des Parks regelmäßig die Jägerhochstände in sich zusammen, sogar die, die gerade gebaut wurden. Oder die Eingänge von Fleischereien werden zugemauert. Wildgatter wurden bereits geöffnet und die Jagdgenossenschaft hat kein Fahrzeug, das nicht mutwillig beschädigt wurde. Schüsse im UNESCO-Weltnaturerbe sind keine Seltenheit mehr, obwohl so gut wie nicht gejagt werden darf. »Ich habe schon Angst, dass uns der Titel deswegen gestrichen wird«, mischte sich eine Frau ins Gespräch ein.

»Und wer macht so etwas?«, fragte Adina.

»Keine Ahnung, für mich sind es Terroristen. Leute, die anderen ihre Lebensweise aufzwingen oder sich bereichern wollen. Tierschützer, Veganer, Wilderer, was weiß ich. Radikale halt«, antwortete sie.

»Wollen Sie sich erst im Haus umschauen? In der Wurzelhöhle können Sie die Schönheiten des Nationalparks entdecken«, erinnerte die Kassenfrau Adina an den Besuch im Nationalparkzentrum.

»Natürlich«, antwortete Oli.

Adina lief mit Oli den Weg zum Baumkronenpfad. Unterwegs ließ sie sich in dem großen Bilderrahmen aus Holz, der dort aufgebaut war, fotografieren und schoss ein paar Fotos von den kleinen Dingen am Rande des Weges. Eine Haselmaus huschte vorbei. »Verpasst«, sagte Adina zu Oli. Ehe sie die Handykamera geöffnet hatte, war die Maus schon weg.

»Man verpasst so manches, wenn man immer nur durchs Leben rennt. Der Wald hat so etwas Kontemplatives. Vielleicht kommt es gar nicht darauf an, dass man immer einen besonderen Weg läuft oder eine Attraktion besucht. Oft sind es die kleinen Freuden, für die wir blind geworden sind. Abgestumpft«, meinte Oli. Dann hingen beide ihren Gedanken nach, bis sie den Eingang zum Baumkronenpfad erreicht hatten.

Sie stiegen die Stufen nach oben und liefen die Wege bis zum höchsten Punkt auf 24 Metern inmitten der Baumkronen, hangelten sich die Hängebrücke entlang, balancierten auf den Balken, lasen die Erklärungstafeln und fühlten sich der Natur ganz nahe. »Schau mal, wie die Wipfel sich bewegen. Das sieht man von unten gar nicht. Irgendwie ist der Wind hier oben frischer und die Luft sauberer«, stellte Adina fest.

»Und wie sich die Blätter verfärben. Der Wassermangel macht ihnen auch zu schaffen«, wies Oli auf das bunte Laub hin.

»Kennst du auch mehr Automarken als Bäume?«, fragte Adina an der interaktiven Tafel.

»Adina, ich stamme aus dem Erzgebirge. Das hieß früher ›Dunkelwald‹. Da gibt es viele Bäume«, antwortete Oli. Trotzdem hatte er bei der Elsbeere Probleme.

Der Aussichtsturm war wegen der Vorbereitungen für den Abend gesperrt. »Die Aussicht können wir ja heute Abend genießen«, tröstete sich Adina. Ein Buntspecht flog an ihr vorbei, eine Amsel sang in den Bäumen. Der Eichelhäher rief sein unmissverständliches »Krschääähhh«, um die Tiere des Waldes vor Gefahren zu warnen. Nicht umsonst wurde er »Waldpolizei« genannt. Adina lehnte sich an das Geländer und genoss die Atmosphäre.

Wieder unten angelangt spazierten sie ein Stück weiter in den Wald hinein. »60 Jahre war hier ein Truppenübungsplatz, ab 1933. Deshalb wurde der Wald nicht bewirtschaftet. Die Buchen konnten sich ungestört entwickeln. Und obwohl man meint, es handle sich um Monokultur, wird dem Hainich eine große Artenvielfalt bescheinigt. 10.000 Arten, allein 6.000 verschiedene Tiere sind nachgewiesen. Viele auf der Roten Liste. Die Orchideen sind leider verblüht. Aber morgen schauen wir nach den Wildkatzen«, blickte Adina voraus. »Oder willst du lieber zum Feensteig? Dort kannst du dein Wissen über Märchen testen und kleine Prüfungen bestehen. Aber das ist wohl mehr etwas für Kinder.«

»Kinder«, wiederholte Oli.

Adina verkniff sich die Nachfrage. Ein leichtes Stechen zog ihren Unterbauch hinauf.

Es dauerte nicht lange, und das Thema Nachwuchs stand erneut im Mittelpunkt, denn sie waren auf dem Abenteuerspielplatz »Im Reich des Fagati« angelangt. Er war nach einem eigens für den Nationalpark geschriebenen Kinderbuch gestaltet. »Wenn ich Kinder habe, schreibe ich ihnen ein Buch oder eine ganze Serie, über all die Dinge, die Kinder wissen müssen«, offenbarte Adina. Jetzt war es Oli, der beharrlich schwieg.

Am Abend hatte sich der Baumkronenpfad in eine Schlemmermeile verwandelt. An mehreren Inseln warteten herzhafte Häppchen und süße Verführungen. Ein

Jazz-Trio spielte zum Essen. Farbiges Licht leuchtete bis in die Bäume um das Bauwerk herum. Ein Schauspieler las Texte, die sich um Achtsamkeit, Liebe und den Einklang mit der Natur drehten. »Haben wir nicht erst heute früh darüber gesprochen, dass die kleinen Dinge wichtig sind?«, bemerkte Oli.

»Ja, das ist, wie wenn man Fahrschule gemacht hat und plötzlich überall Fahrschulautos sieht. Unser Bewusstsein ist dabei, sich auf dieses Thema einzuschießen. Ich glaube, das tut uns beiden gut, obwohl uns das Behutsame im Alltag nicht immer gelingt«, antwortete Adina.

»Hast du das gehört? Da ballert einer im Wald herum«, flüsterte Oli Adina zu.

»Vielleicht ein Jäger?«, antwortete sie. Doch dann fuhr sie ihre Lauscher nach links aus.

»Ich denke, der ist im Auto verbrannt. Wieso schießt der immer noch? Das macht der doch nie, wenn Veranstaltungen sind«, sagte in der Reihe schräg hinter ihr jemand zu seinem Nachbarn.

Adina zog ihr Handy aus der Tasche.

»Adina, du bist in einer Lesung!«, ermahnte Oli seine Freundin.

»Ich muss nur schnell etwas checken«, antwortete sie und schoss ein paar Fotos vom Podium und im Selfiemodus vom Publikum.

»Weißt du, dass in dem Auto heute früh jemand verbrannt ist? Es steht nur nicht da, ob er schon tot war oder in den Flammen umkam. Die Rede ist von einem Wilderer, der hier sein Unwesen getrieben haben soll«, sagte Adina, während ein Geiger den Bogen über sein Instrument schluchzen ließ.

»Bitte nicht schon wieder! Ich habe frei«, antwortete Oli.

Als Adina und Oli zurück zum Forsthaus liefen, hörten sie Fahrzeuggeräusche aus dem Wald. »Zur Seite«, konnte Oli gerade noch rufen, da hatten die Lichter das Paar erreicht. Adina war instinktiv ins Gebüsch gesprungen und hatte einen Vogel aufgeschreckt, der davonflog. Oli war hinter dem Geländefahrzeug auf den Weg gestürzt. »Hast du dir etwas getan?«, fragte er Adina.

»Nein, nur die weiße Hose ist sicher hinüber. Und du?«

»Nein. Lada Niva beige, UH oder so was am Kennzeichen«, ächzte Oli beim Aufstehen.

»Wirklich nicht?«

»Nein, das war nur der Schreck.«

Hinter ihnen lief der Schauspieler, der aus dem Buch gelesen hatte, mit einer jüngeren Frau. »Ist Ihnen etwas passiert?«, fragte der Mann.

»Nicht wirklich«, antwortete Oli.

»Sie sollten das aber trotzdem bei der Polizei melden. Bei uns passieren in letzter Zeit öfter so komische Sachen«, sagte die junge Frau.

Adina hakte nach: »Das habe ich heute schon einmal gehört. Was denn zum Beispiel?«

»Na, dass sich zwielichtige Gestalten im Wald herumtreiben. Die Schüsse sind Ihnen doch nicht entgangen, oder?«

Die beiden Pärchen sprachen noch ein wenig, ohne dass Adina und Oli viel Konkretes erfuhren. Dann verabschiedeten sie sich voneinander.

»Ich müsste eine Anzeige gegen Unbekannt aufgeben. Das bringt eh nichts und wird eingestellt«, meinte Oli.

»Vielleicht besteht ja ein Zusammenhang zu dem Brand gestern. Immerhin lag ein Toter in einem der Autos. Und der Mann hinter mir hatte offensichtlich eine Vermutung, wer dieser Tote war«, gab Adina zu bedenken.

»Also gut, ich rufe an. Wetten, dass wir auf Montag vertröstet werden?«

»Das ist ja nicht so schlimm. Morgen können wir wandern gehen und am Montag checken wir aus und sprechen mit der Polizei«, schlug Adina vor.

Der Sonntag gehörte den Wildkatzen. Adina und Oli unternahmen eine Wanderung auf dem Wildkatzenpfad und besuchten das Wildkatzendorf Hütscheroda. Zuvor begegnete ihnen im Skulpturenpark eine einzigartige Verbindung von Natur und Kultur. So wie der Urwald sich verwandelte, so nagte der Zahn der Zeit an einigen der Holzskulpturen. Den Kunstwerken aus Stein oder Metall erging es deutlich besser.

Auf dem Generalshügel erklommen sie den Aussichtsturm und konnten bis weit ins Thüringer Land schauen. Wildkatzen ließen sich erwartungsgemäß nicht blicken. Die scheuen Tiere konnten sie später im Wildkatzengehege erblicken. »Schau mal die Köpfe an«, forderte Adina Oli auf, als sie am Gehege angekommen waren. Der war immer noch wortkarg nach dem nächtlichen Ereignis. Oder es lag an etwas anderem.

In der Nacht wurden Adina und Oli durch laute Geräusche geweckt, die von der Straßenseite kamen.

»MP5, Heckler & Koch, die haben die also auch noch«, stellte Oli fest.

»Also hat die Polizei geschossen?«, fragte Adina.

»Nicht nur. Es war ein weiteres Geräusch dabei. Scheint vorn auf der Straße zu sein«, erwiderte Oli und bewegte sich zum Fenster. Er konnte nichts sehen.

»Ich schau mal nach«, verkündete Adina.

»Du bleibst schön hier. Ich habe bereits eine Frau verloren. Vielleicht verstehst du ja jetzt, warum ich nicht begeistert von deinen Verbrecherkontakten bin«, erklärte Oli.

Adina ging ins Bad und nach kurzer Zeit kam sie zurück ins Bett.

Am Morgen packten sie ihre Sachen und setzten sich in den Frühstücksraum. »Ich habe die Beamten angerufen. Wir können nachher an der Dienststelle anhalten«, kündigte Oli an. Das taten sie auch.

Adina und Oli sprachen mit den Beamten über ihre Beobachtungen am Wochenende und den nächtlichen Zwischenfall im Wald.

»Die Leiche ist ziemlich verbrannt. Kann man denn da die Identität noch feststellen?«, fragte Adina den Beamten.

»Gerade zur Untersuchung von Brandopfern gab es in den vergangenen Jahren mehrere Forschungsarbeiten in den USA. Wir hatten erst kürzlich so einen Fall, wo keiner wusste, wer der Tote ist. Der Gerichtsmediziner meinte, dass meist noch die vom Kiefer geschützten Backenzähne oder der Beckenknochen für genetische Untersuchungen taugen. Man braucht jedoch eine Vergleichs-DNA.«

»Dann wünsche ich Ihnen, dass Sie den Fall aufklären«, sagte Adina und wollte sich verabschieden.

»Das wird eher schwierig. Wir hatten geglaubt, dass der Wilderer, den wir seit einiger Zeit beobachten, im Auto verbrannt ist. Der zog es vor, sich heute Nacht eine Schießerei mit uns zu liefern. Mein Kollege ist noch im Krankenhaus. Wir haben den Typen festgenommen. Er fuhr das gleiche Auto mit dem gleichen Kennzeichen wie das verbrannte. Und er sieht aus wie der, den wir beobachtet haben. Nun haben wir zwei.«

»Na dann habt ihr ja ordentlich zu tun. Vielleicht Zwillinge?«, warf Oli ein.

»Warten wir die Obduktion ab. Ihr könnt den Polizeibericht lesen. Oder du rufst mich an. Wir sind ja Kollegen. Sicher sehen wir uns bei der Gerichtsverhandlung«, prophezeite der Beamte und gab Oli eine Karte. »Auf alle Fälle haben wir heute Nacht einen Wilderer festgenommen, der auf die Beamten geschossen und einen Kollegen verletzt hat. Und in seinem Auto war ein Reh, frisch von der Jagd im geschützten Gebiet. Dazu Widerstand gegen Vollstreckungsbeamte, Beamtenbeleidigung und noch ein paar solche Straftaten, das reicht, um ihn eine Weile aus dem Verkehr zu ziehen.«

Adina hätte noch das Opfermoor in Niederdorla interessiert, doch das ließ sie Oli zuliebe aus. Lieber verbrachte sie den Montag mit ihm in den Gärten von Bad Langensalza, wobei es ihr besonders der Japanische Garten angetan hatte. Sie setzte sich mit Oli ins Teehaus und ließ das Wochenende noch einmal Revue passieren.

»Irgendwie ist die Welt aus den Fugen geraten und die Menschen spielen verrückt. Ich habe den Eindruck, dass es schlimmer geworden ist«, sinnierte Adina.

»Bisher dachte ich, das ist nur bei mir auf Arbeit so. Aber inzwischen verfolgt es mich in alle Lebensbereiche. Ich glaube, es gibt nicht viele Kommissare, die einen ungeklärten Mordfall in der Familie haben«, stellte Oli fest. Er hatte es wohl zum ersten Mal ausgesprochen.

»Noch ist es nicht bestätigt«, sagte Adina. Sie wusste nicht, ob ihr eine lebende oder eine tote Antonia lieber war, und erschrak bei dem Gedanken vor sich selbst.

6 IN DER DRACHENSCHLUCHT

EISENACH

Adina hatte sich um Normalität in ihrem Annaberger Alltag bemüht. Trotzdem wurde sie das Gefühl nicht los, dass neben ihr und Oli eine weitere Person in der Wohnung herumgeisterte: die vor fünf Jahren verschwundene Antonia, ihre Vorgängerin. Seit das Geheimfach mit deren Foto offen stand, fühlte sie sich auf Schritt und Tritt beobachtet. Sie wusste nicht mehr genau, ob sie tatsächlich an diesen Platz und zu diesem Mann gehörte. Liebte er sie wirklich oder war sie nur sein Ersatz für Antonia? Machte er sich Vorwürfe, weil er einer anderen Frau deren Platz eingeräumt hatte? Was ging in ihm, der ziemlich schweigsam geworden war, überhaupt vor?

Adina hatte lange Zeit hin und her überlegt, ohne zu einem Ergebnis gekommen zu sein. Sie fühlte, dass sie etwas Abstand von Oli und Annaberg brauchte, hatte jedoch auch ein schlechtes Gefühl, ihn in seinem Zustand allein zu lassen.

»Wenn du nichts dagegen hast, fahre ich übermorgen für ein paar Tage nach Berlin. Markus will mit mir wegen des Thüringen-Projektes sprechen und ich nutze die Reise gleich für einen Besuch bei meinen Eltern«, eröffnete Adina das Gespräch zum Abendessen. Sie hatte Spaghetti arrabiata und einen Salat zubereitet. »Ich glaube, die Spaghetti sind gut gewürzt. Möchtest du ein Bier oder ein Glas Rosé?«, fragte sie Oli.

»Lieber ein Bier. Ich hole es mir«, antwortete Oli, während Adina den Tisch deckte. »Den Rosé aus dem Kühlschrank?« Nachdem Adina bejaht hatte, brachte er die Flasche und ein Glas an den Esstisch.

»Yogev Shetrit hat mir beim Interview seine neue Live-CD geschenkt. Ich lege sie noch schnell ein. Du kannst die Teller befüllen«, sagte Adina und drückte auf die Fernbedienung. »›Live As Is II‹, aufgenommen beim Festival Casa del Jazz in Rom. Von einem Musiker mit orientalischen Wurzeln. Passt gut zu den Spaghetti arrabiata«, sagte Adina.

»Perfekt«, antwortete Oli. Es klang völlig emotionslos. Die Musik schwebte durch den Raum wie ein Raumgleiter durch das Weltall.

»Wie lange wirst du in Berlin bleiben?«, fragte Oli.

»Ich weiß es nicht genau. Nur ein paar Tage. Mal schauen, was meine Eltern sagen. Und ob sie überhaupt da sind. Vielleicht kann ich sie auch für einen Ausflug nach Thüringen begeistern«, sagte Adina.

In Berlin angekommen fuhr Adina zuerst zu ihrer Wohnung und lud ihre Sachen ab. Das Auto konnte sie auf dem Parkplatz abstellen. Anders als im Erzgebirge oder in Thüringen gab es in der Hauptstadt genügend öffentliche Verkehrsmittel. Dann besuchte Adina ihre Eltern, die sie mindestens zwei Monate nicht gesehen hatte.

»Kind, was hast du, du siehst nicht glücklich aus«, stellte ihre Mutter nach der Begrüßung fest.

»Nichts, alles gut«, antwortete sie.

Am nächsten Morgen war die Besprechung mit ihrem Auftraggeber. »Du willst also in Thüringen weitermachen«, eröffnete Markus das Gespräch.

»Ja. Die Region gefällt mir und es gibt viel zu entdecken«, antwortete Adina und geriet sofort ins Schwärmen angesichts der Städte, der Landschaft, der kulturellen Angebote und all der vielen kleinen Dinge, die es zu entdecken galt. »Außerdem habe ich mit Mia in Saalfeld besprochen, dass ich wieder mehr journalistisch tätig sein werde. Manche Dinge lassen sich einfach hervorragend verbinden. In Erfurt ist mir das ziemlich gut gelungen«, setzte Adina fort.

Adina und Markus waren sich schnell einig. »Deine Exposés gefallen mir gut. Das brauche ich dir nicht zu sagen. Du weißt, dass du einer unserer besten freien Mitarbeiter bist. Ich hoffe, deine Arbeit leidet nicht unter den anderen Verpflichtungen, die du eingehen willst. Und wie ich gehört habe, setzt du deine kriminellen Abenteuer munter fort. Pass auf dich auf! Den Rest besprechen wir beim Abendessen. Ich habe gleich einen Termin«, beendete Markus das Gespräch.

Adina jubelte innerlich. Markus hatte die Kröte mit ihrer weiteren Tätigkeit geschluckt, ohne mit der Wimper zu zucken. Vielleicht hatte ihre Freundin Mia auch in dieser Frage Vorarbeit geleistet. Für sie bedeutete

das, sich noch besser zu organisieren und manche Themen für eine doppelte Nutzung aufzubereiten. Dass
die Magazine, die sie beliefern wollte, nur wöchent-
lich oder monatlich erschienen, kam ihr entgegen. Die
Begegnung mit ihrer Studienfreundin Lony in Erfurt
hatte ihr Lust auf neue Darstellungsformen neben dem
Schreiben und Fotografieren gemacht. Podcasts waren
voll im Trend. Das wollte sie ausprobieren, seit sie Lony
im Radio gehört hatte.

Am Abend trafen sich Markus, Adina, Mia und ein
paar Mitarbeiter von Markus im »Borchardt« am Gen-
darmenmarkt. »Ein Restaurant mit Geschichte und
Geschichten. Es passt perfekt zu unserem Projekt«,
hatte Markus die Wahl des Restaurants begründet. Da
er eingeladen hatte, machte sich Adina keine Sorgen
ums Budget und bestellte ein Wiener Schnitzel, so groß
wie der Teller und tatsächlich aus Kalbfleisch und nicht
nur Wiener Art.

Während des Abends tauschten sich die Journalisten
über die Tourismusplattform und ihre sonstigen Projekte aus. Dass sie sehr erfolgreich waren, hatte Markus
ihnen mit der Einladung zur Michelin-Küche bewiesen.

Adina schwärmte von den Orten in Sachsen, die
sie besucht hatte, und verkündete, dass sie jetzt ihren
Schwerpunkt nach Thüringen verlegte. »Falls jemand
gute Tipps für mich hat, dann her damit«, forderte sie
die anderen auf.

Der Kollege aus den alten Bundesländern scherzte:
»Ich weiß nicht, ob meine Ideen kriminell genug für
dich sind.«

»Dafür sorge ich selbst, mir reichen die Empfehlungen für den Ort«, entgegnete Adina.

»Ach, da gibt es viele. Weißensee zum Beispiel, mit dem Chinesischen Garten und der Runneburg. Oder du wandelst auf den Spuren der Klassiker. Bach fällt dir auch überall vor die Füße. Und natürlich der Rennsteig und all die anderen Wanderwege.«

Aus seinem sehnsuchtsvollen Blick schloss Adina, dass er gern in Thüringen aktiv geworden wäre, das Rennen aber gegen sie verloren hatte. Sie schaute zu Markus, der kaum merklich nickte. Ihre Osterfahrung war eben von Vorteil.

Zu Hause wurde Adina aufgenommen, als wäre sie nie weg gewesen. Ihre Mutter bekochte sie. Dann schmiedeten sie Pläne für ein Familientreffen in Thüringen, ohne sich auf einen bestimmten Ort festzulegen.

»Lasst mich ein wenig recherchieren, wo es am schönsten ist«, schlug Adina vor.

In ihrer Berliner Wohnung beriet sich Adina mit ihrer Freundin Mia über die Zukunft des Apartments. Sie wohnte jetzt seit längerer Zeit bei Oli in Annaberg. Nach Berlin fuhr sie immer seltener. Selbst wenn die Beziehung mit Oli schiefging, würde sie weiter im Süden Ostdeutschlands herumtouren. Und dann würde es teurer für sie werden. Eine zusätzliche Einnahme wäre also nicht das Schlechteste.

»Ich hätte Lust, die Wohnung zeitweise zu vermieten. Kennst du jemanden, der sich darum kümmern könnte?«, fragte Adina ihre Freundin.

»Ich kann mit meiner Mutter sprechen. Die macht

das bei einer anderen Wohnung. Und sie verdient sich gern etwas dazu. Aber sei ehrlich: Ist etwas mit Oli?«, fragte Mia.

»Noch nicht. Aber ich weiß nicht, wie die Sache mit dieser Antonia ausgeht. Ich glaube nicht, dass sie am Leben ist. Aber trotzdem habe ich das Gefühl, dass wir zu dritt in Annaberg sind«, sagte Adina und berichtete von der Wiederaufnahme der Ermittlungen und dem geplanten Fernsehauftritt der Saalfelder Beamten.

Am Wochenende trafen sich die drei Frauen, um alles zu besprechen. Schnell waren sie sich einig. Mia blieb, um mit Adina erste Veränderungen im Apartment vorzunehmen. Sie schlug ihr vor, das Arbeitszimmer unter Verschluss zu halten und nur die übrigen Räume zu vermieten. Dazu musste lediglich das Schloss gewechselt und ein wenig umgeräumt werden. Die Idee gefiel Adina. Danach war große Wäsche angesagt, denn Adina wollte Bettwäsche und Handtücher bereitstellen. Am Montag kaufte sie ein paar Hygieneartikel, schoss einige Fotos von der Wohnung und platzierte sie in einem Portal für Touristen.

Am Telefon sprach sie lange mit Oli. »Ich bleibe noch zwei Tage und treffe mich mit meinen Eltern. Dann schließe ich eine kurze Thüringen-Tour an. Oder soll ich zwischendurch zurückkommen?«, fragte sie.

Oli druckste herum. »Nein, ich habe dir doch gesagt, dass ich zurechtkomme«, antwortete er.

Die Zeit bis zu ihrer Abreise aus Berlin verbrachte Adina mit Routinearbeit, Schreiben, einem Treffen mit ihren Eltern und den Reisevorbereitungen. Je mehr sie sich in die Geografie Thüringens vertiefte, umso begeisterter wurde sie. Am liebsten hätte sie sofort die Städtekette weiter erkundet, wäre auf dem Rennsteig gewandert, hätte das Meininger Theater besucht, die Thüringer Küche durchprobiert, und das alles auf einmal. Sie entschied sich für Eisenach und ein paar Orte in der Nähe.

Auf dem Weg in die Wartburgstadt machte sie in Tambach-Dietharz Station und verbrachte zwei Nächte in der »Her(r)bergskirche«. Auf das Projekt der Umnutzung von Kirchen war sie im Internet gestoßen. Es gab mehrere solcher Kirchen, die von den schwindenden Gemeinden nicht mehr allein erhalten werden konnten. Sie wählte die Lutherkirche, weil sie ein Turmzimmer mit ordentlicher Schlafmöglichkeit hatte. Feldbett im Kirchenschiff und zusammenpacken bis 9 Uhr waren ihr zu spartanisch erschienen.

Per WhatsApp hatte sie sich mit der Frau verabredet, die die Kirche betreute. Das traf sich gut, da sie mit ihr über die Bedingungen und Erfahrungen sprechen konnte, die mit der zeitweisen Vermietung ihrer Berliner Wohnung auf sie zukamen. Die Frau hielt jede Menge Tipps für Adina bereit. Bevor sie ihr den Schlüssel übergab, lief sie mit ihr durch den angrenzenden Park und zeigte ihr die Dusche. Adina beschloss, das Waschbecken in der Toilette zu nutzen. Für das Zähneputzen und eine Katzenwäsche reichte es. Im Supermarkt deckte sie sich schnell mit ein paar Kleinigkeiten ein.

Ihr einsames Abendessen genoss sie im Kirchenschiff. Die Sonne erleuchtete das bunte Glasfenster hinter dem

Altarraum, das an Martin Luther und seinen Mitstreiter Philipp Melanchthon erinnerte. Es war nicht so alt, wie es den Anschein hatte. Kirchenmitglieder hatten gesammelt, damit es 1912 eingebaut werden konnte.

Adina nahm sich ein Bier und warf das Geld in die Kasse des Vertrauens. Im Turmzimmer schloss sie den Vorhang um das Bett und war ganz allein mit sich und der Turmuhrsteuerung, die alle 15 Minuten durch ein Klacken den Glockenschlag ankündigte. Mit einem Schalter hätte sie das komplette Geläut in Gang setzen können. Das ersparte sie den Einwohnern des verschlafenen Örtchens, obwohl sie der Schalter bei jedem Vorübergehen reizte.

Den nächsten Tag nutzte Adina für eine Tour auf dem »Saurier-Erlebnispfad im Nationalen Geopark Thüringen Inselsberg – Drei Gleichen«. Neun Kilometer für Hunderte Millionen Jahre Geschichte, das erschien ihr sehr wenig. Adina fuhr mit dem Bus nach Georgenthal und lief die Strecke bis nach Tambach-Dietharz zurück. Die interessanteste Station war Bromacker, wo Spuren der Urzeittiere und vollständige Dinosaurierskelette gefunden wurden. Adina überlegte, ob sie wieder ein Schulprojekt organisieren sollte. Für den »Saurier-Erlebnispfad« gab es sogar Audio-Guides und Hörstationen mit QR-Code für Kinder. Dazu brauchte sie mehr Informationen zu Übernachtungsmöglichkeiten und gastronomischen Angeboten. Dass es mit Letzterem nicht so rosig aussah, hatte sie bereits bemerkt. Aber immerhin hatte Tambach-Dietharz eine Jugendherberge. Sie schrieb die Idee in ihr Notizbuch.

Als sie zurück war, nahm sie ihr Auto und fuhr zum Supermarkt. Sie kaufte Brötchen, Käse und Obst für das Abendessen. Während sie ihr einsames Mahl im Kirchenschiff verzehrte, klopfte sie nebenbei die ersten Erkenntnisse für das Tourismusportal in die Tastatur.

Adina verbrachte die zweite Nacht in der Kirche. Als sie am Morgen erwachte, wusste sie nicht, ob sie tatsächlich Stimmen gehört oder nur davon geträumt hatte. Sie kochte sich einen Kaffee in der Kirchenküche, trank ihn zu dem letzten verbliebenen Brötchen, packte ihre Sachen und fuhr nach Eisenach. Da sie noch nicht einchecken konnte, stellte sie ihr Auto auf einem Parkplatz ab und lief zum Lutherhaus.

Ihren Museumsbesuch startete sie mit der Ausstellung zum »Institut zur Erforschung und Beseitigung des jüdischen Einflusses auf das deutsche kirchliche Leben«, kurz »Entjudungsinstitut Eisenach«. Die »Deutschen Christen« hatten es 1939 gegründet. Elf evangelische Landeskirchen arbeiteten aktiv mit. Adinas Gesichtsfarbe wurde von Tafel zu Tafel blasser. Juden sollten in Bibel und Gesangsbuch nicht mehr vorkommen, die jüdischen Wurzeln des Christentums ausradiert werden, was kein leichtes Unterfangen war. Um den Juden Jesus, vor seiner Kreuzigung als Wanderrabbi aus Nazareth unterwegs, kam man einfach nicht herum. Doch das interessierte sie weniger. Dass keiner der beiden deutschen Staaten die Geschichte der 1945 aufgelösten Einrichtung aufgearbeitet hatte, erschütterte sie mehr. Erst 1989/90 war damit begonnen worden. Nachdem Adina gelesen hatte, dass man es als leitender Mitarbeiter immerhin bis zum Nationalpreis oder leitenden Funktionen in der Kirche bringen konnte, hatte sie erst einmal genug. Sie überlegte, die Wartburg zu besuchen, entschied sich dann jedoch für die Drachenschlucht.

Adina wählte den Weg bergab. Sie fuhr mit dem Bus bis zur Hohen Sonne und folgte dem Wegweiser in Richtung Drachenschlucht. »172 Meter Höhenunterschied auf drei Kilometern, engste Stelle 68 Zentimeter«, stand auf dem Schild, das über dem Wegweiser zum Internationalen Bergwanderweg und dem Europäischen Fernwanderweg hing. Die Wanderwege in Richtung Eisenach und der Rennsteig waren markiert.

Bevor sie in den Weg zur Drachenschlucht einbog, genoss sie die Aussicht, die sich ihr bot. In der Ferne thronte hoch über Eisenach das Wahrzeichen der Stadt. Der Wartburg wollte sie einen anderen Tag widmen, wenn sie besser auf den Besuch vorbereitet war. Zwar erinnerte sie sich dumpf an die Heilige Elisabeth, deren 800. Geburtstag 2007 mit einem Elisabethjahr gefeiert worden war. Und auch der »Sängerkrieg auf der Wartburg«, von Richard Wagner im »Tannhäuser« in Szene gesetzt, war ihr ein Begriff. Kein Geringerer als dessen Schwiegervater Franz Liszt hatte dazu beigetragen, dass der Saal aufgrund seiner besonderen Akustik zu einem der beliebtesten Konzertsäle Thüringens wurde.

Die Räume in der Wartburg hatten unendlich viel Geschichte geatmet. Martin Luther versteckte sich als Junker Jörg, von Goethe waren skizzenhafte Zeichnungen überliefert. Die Burschenschaften, die ihr Denkmal unterhalb der Burg hatten, feierten hier, das »Entjudungsinstitut« wurde auf der Wartburg gegründet und zeitweise war das Kreuz auf dem Bergfried durch ein Hakenkreuz ersetzt worden. Damit wollte sie sich genauer beschäftigen, um nicht nur Plattitüden zu veröffentlichen.

Während Adina noch über die Wartburg nachdachte, gelangte sie an den Abzweig zur Drachenschlucht. Rotweiße Absperrgitter hinderten sie daran, den Markierungen zu folgen. Ein Forstbeamter wies sie freundlich darauf hin, dass der kürzeste Weg in die Schlucht wegen Bauarbeiten gesperrt war. Auf der Ladefläche seines Fahrzeuges lag Bauholz in verschiedenen Längen. Es sah nach dem Bau einer Brücke oder eines Weges aus. »Wir haben eine Umleitung ausgeschildert. Nach etwa einem Drittel endet sie und Sie können die enge Schlucht genießen«, sagte der Mann in grüner Arbeitskluft. Adina schlug den Weg links von ihr ein. Nach kurzer Zeit ging es steil bergauf und rechts von ihr senkrecht bergab. Der Abgrund neben ihr wurde immer tiefer und abschüssiger.

Als Adina eine Wegbiegung hinter sich gelassen hatte, tauchte ein Pärchen vor ihr auf. Die Frau blickte in Adinas Richtung wie ein scheues Reh, immer wieder. Offensichtlich mied sie den Kontakt mit ihr. Der Mann lief gefährlich nah an der Böschung entlang und schien Blaubeeren zu pflücken. Adina blieb an einem der Rastplätze stehen. Ihr Jagdtrieb war jedoch geweckt. Sie genoss die Himbeeren auf der ungefährlichen Seite des Weges und tat, als hätte sie alle Zeit der Welt. Nachdem sie ein wenig aufgeschlossen hatte, sah sie die Frau allein am Abgrund stehen. Sie bewegte sich nicht fort, als Adina auf sie zulief.

»Er ist … einfach so … hinuntergefallen. Ich habe ihm noch gesagt, er soll lieber die Himbeeren oder die Walderdbeeren nehmen und nicht die Blaubeeren vom Rand der Schlucht. Einfach so. Einfach so. Er hat nicht einmal geschrien«, wiederholte sie.

»Kommen Sie einen Schritt zurück, damit Sie nicht hinterherfallen«, sagte Adina und schaute die Frau an. Sie bemerkte das blutunterlaufene Auge und die nicht mehr ganz frischen Striemen am Hals.

»Die Polizei ist unterwegs, der Rettungsdienst ebenso. Ich habe den Notruf …«

»Mehr können wir erst einmal nicht tun«, sagte Adina. Sie sah, dass der Forstbeamte nach oben an die Absperrung gefahren war, um die Rettungskräfte einzuweisen. Das konnte Adina erkennen, ohne zu weit an die Kante zu treten. Der Mann schien unterhalb der Baustelle zu liegen. »Sie kommen zurecht?«, fragte Adina die Frau.

»Ja, ich habe gerade meinen Sohn angerufen. Er kommt mich holen und kümmert sich um alles.«

»Ich habe nichts gesehen, denn ich war hinter der Wegbiegung«, sagte Adina. Die Frau blickte sie an. »Eigentlich war ich gar nicht da«, fuhr Adina fort. Dann lief sie einfach weiter. Ein Pfad führte steil bergab und sie sah endlich den Weg zur Drachenschlucht, den sie hatte wandern wollen. Adina war froh, dass sie von oben nach unten und nicht umgekehrt gelaufen war. So war ihr das Bergsteigen erspart geblieben.

An der Wegkreuzung stand eine überdachte Sitzgruppe. Von hier aus war der Weg zur Hohen Sonne genauso gesperrt wie auf der anderen Seite. Wenn das mal nicht Absicht war, schoss es Adina durch den Kopf. Auf dem normalen Weg war kein solcher Abhang, bei dem man von der Kante stürzen konnte. Das wurde ihr just in diesem Moment klar. Ein abgekartetes Spiel? Der Forstbeamte der Lover der Frau? Die gemeinsame Beseitigung des gewalttätigen Ehemannes? Die Wanderung des Paares ausgerechnet an dem Tag, an dem der Talweg gesperrt war? Die wildesten Fantasien tobten durch Adinas Kopf.

Am nächsten Tag besuchte Adina das Geburtshaus von Johann Sebastian Bach am Frauenplan mit dem dazugehörigen Museum. Im Instrumentensaal und an den Hörstationen lauschte sie der Musik. Beim Choral »Herr, straf' mich nicht in deinem Zorn« floh sie in den Garten. Auf einer Bank sitzend schaute sie den Schmetterlingen zu, die über der bunten Blütenpracht tanzten. Sie dachte an Oli und die Zeit, in der sie schmetterlings- und blütengleich verbunden gewesen waren und sich in der Leichtigkeit des Seins berührt hatten. Das war, bevor sie zum Erlebniswochenende mit Mia nach Saalfeld gefahren war. Seitdem hatte sich alles verändert.

Mittags traf sie die Frau vom Vortag in der Eisenacher Stadt. Sie war nicht allein. Der Mann an ihrer Seite kam Adina bekannt vor. Das Pärchen und Adina nahmen auf der Terrasse des gleichen Eis-Cafés nahe der Taufkirche von Johann Sebastian Bach Platz. Sie saßen unmittelbar nebeneinander. »Sind Sie die Wanderin von gestern?«, fragte die Frau.

»Und Sie die Ehefrau des abgestürzten Mannes? Wie geht es ihm?«, fragte Adina, obwohl sie längst wusste, dass er tot war.

»Wir kommen gerade vom Bestatter. Darf ich Ihnen meinen Sohn vorstellen?«

Sohn? Das war doch der Forstbeamte von gestern. Der, der sie die Umleitung langgeschickt hatte, weil der Weg in der Schlucht wegen Bauarbeiten an einer Holzbrücke gesperrt war. Eine geplante Sache also. Innerfamiliäre Schadensbegrenzung. Eben hatte Adina der Frau sagen wollen, dass sie den Tritt beobachtet hatte, der den Mann ins Straucheln gebracht hatte. Sie biss sich auf die Zunge. Sie wollte das Leid, das gerade ein Ende genommen hatte, nicht durch neues Leiden ersetzen.

Adina beschloss, auch gegenüber allen anderen zu schweigen. »Ich glaube, Sie verwechseln mich. Sie haben bestimmt eine Drachenfrau gesehen«, sagte sie und zwinkerte Mutter und Sohn zu. Eine Zeugenaussage hätte ihr nur Gewissensbisse verursacht.

Wäre ich jetzt noch in der Lutherkirche, ich würde beten, dass niemand die Beteiligung der geschundenen Frau am Ableben ihres gewalttätigen Mannes überhaupt in Betracht zog, dachte Adina. Und dass die Beamten sich die Frau hoffentlich nicht so genau angeschaut hatten. Sie würde die große Unbekannte bleiben, falls die Frau bei der Polizei überhaupt angegeben hatte, dass sie nicht allein im Wald gewesen war.

Adina zog es vor, nach einer weiteren Nacht die Heimreise nach Annaberg anzutreten. Außer der Frau und ihrem Sohn würde sie keiner mit dem Ereignis in der Drachenschlucht in Verbindung bringen. Der Gedanke fühlte sich nicht einmal schlecht an. Nur die Spuren der roten Erde auf ihren Turnschuhen hätten verraten, dass sie am Ort gewesen war.

7 REIZENDE IDEE

ALTENBURG

Die Stimmung im Hause Uhlig war genauso gedrückt wie vor Adinas Abreise nach Berlin. Der Wandschrank mit dem Bild der verschwundenen Antonia stand immer noch offen und erinnerte Adina an den Grund dafür. Ihr Lebensgefährte kämpfte einen inneren Kampf, bei dem ihr nur ein Platz im Zuschauerrang zufiel. Sie wusste nicht wirklich, was in ihm vorging. Oli fragte nicht, was Adina in Berlin erreicht hatte, und interessierte sich nicht für ihre Erlebnisse in Eisenach. Letzteres kam ihr gelegen, denn immerhin hatte sie einen als Unfall getarnten Mord beobachtet und keinerlei Interesse an der Aufklärung des Falls gezeigt.

Oli kaute auffällig intensiv an dem Steak, das Adina gebraten hatte, und stocherte lustlos im Salat herum. Um ein Gespräch in Gang zu bringen, fragte Adina Oli, was er mit Altenburg verbinde.

»Ist das dein nächstes Ziel?«, hakte Oli nach.

»Vielleicht, Altenburg ist nicht ganz so weit weg«, sagte Adina.

Oli musste nicht lange nachdenken. »Den Prinzenraub verbinde ich mit Altenburg. Die Residenzstadt
gehörte früher zu Sachsen, zu den Wettinern, zum Adels-
geschlecht Sachsen-Gotha, in der DDR zum Bezirk
Leipzig. In den Wendewirren kam Altenburg zurück
nach Thüringen. Warst du eigentlich in der Prinzen-
höhle im Poppenwald, wo einige sogar das Bernsteinzimmer suchen?«, fragte Oli.

»Poppenwald? Bernsteinzimmer? Prinzenraub? Du
machst mich neugierig. Wo ist das?«, wollte Adina wissen.

»Gar nicht so weit weg, bei Hartenstein, am Rande
des Erzgebirges. Du hast auch hier noch einiges zu tun,
um das Tourismusportal zu vervollständigen«, antwortete Oli. Für einen Moment dachte Adina, dass alles gut
war. Doch der Schein trog.

Ihr Freund sprach weiter. »Der Prinzenraub ist so
etwas wie sächsische Heimatkunde. 1455 entführte der
Ritter Kunz von Kauffungen die Söhne von Friedrich
dem Sanftmütigen, um Entschädigung für verlorenes
Land zu erhalten. Ernst war damals 14, Albrecht erst
zwölf. Die beiden Jungen schrieben später sächsische
und thüringische Geschichte als Gründer der beiden
Länder. Und so mancher Dichter verfasste Geschichten
über den Prinzenraub. Ein Verein inszeniert ihn jedes
Jahr als Theaterstück mit Laien. Im Garten des Schlosses wird der Entführer zur Feier des Tages geköpft wie
einst auf dem Freiberger Markt, allerdings nur symbo-
lisch«, sagte Oli.

»Die Geschichte kommt mir bekannt vor. In der
Sammlung ›Des Knaben Wunderhorn‹ steht so etwas.

Vielleicht kann ich mit dem Prinzenraub eine Verbindung zwischen Sachsen und Thüringen bauen«, überlegte Adina.

»Die ist historisch eh vorhanden. Du musst sie nur nachverfolgen«, antwortete Oli.

»Dann werde ich mich ab morgen intensiv mit Altenburg beschäftigen«, sagte Adina.

»Da wirst du allerhand zu tun haben. Altenburg steht für vieles. Seine Drogenszene zum Beispiel. Erst letztens wurde eine ganze Plantage ausgehoben. Früher wurde Safran als teuerste Pflanze angebaut, heute ist es Cannabis. Das ›Mordmuseum‹, in dem echte Fälle wie der Kreuzworträtselmord von Halle nachgestellt wurden, ist leider wieder verschwunden. Das wäre etwas für dich gewesen. Es wurde zum Labyrinthehaus umgebaut. Da passieren auch mysteriöse Dinge, zumindest im Spiel«, antwortete Oli.

»Labyrinth klingt gut. Ich dachte mehr an Sehenswürdigkeiten, Gastronomie, Freizeitaktivitäten als an Verbrechen, obwohl der Prinzenraub ja ein Verbrechen war. Aber eins, das heute Besucher anzieht«, erwiderte Adina.

»Ja, die Altenburger geben gern ihren Senf dazu«, ergänzte Oli.

»Ihren Senf wozu?«, fragte Adina.

»Die Altenburger haben eine kleine Senffabrik und einen riesigen Schlachthof. Mit gleicher Zufahrt wie das Tierheim, aber das nur nebenbei. Zwar werden seit einigen Jahren keine Schweine mehr geschlachtet, aber ein richtiges Rindersteak ist auch nicht zu verachten. Mit

Senf aus Altenburg zum ›Rumpsteak Strindberg‹ veredelt – ein echter Genuss.«

»Was du alles weißt! So weit bin ich noch nicht mit der Vorrecherche! Wart mal, das muss ich mir notieren«, sagte Adina. »Schlachthof, Senffabrik«, tippte sie in die Notiz-App ihres Handys. »Und was war mit dem Safran?«, fragte sie nach.

»Um 1500 brachten die Safrangärten in der ›Güldenen Aue‹ Ostthüringens richtig Kohle ins Stadtsäckel der Residenzstadt. Das könnte manche Kommune heute gebrauchen.« Oli überlegte kurz. »Wenn man es recht bedenkt, könnte die Stadt mit dem Altenburger Land drumherum so richtig autark leben. Zu Fleisch und Senf gibt es Altenburger Spirituosen aus der ›Destillerie und Liqueurfabrik‹ oder preisgekrönte Biere aus der Brauerei. Nach dem Essen die Gesellschaftsspiele und Spielkarten aus der Spielkartenfabrik und in Altenburg-Nobitz ist ein Flugplatz, halt leider nicht mehr für den Linienverkehr.«

»Und die Vegetarier bekommen Ziegenkäse aus der Molkerei. Die Marke ›Altenburger Ziegenkäse‹ habe ich in vielen Einkaufsmärkten gesehen. Woher weißt du das eigentlich alles?«, fragte Adina.

»Während des Studiums hatten wir eine Woche kollektivbildende Maßnahme in Altenburg. Manches ist halt hängen geblieben. Ich fürchte, ich bin nicht bei allen Dingen auf dem neuesten Stand, aber du weißt ja, wie man an aktuelle Informationen gelangt«, antwortete Oli.

Als Oli am nächsten Tag von der Arbeit nach Hause kam, war Adina deutlich schlauer als am Vortag. »Weißt du, dass es in Altenburg ein Unternehmen gibt, das moderne Wünschelruten herstellt?«, fragte Adina Oli beim Abendessen zwischen zwei Wraps mit Hühnerfleisch, Gemüse und Saucen.

»Nein, aber ich wünschte, Antonia und der Tote in den Feengrotten hätten so etwas gehabt. Vielleicht würden beide heute noch leben«, antwortete Oli.

Antonia hier, Antonia da … Bevor Adina in Gedanken durchhechelte, dass Antonia heute ihren Platz einnehmen würde, wenn sie nicht in Saalfeld verschwunden wäre, stand sie auf, lief in die Küche und machte sich eine Rhabarberschorle. Betont langsam kehrte sie ins Wohnzimmer zurück.

»Am Samstag ist in der Firma Tag der offenen Tür. Ich würde am Mittwoch aufbrechen wollen. Aber da läuft ›Aktenzeichen XY‹«, sagte Adina. Ihre Abreise fiel auf den Tag, an dem Antonias Verschwinden in der Fernsehsendung aufgerollt werden sollte. Wäre es besser, bei Oli in Annaberg zu bleiben? Oder war er froh, sie in dieser Zeit weit weg zu wissen? Immerhin war Antonia ihre Vorgängerin, und seit fünf Jahren fehlte jedes Lebenszeichen von ihr. Dass er eine Beziehung mit Adina eingegangen war und sie zusammenwohnten, konnte nur eins bedeuten: Er war sicher, dass Antonia nicht mehr lebte. Und wenn doch? Was wäre, wenn Antonia noch am Leben war? In den Fängen von diesem Wolf-Diether, der im Knast saß? Ohne Essen und Trinken? Irgendwo in einem Versteck? Oder wenn Oli etwas bei ihrem Verschwinden nachgeholfen hatte?

»Mach dir keine Sorgen, Adina. Du hast nichts mit der Sache zu tun. Ich werde den Abend wahrscheinlich mit Antonias Eltern verbringen. Oder mit meinen. Ich bin nicht allein. Und helfen kannst du sowieso nicht. Also fahr«, sagte Oli.

Bevor Adina ihre Sachen zusammenpackte, schickte sie Kriminalhauptkommissar Matthias Claudius in Saalfeld eine Nachricht: »Guten Tag, hier ist Adina. Ich weiß, dass du mir nichts sagen darfst, aber ich möchte ein paar Tage wegfahren und morgen kommt die Sendung. Habt ihr etwas über das Verschwinden von Antonia erfahren? Herzliche Grüße aus Annaberg. Adina«.

Es dauerte nicht lange, und auf Adinas Telefon erklangen die ersten Akkorde von »I Will Wait«, ihrem Lieblingssong von Yogev Shetrit, den sie zu ihrem Klingelton gemacht hatte.

»KHK Claudius«, tönte es vom anderen Ende, nachdem sie sich gemeldet hatte. »Ich habe heute frei. Wir haben fieberhaft gesucht. Nichts. Und der Verdächtige schweigt. Mein Kollege ist morgen bei ›Aktenzeichen XY‹ dabei. Wir werden alle in der Dienststelle sein und sofort starten, wenn ein vielversprechender Hinweis eintrifft. Sobald ich etwas weiß, melde ich mich«, sagte der Beamte auf Adinas Frage.

Am Mittwoch stürzte sich Adina auf die Sehenswürdigkeiten von Altenburg. Im Inselzoo traf sie auf eine Vorschulgruppe vom nahe gelegenen Kindergarten. Die beiden Erzieherinnen blieben an allen interaktiven Stationen stehen und versuchten, die Aufgaben mit den Kindern zu lösen. Beim Streichelgehege musste eine von ihnen vor dem Eingangstor mit den Kindern warten, die sich nicht zu den Miniziegen trauten. Bei den Bergziegen sorgten zwei winzige Geißlein für Aufregung unter den Fünf- und Sechsjährigen. Sie hüpften ungelenk herum und neckten sich. Gemeinsam trugen Erzieherinnen und Kinder die Fakten für das Märchen »Vom Wolf und den sieben Geißlein« zusammen und bestimmten das Kleinste zum Retter aus dem Uhrenkasten. Danach stellten sich die Kinder an dem Spielgerät an, um nacheinander zu rutschen oder zu schaukeln. Die Esel fütterten sie mit Futter aus dem Automaten, für den sie Kleingeld mitgebracht hatten. Das mit dem Echo zum I-Aaa wollte nicht klappen, obwohl die Kinder es den Tieren x-mal vormachten. Die Esel schwiegen ihre Besucher beharrlich an. Beim 2,10 Meter hohen Bären an der Wand wollte jedes Kind wissen, wie groß es war. Gegenüber bestaunten sie die Erdmännchen und nahmen die typische Pose mit angezogenen Armen und Händchen sowie hochgezogenen Schultern ein, die sie von Jan und Henry aus dem Kinderkanal kannten. Es dauerte nicht lange und die Erdmännchen stellten sich in ihrem Gehege genauso auf die Hinterbeine und reckten ihre Köpfe in die Höhe. Adina verließ den Zoo, nachdem sie einen Blick auf den Großen Teich mit der Tretbootstation geworfen hatte.

Sie holte sich eine Thüringer Bratwurst und einen Kaffee to go am Imbissstand und war verwundert, dass die Altenburger ihre Bratwurst mit Bautzener Senf und nicht der heimischen Kreation quälten. Bevor sie nach Hause fuhr, wollte sie unbedingt noch Senf im Laden der Senffabrik kaufen.

Auf dem Weg zum großen Springbrunnen warf sie einen Blick auf das interessante neoklassizistische Gebäude mit Hotel, das für ihre Reiseportalnutzer ein guter Anlaufpunkt sein könnte. Dann spazierte sie zum Kunstturm nahe dem Kleinen Teich. Die erwartete Kunst fand sie nicht, denn der im Stile eines italienischen Campanile gebaute Turm war zwar von außen schön anzusehen, aber er diente nur der Stadtverwaltung als Domizil. Vor Ort erfuhr sie, dass der Name auf die Wasserkunst zurückging, die sich am Standort vor dem Bau des Turmes befunden hatte. Und dass perspektivisch etwas geplant sei, um das Schmuckstück für die Öffentlichkeit zugänglich zu machen. Allerdings schwieg die Dame auf Nachfrage beharrlich und meinte nur: »Das ist noch nicht spruchreif.«

Die Kunst in Gestalt eines Stückes Kunst- und Religionsgeschichte fand Adina ein paar Meter weiter in den Roten Spitzen, dem Altenburger Wahrzeichen, das zum einst mächtigen Augustinerstift gehörte. Das hieß, für den Besuch im Haus musste sich Adina gedulden, denn es war gerade geschlossen.

Adina beschloss, den Weg zum Inselzoo zurückzulaufen, denn neben dem Caravan-Stellplatz am Teich stand ihr Auto. Sie fuhr zum Labyrinthehaus, für das sie bereits ein Onlineticket geordert hatte. Unter den Angeboten wie »Tiefsee- und Zauberlabyrinth« oder

»Grüne Hölle« wählte sie »Die Mumie im Tal des Pharaos«. Mit ihr suchte eine Gruppe Jugendlicher den Weg vorbei an der großen Tutanchamun-Maske. Die Tutanchamun-Ausstellung mit dem von Howard Carter entdeckten Grab hatte sie in Zürich gesehen, bevor die Exponate durch Deutschland und ganz Europa tourten. Das war mindestens 15 Jahre her. Der Kinderpharao hatte sie schon damals begeistert. Deshalb kam ihr jetzt vieles bekannt vor.

Dass Kinder von heute ein Königreich führten, konnte sie sich nicht vorstellen. Manche schafften es in dem Alter, in dem Tutanchamun Pharao wurde, noch nicht einmal, ihre Schnürsenkel richtig zu binden.

Dank der Jugendlichen hatte sie in annehmbarer Zeit die Grabkammer entdeckt und den Weg zum Ausgang, begleitet von Klängen, die ihr durch ihre Israelreisen nur allzu bekannt vorkamen. Sie bedankte sich bei den Teenagern, für die sie mit ihren Mitte 30 eine uralte Frau sein musste. Adina fand Altenburg paradiesisch für Familien und Kinder im Schulalter. Dabei hatte sie noch gar nicht so viel gesehen.

Am frühen Abend aß sie, passend zum Ausflug ins Labyrinthehaus, im Restaurant »Pharao«. Adina fotografierte alles, was irgendwie an Ägypten oder den Orient erinnerte. Da sie zu den Menschen gehörte, deren genetische Veranlagung Koriander wie Seife schmecken ließ, wählte sie ihre Bestellung sorgfältig aus und fragte noch einmal nach, ob die »Cleopatra-Sauce« der »Pyramidenpfanne« wirklich ohne das verhasste Kraut gemacht wurde. »Haben Sie die Altenburger Pyramide im Gewerbegebiet an der Leipziger Straße schon gesehen?«, fragte die freundliche Bedienung, nachdem sie in Sachen Koriander Entwarnung gegeben hatte.

»Nur auf dem Foto«, gestand Adina. »Aber wegen der Pyramide bin ich nach Altenburg gekommen. Am Sonnabend ist Tag der offenen Tür.«

»Jetzt in der Abendsonne glänzt die Pyramide besonders schön golden. Manchmal ist sie eher blau, je nach Licht. Ich will Sie ja nicht auffordern, das Lokal schnell zu verlassen, aber das sollten Sie sich nicht entgehen lassen.«

»Danke für den Tipp. Ich kann heute eh nicht lange bleiben. Vielleicht fahre ich noch vorbei. Ich wohne nicht weit entfernt«, antwortete Adina.

Adina gab »Leipziger Straße 83a« in ihr Navi ein und startete. Sie hatte den kürzesten Weg quer durch die Stadt vorbei am Schlosspark ausgewählt. Bevor sie zur Pyramide kam, passierte sie eine große Baustelle. Das Bauschild an der Julius-Zinkeisen-Straße verriet ihr, dass an dieser Stelle demnächst die Altenburger Spielkartenfabrik zu finden sein würde. Sie stellte ihr Auto auf dem Parkplatz beim Autohaus ab und lief die paar Meter bis zum Firmengrundstück.

Die Pracht der erst vor wenigen Jahren gebauten Glaspyramide ließ sie in Ehrfurcht erstarren. Vor der Pyramide thronten zwei Pharaonen mit stolzem Blick. Es interessierte Adina nicht, dass überall Schilder standen, die auf die Objektüberwachung hinwiesen. Sie nahm ihr Handy und schoss Bilder durch den schmiedeeisernen Zaun.

Die Idee für einen orientalischen Tag mit Schü-
lern nahe der Grenze zwischen Thüringen und Sachsen war geboren und begann gerade zu wachsen. Bei
dem Geounternehmen in der Pyramide würde sie am
Samstag anfragen, ob Führungen und Veranstaltungen
im Gebäude oder im Garten möglich waren. Vielleicht
konnte sie Yogev Shetrit zu einem Konzert oder Work-
shop begeistern, im Foyer der Pyramide, mit Catering
aus dem Restaurant »Pharao«, Hummus, Musik und
Bauchtanz.

In der Pension angelangt klappte Adina ihren Laptop auf und schaute sich die Fotos an. Dann stellte sie
eine Fotocollage mit den ägyptisch anmutenden Bildern
von Tutanchamun und dem Pharaonengrab, der Pyramide und dem Steingarten davor, den Accessoires, dem
Essen im »Pharao« und einem Selfie aus dem Restaurant zusammen und schickte sie mit einem »Rate, wo
ich bin!« an Mia.

Es dauerte nicht lange, und Mia antwortete: »Warum
hast du nichts gesagt! Ich wollte schon immer einmal
nach Ägypten.«

Adina freute sich, dass Mia nicht so genau auf die
Fotos geschaut und ihr Bluff geklappt hatte.

»Kannst du doch. Aber in Altenburg ist es auch schön.«

»Nein, du willst mich veralbern«, antwortete Mia.

»Wie könnte ich! Ich bin tatsächlich in Altenburg
und selbst überrascht, was es hier für exotische Sachen
gibt. Dabei bin ich noch gar nicht in die Welt des Adels
und des Prinzenraubes oder in die reiche Museums-
landschaft eingetaucht. Die Stadt hat echt Potenzial.«

»Bei uns in Berlin heißt Altenburg Drogenstadt«, schrieb Mia.

»Na, Drogenauszüge werden bestimmt in der Destillerie verarbeitet. Und für den Senf«, schrieb Adina zurück.

»Du weißt genau, was ich meine«, kam darauf von Mia.

Adina wollte sich ihre Bewunderung nicht kaputtmachen lassen und schwärmte weiter. »Wir fahren zusammen her, du wirst begeistert sein«, schrieb sie.

Nach einem Blick auf die Uhr verabschiedete sie sich aus dem Chat. »In 15 Minuten startet ›Aktenzeichen XY‹. Da kommen die Feengrotten vor.«

Adina schaute die Sendung bis zum Schluss. Der Beamte aus Saalfeld hatte den Fall erklärt und auf den Toten im Grottensee hingewiesen. Das Filmteam hatte dazu Bilder von den Feengrotten außen und innen zusammengeschnitten und einige Aufnahmen aus der Stadt. Diese Antonia musste nahe dem Parkplatz gewohnt haben, auf dem sich Wolf-Diether mit Adina getroffen hatte, bevor er sie wegen ihrer Neugier ins Jenseits hatte schicken wollen. Am Ende sagte die Frau vom Telefon, dass Hinweise eingegangen seien, denen man nachgehen wolle. Das Übliche halt, nichts Konkretes.

Adina versuchte, Oli anzurufen. Er nahm nicht ab. Sicher hatte er das Telefon stummgeschaltet, weil er bei Antonias Eltern war. Nach einer gefühlten Ewigkeit sah sie den Messenger aufblinken. »Wir reden morgen. Ich rufe dich an«, stand da, mit einem Küsschen versehen. Das war's.

Adina hatte ein Zimmer mit Frühstück gebucht, also bediente sie sich am Morgen am Frühstücksbüfett, das reichlich bestückt war. Sie stellte sich einen Teller mit Käse und Obst zusammen, füllte eine Schüssel mit Himbeerjoghurt und Müsli und ließ sich einen Latte macchiato ein. Vom Garderobenständer nahm sie die Ostthüringer Zeitung, die noch stilgerecht in einen Zeitungshalter geklemmt war. Die Altenburger Brauerei hatte erneut einen Preis abgeräumt, sogar in der Bierhauptstadt München. Um die Ausrichtung der Landesgartenschau gab es weiter Rätselraten. Eine Journalistin lud mit einem Vortrag zur Zeitreise ein. Na, das klang interessant, wollte Adina heute doch selbst eine Zeitreise rund um das Altenburger Schloss unternehmen und die Museen besuchen. Sie warf noch einen Blick auf den Wetterbericht, der sommerliche Temperaturen versprach. Adina ließ sich von der Wirtin über öffentliche Verkehrsmittel aufklären und entschied sich für ihr Auto.

Als sie auf dem Parkplatz am Marstall angekommen war, rief Oli an. Sie fragte ihn, wie es ihm ging. Er druckste nur herum. »Ich kann nach Hause fahren«, bot sie an, wobei ihr das »nach Hause« schwer über die Lippen kam.

»Nein, lass mal, ich glaube, ich bleibe lieber allein. Du würdest mich schwer ertragen«, sagte er.

Adina wollte das nicht bestätigen, zumindest nicht laut, obwohl sie nicht widersprechen konnte. Oli seufzte, Adina ebenso. Dann verabschiedete sich das Paar, bei dem bis vor ein paar Tagen alles bestens gewesen war und die Zeichen auf eine gemeinsame Zukunft gestanden hatten.

Adinas Vormittag gehörte dem Residenzschloss mit der Spezialsammlung zum Thema Spielkarten. Seit über 500 Jahren wurden sie im Ort hergestellt. Mehr als 200 Jahre alt war das in der Skatstadt Altenburg erfundene Skatspiel. Die Regeln waren streng. Wer gut reizen konnte, musste noch lange nicht gewinnen. Manchmal gab es handfeste Streitigkeiten um jeden Stich. Am Stammtisch wurde ausdiskutiert, wer welche Karte vermeintlich falsch ausspielte oder dass jemand nicht die richtigen beiden Karten gedrückt hatte. Über die Einhaltung des Reglements bei Wettbewerben wachte seit 1927 das Altenburger Skatgericht. All das und noch mehr erfuhr Adina bei ihrem Rundgang. Zum Abschluss warf sie einen Blick in die interaktive Kartenmacherwerkstatt, in der gerade eine Schülergruppe am Computer Herzdamen gestaltete, die mit historischen Druckplatten auf Pappe verewigt wurden. Die Verbindung von moderner Technik mit altem Handwerk gefiel ihr.

Beim Verlassen des Museums schaute Adina sich das Angebot an Flyern und anderen Werbeträgern an. Als sie nach dem Prospekt für den Prinzenraub griff, sagte eine Frau neben ihr: »Dafür sind Sie leider zu spät. Die Aufführungen im Agnesgarten waren Anfang Juli. Jetzt ist auch Pause im Theater.«

Adina nutzte die Gelegenheit, ein paar Fragen zur Skatstadt und dem Skatgericht und zur Geschichte der Wettiner zu stellen. »Kann man den Agnesgarten besichtigen?«

»Klar, von dort haben Sie einen schönen Blick auf die St. Georgskirche und das Schloss. Es ist nicht weit«, sagte die Museumsmitarbeiterin.

»Und wo kann ich etwas essen?«, fragte Adina.

»Am besten am Theater vorbei und über den Theaterplatz. In der Straße und am Platz gibt es jede Menge Gastronomie. Da finden Sie sicher etwas«, sagte die Frau.

Adina blieb gleich am Theaterplatz an einem Imbiss hängen, in dem zwei Frauen mit Kopftuch an einem der hinteren Tische Wasserpfeife rauchten. So etwas hatte sie bisher nur in Jerusalem gesehen. In Deutschland hantierten eher Männer mit den üppigen Gerätschaften. Verwundert las sie die Speisekarte. In Altenburg schien Ananas ein preiswerter Dauerrenner zu sein, denn egal ob Pizza, Döner, Dürüm, Putenschnitzel oder Falafel – alles wurde in einer Ananasvariation angeboten. Der Auflauf »Euphrat oder Babylon« passte ganz gut zu ihrem Orient-Projekt, dachte sie. Es konnte ja eine etwas preiswertere Variante geben. Sie nahm sich vor, die Eckpunkte für das Konzept noch am Abend in ihre Recherchedatei zu klopfen.

Adina beschloss, nach dem Mittag das Naturkundliche Museum »Mauritianum« zu besuchen. Bis zu ihren Vorrecherchen hatte sie nicht gewusst, was ein »Rattenkönig« war. Dann war ihr das Epos vom »Rattenfänger von Hameln« eingefallen. Der Satan in Gestalt des riesigen Rattenknäuels in des Bürgermeisters Keller … Das mumifizierte Exemplar in Altenburg soll die größte gefundene Verwachsung von Hausratten sein.

Adina lief eine Gänsehaut über den Rücken, wenn sie nur daran dachte. Sie fand die am Schwanz verklebten 32 Ratten ziemlich unappetitlich. Dafür interessierten sie die Vogelpräparate von Alfred E. Brehm, der aus dem thüringischen Remptendorf stammte. »Brehms Tierleben« stand bei ihren Eltern im Bücherregal. Es war eine feste Größe in ihrer Kindheit gewesen. Nach Besuchen im Berliner Zoo hatte sie immer die Bilder der Tiere im Buch gesucht und die Beschreibungen gelesen.

Der Rattenkönig war genauso eklig, wie sie ihn sich ausgemalt hatte. Sie stellte sich vor, wie die Berliner Gören kreischten, wenn sie ihnen so etwas präsentierte. Die Sammlung an Vogelpräparaten war beachtlich. Von Alfred Brehm stammten Vögel, die er von seiner Afrikareise 1847 bis 1852 mitgebracht hatte. Präparate von Wirbeltieren oder Wirbellosen wie Schmetterlingen und Insekten, Mineralien, Fossilien und eine botanische Sammlung, die zurückgekehrte ethnologische Sammlung und eine naturwissenschaftliche Bibliothek waren im Haus untergebracht. Die Sonderausstellungen wechselten. Im Kinderkolleg konnten Kinder ab fünf Jahren im Rahmen von Kursen beobachten, forschen, experimentieren. Adina dachte, dass sie ihren Nachwuchs gern zu so etwas schicken würde. Sie war sich jedoch nicht sicher, ob sie jemals Kinder haben würde, jetzt, wo Olis Gedanken mehr bei ihrer Vorgängerin als bei ihr weilten. Über seine Gefühle wollte sie erst gar nicht nachdenken.

Das Lindenau-Museum war wegen Umbaus geschlossen. Adina wusste nicht, ob sie die Interimsausstellung schaffen würde. Die italienische Sammlung, die Malerei des 15. bis 19. Jahrhunderts mit der »Ansicht des Alten Athen« von Carl Graeb oder den detailreichen Bildern von Jan Brueghel und die Abgusssammlung mit vielen berühmten Plastiken, die sie von anderen Orten kannte, hätten sie auf alle Fälle interessiert. Es waren sogar Kunstwerke aus Ägypten dabei, die zu ihrem Orient-Projekt gepasst hätten.

Adina entschloss sich, in der Stadt fix noch ein paar regionale Artikel zu kaufen, mehrere Sorten Senf und einen Likör. Eine Packung Spielkarten hatte sie im Museum erworben.

Sie fuhr zu einer Bar in der Nähe der Polizeiinspektion Altenburger Land in der Leipziger Straße. Die war nur ein paar Hundert Meter entfernt, aber Adina wollte in der Dämmerung nicht mehr zum Parkplatz nahe dem Schlosspark zurücklaufen. Deshalb stellte sie ihr Auto gleich neben der Bar ab. Bevor sie sich auf die Karte mit den alkoholfreien Cocktails stürzte, rief sie Oli noch einmal an. Sie hätte es lassen können.

Im Frühstücksraum gab es am Morgen nur ein Thema: Jemand hatte in die Spielkartenfabrik eingebrochen und eine große Anzahl von Gesellschaftsspielen in der Stadt verteilt. »Bei uns vor der Tür lag eine Packung Schafkopf«, sagte die Wirtin. Adina öffnete den Internetbrowser auf ihrem Handy und suchte nach weiteren Informationen.

Unter dem Hashtag #spieleninaltenburg posteten alle möglichen Menschen die Fotos von den Funden vor ihrer Haustür. Die Skatvereine bedankten sich für den üppigen Kartensatz, der um den Skatbrunnen herum aufgeschichtet war.

Das total verrückte Farbenspiel »Color Addict« wurde vom Hausmeister der Wilhelm-Busch-Grundschule entdeckt. Die besten Kartenspiele von und mit Harry Potter schmückten den Eingang vom Lerchenberggymnasium.

Über ein »Dominion«-Set freute sich das Christliche Spalatin-Gymnasium. Adina musste erst einmal googeln, worum es sich in dem Spiel drehte. Die Spielidee war, sich ein florierendes Reich mit allem Drum und Dran aufzubauen und dabei geschickter als die Mitspieler zu agieren. Mit dem verdienten Geld durfte ein eigener Thronsaal errichtet und das Dominion-Reich erweitert werden. Ein Strategiespiel also, wie man es vom Computer kannte, nur in Analogform mit Geld-, Punkte- und Fluchkarten, darunter 25 verschiedene Königreichkartensätze. Die Queen ist tot, es lebe der König, fiel Adina dazu ein.

Die Einbrecher mussten Humor haben. Würfelspiele und der »Schwarze Peter« lagen vor dem Finanzamt, die »Super-Zings«-Spielebox auf einem Dienstwagen vor der Polizeiinspektion. Die Quiz-Spiele vom 1. FC Köln, von Borussia Mönchengladbach und Schalke 04 warteten vor dem Sportlerheim auf neue Besitzer. Im Foyer der Sparkasse fand eine Mitarbeiterin das Zahlenspiel. Ein pikantes Partyspiel hatten die Einbrecher vor der Bar platziert, in der Adina gestern Abend gewesen war.

»Das lustige Eselspiel« war zum Inselzoo gewandert, ein paar Quartett-Spiele mit Hunden, Katzen, Tierkindern oder Pferden zum Tierheim. »Die Eiskönigin« fand der Inhaber vor seinem Eiscafé. »Senioren- & Loriot-Rommé« und Doppelkopfkarten bereicherten die Seniorenwohnanlage.

Kindergärten und Schulen hatten Lernspiele wie »Paw Patrol«, das »Deutschland-Quartett«, »Die Uhr«, »Abenteuer Schule« oder »Stadt, Name, Land« erhalten. »Die Verkehrszeichen« hatte der Fahrlehrer an den Schulungsräumen seiner Fahrschule aufgelesen. Adina musste lachen. Das schien eine riesige Aktion in der Nacht gewesen zu sein. Und nicht einmal die Polizei hatte etwas bemerkt. Wer weiß, wie viele Empfänger sich ganz ruhig verhielten, denn den meisten, die Bilder gepostet hatten, war eins gemein: Sie wussten nicht, ob sie die Spiele behalten durften oder an die Hersteller zurückgeben mussten.

Im Nachrichtenticker staunte Adina darüber, dass die Spielkartenfabrik auf eine Anzeige verzichtete. Offenbar schien man sich einig darüber zu sein, dass der Täter vielen Menschen ein Lächeln ins Gesicht gezaubert und eine gute Tat vollbracht hatte. Vor weiteren derartigen Aktivitäten wurde allerdings dringend gewarnt.

Adina stutzte bei dem Wort »Lächeln«. Hatte sie nicht am Mittwoch und auch am Donnerstag zwei türkisfarbige Kleinbusse mit einer auffälligen Beklebung und dem Spruch »Jeden Tag ein Lächeln« gesehen? Ja, sogar am Abend, als sie aus der Bar an der Spielkartenfabrik vorbeigefahren war. Sie hatte vermutet, dass diese zu einem Verein gehörten, und nicht weiter darüber nachgedacht. Achtsames Leben, Land des Lächelns oder so. An die Nummernschilder erinnerte sie sich nicht. Auf ihren vielen Fotos konnte sie keins der Autos ausmachen. Oder hatte die Spielkartenfabrik die Aktion gar inszeniert?

Kurze Zeit später tauchte im Internet ein Bekennerschreiben auf: »Wir wollten vielen Menschen eine Freude machen. Spielen statt Kämpfen, Lachen statt Hassen. Spiele sind ein gutes Therapiemittel. Sie stärken den Zusammenhalt und die Gemeinschaft! Versucht es einfach! Ihr werdet überrascht sein«, hieß es dort. Das ist euch gelungen, dachte Adina. Und da nicht einmal die Firma den Einbruch verfolgen lassen wollte, sah sie keinen Anlass, ihre Beobachtungen irgendjemandem mitzuteilen.

Am Samstag reihte sich Adina in die Schlange beim Tag der offenen Tür in der Pyramide ein und nahm an einer Führung teil. Das Innere des Glaskastens präsentierte sich ihr dabei genauso aufregend wie die Außenansicht. Sie nutzte die Gelegenheit, um einen Mitarbeiter für ihre Idee mit dem Orient-Projekt zu begeistern. Er versprach ihr einen Termin mit den zuständigen Ansprechpartnern.

Als sie ihr Handy aufklappte, um eine Visitenkarte zu entnehmen, sah sie auf dem Display eine Nachricht von Matthias Claudius aufploppen. »Ruf mich bitte an, wenn du kannst.«

Die haben ihre Leiche gefunden, schoss es Adina

durch den Kopf. Sie brachte das Gespräch mit dem Unternehmenschef zu Ende und packte noch ein paar Prospekte über die Produkte des Hauses in ihre Tasche. Vielleicht hatten ihre israelischen Freunde Interesse an diesen neuartigen Metalldetektoren oder 3-D-Bodenscannern, die bei Schatzsuchern überall beliebt waren. Dort wurden doch immer Helfer für Ausgrabungen und die Untersuchung von Bodenmaterial gesucht.

Adina bewegte sich nach draußen in den Garten, wo eine weitere Schlange am Grill wartete. In gebührendem Abstand zu der Wartegemeinschaft tippte sie die Nummer des Saalfelder Kommissars in ihrer Telefonliste an.

Der redete gar nicht erst lange um den heißen Brei herum. »Wir haben Antonia gefunden.«

»Tot?«, fragte Adina.

»Nein«, antwortete er.

»Scheiße«, sagte Adina und ließ sich auf eine Bank plumpsen.

Matthias Claudius erzählte ihr kurz und knapp, dass ein Brief in der Polizeiinspektion angekommen war, mit einer kleinen Skizze und Koordinaten von dem Ort, an dem Antonia eine lange Zeit zugebracht haben musste. »Wir wissen nicht, ob sie von Anfang an dort war. Nur, dass das Grundstück am Wald der Familie von diesem Wolf-Diether gehört und nicht großartig bewirtschaftet wurde. Deine Spur war die richtige.«

»Wie geht es ihr? Weiß es Oli schon?«, fragte Adina.

»Sie ist in der Uniklinik. Wir haben sie in einem ziemlich verwahrlosten und ausgezehrten Zustand angetroffen. Sie hatte Angst vor uns und wollte erst gar nicht aus dem Keller heraus. Bisher weiß es so gut wie niemand. Wir haben noch keine Medieninformation herausgegeben«, sagte der Kommissar.

»Gut. Dann fahre ich jetzt nach Annaberg und ergebe mich meinem Schicksal. Oder stemme mich dagegen. Ich weiß es nicht«, sagte Adina.

»Ich wünsche dir viel Glück. Wir bleiben in Kontakt«, verabschiedete sich Matthias Claudius.

8 AUS SPIEL WIRD ERNST

WEISSENSEE

Am frühen Nachmittag kehrte Adina nach Annaberg zurück zu Oli, wo sie seit mehr als einem halben Jahr zu Hause war. Sie steckte den Schlüssel in die Wohnungstür und vernahm ein Geräusch, das wie ein leises Schluchzen klang.

Ihr großer starker Kriminalhauptkommissar saß wie ein Häufchen Elend zusammengekauert in der Sofaecke, das Gesicht schmerzverzerrt.

»Du weißt es also«, sagte Adina nach der Begrüßung. Oli nickte nur. Tränenstraßen liefen über sein Gesicht.

Adina brachte ihre Reisetasche ins Arbeitszimmer und kehrte zurück zu ihm. Sie hatte nicht die leiseste Ahnung, was sie tun oder besser lassen sollte. Durfte sie ihn berühren? Fühlte er sich ihr noch verbunden, jetzt, wo Antonia gefunden worden war? Sollte sie bei ihm in der Wohnung bleiben? Adina war ratlos.

»Ich bin schuld. Ich habe sie im Stich gelassen. Ich hätte weitersuchen und der Polizei in Saalfeld mehr Druck machen müssen. Stattdessen habe ich mich frisch verliebt. Wie soll ich ihr in die Augen schauen können?«, fragte Oli, ohne eine Antwort zu erwarten. Die hätte er ohnehin nicht bekommen, denn Adina dachte gerade über ihre Rolle nach. Sie schluckte. Kam sie in Olis Gedankengängen überhaupt noch als seine Partnerin vor?

»Willst du einen Kaffee oder einen Tee?«, fragte Adina.

»Höchstens einen Schluck Wasser«, antwortete Oli. Adina holte eine Flasche und zwei Gläser aus der Küche, schenkte aber nur für Oli ein. Sein Schweigen dröhnte in ihrem Kopf.

Sie verließ das Wohnzimmer und versuchte ein wenig zu arbeiten. Ihre Texte strotzten nur so vor Tippfehlern, die sie sonst überhaupt nicht machte. Sie gab auf.

Am Abend fragte Adina, was Oli essen wollte. »Du kannst dir etwas machen. Ich möchte nichts«, antwortete er. Sie nahm sich Brot, etwas Käse und ein paar Weintrauben und aß all das im Stehen.

Oli rührte sich kaum aus seiner Sofaecke weg. Kurz vor Mitternacht ging Adina duschen und anschließend ins Bett. Dort blieb sie die ganze Nacht über allein.

Am Morgen sagte Oli, dass er zu Antonia fahren wolle.

»Weißt du denn, wo sie ist?«, fragte Adina.

»Nein, nicht wirklich, aber ich vermute, in der Uniklinik Jena. Die ist bekannt dafür, schwierige Fälle zu übernehmen«, antwortete er.

»Man wird dich nicht zu ihr lassen, bis sie stabil ist und ausgesagt hat«, sagte Adina.

»Wir werden sehen. Vielleicht treffe ich jemanden, den ich kenne. Ich nehme Antonias Mutter mit. Ihr

Vater ist gestern zusammengebrochen und liegt im Annaberger Krankenhaus.«

Adina fühlte, wie ihr liebgewonnenes Leben der vergangenen Monate gerade ins Nirwana entglitt. Und sie hatte null Chancen, etwas dagegen zu tun. Sie war nicht sicher, wie sie mit der Situation umgehen sollte und ob sie ihr überhaupt gewachsen war. In den Stunden von Olis Abwesenheit stürzte sie sich in die Arbeit. Sie beantwortete Mails, schickte Informationen an Interessenten und versuchte, die neu hinzugekommenen Orte in das Internetportal einzupflegen.

Am späten Nachmittag kehrte Oli zurück. Ein Blick in sein Gesicht reichte Adina, um zu wissen, dass er erfolglos geblieben war. »Ich konnte nur ein wenig mit einem Pfleger plaudern. Er sagte, dass Antonia sehr schwach ist. Ihre Mama war ein paar Minuten bei ihr, doch sie schlief die ganze Zeit.«

»Wirst du morgen arbeiten?«, fragte Adina.

»Was denn sonst?«, fragte Oli zurück.

»Na, zum Beispiel zum Arzt gehen und dich krankschreiben lassen«, antwortete Adina.

»Auf keinen Fall. Die Arbeit lenkt mich wenigstens etwas ab«, sagte Oli.

Auf mich zählst du also nicht mehr, dachte Adina. Sie setzte sich an den Computer und schaute, welche Thüringer Orte ihr nächstes Ziel sein konnten. Eigentlich hatte sie ein paar Tage in Annaberg bleiben wollen, aber irgendwie war hier gerade kein Platz für sie.

»Wenn du nichts dagegen hast, fahre ich am Dienstag wieder Richtung Thüringen«, sagte Adina zu Oli, bevor sie sich die nächste Nacht allein im Doppelbett wälzte.

»Warum sollte ich etwas dagegen haben?«, fragte Oli müde.

Den Montag nutzte Adina für Computerarbeit und zum Packen ihrer Sachen. Sie wusste nicht, wann sie nach Annaberg zurückkehren würde. Am Abend hing Oli die ganze Zeit am Telefon. Adina fragte ihn nichts. Nicht, mit wem er telefonierte, nicht, was er in Erfahrung bringen wollte, nicht, was er erfahren hatte. Sie hoffte, dass er ihr etwas erzählen würde, wenn er bereit dazu war. Doch das war er nicht.

Nach dem Frühstück verabschiedete sie sich mit einem Seufzer. Oli schwieg.

Adina hatte sich Weißensee als Ziel ausgesucht und, bevor sie auf die A 38 auffuhr, das Navi an der Raststätte ausgeschaltet. Am Dreieck Südharz verpasste sie die Abfahrt. Da sie in der Ferne jedoch immer wieder das rostrote Kyffhäuser-Denkmal aufblitzen sah, fuhr sie einfach weiter und über Landstraßen in Richtung Kelbra, das hinter der Landesgrenze von Thüringen zu Sachsen-Anhalt lag. Von dort war es nicht mehr weit bis zum Parkplatz unterhalb des Kyffhäuserburgberges, in dem Kaiser Barbarossa der Sage nach schlummern und eines schönen Tages zurückkehren würde. Er sollte kommen, um das Reich zu retten, dessen Herrlichkeit er mitgenommen hatte. Nötig wäre es, dachte Adina, nachdem sie sich die Sage vergegenwärtigt hatte.

Sie lief über die Mittelburg nach oben und blieb an den Liedertafeln des Klingenden Wanderweges stehen.

»Wir wandern ohne Sorgen« oder »Heut ist ein wunderschöner Tag«, las sie darauf und wünschte, dass wenigstens ein Bruchteil davon auf sie zutreffen möge. Doch die Sorgen und Ängste wanderten mit ihr in einen Tag, der überhaupt nicht wunderschön begonnen hatte.

Adina setzte sich auf eine Bank bei dem Steinbruch, der Mittelburg und Denkmalsplateau verband, und blickte in die wildromantische Schlucht, deren wuchtige Steine sie oben am Denkmal bewundern konnte. Dem »HörErlebnis Kyffhäuser« mit der Kyffhäuser-App wollte sie sich später widmen, auch wenn die Verbindung Natur-Kultur-Digitalisierung sie reizte. Der Weg enthielt Stationen wie »Skandal beim Picknick: Verwarnung für Goethe« oder »Aufgepasst: falscher Friedrich im Umlauf«. Das letzte Stück vor dem Aussichtsturm gehörte zum Barbarossawanderweg. Erst einmal wollte sie zu dem 81 Meter hohen Denkmal und nach dem Überwinden von 247 Stufen einen Blick ins Land werfen. Das Plateau, auf dem sie vor dem Treppensteigen eine Runde drehte, erschien ihr deutlich größer, als sie von unten vermutet hatte. Die Sicht war klar. Gar nicht so weit entfernt erblickte sie den Fernsehturm auf dem Kulpenberg bei Kelbra. Dann schaute sie in Richtung Schlachtberg bei Frankenhausen, wo im Bauernkrieg das Fürstenheer den Führer und die aufständischen Bauern um den rebellischen Prediger und zeitweisen Luther-Bewunderer Thomas Müntzer besiegt hatte. Zwischen ihr und dem Panorama-Museum lag viel Wald.

Nachdem sie dem in Stein gemeißelten Barbarossa und dem Reiterstandbild von Kaiser Wilhelm den Rücken gekehrt und wieder bei ihrem Auto angelangt war, holte sie sich eine Thüringer Bratwurst und eine Waldmeisterlimonade am Imbissstand und fuhr die zehn Kilometer nach Bad Frankenhausen. Dort bewunderte sie zuerst ein paar markante Gebäude wie den Schiefen Turm, bevor sie das Bauernkriegs-Panorama besichtigte. Eine Stunde dauerte die lange Variante mit dem Auto-Guide, bei der das 123 Meter lange Bild im Rundbau erklärt wurde. Adina setzte sich auf einen der Hocker nahe dem Geländer und ließ die Figuren vor ihrem geistigen Auge zum Leben erwachen. Sie begab sich in das Schlachtgemetzel, in die Zelte der Fürsten und zu den biblischen Figuren, die Werner Tübke in elf Jahren Arbeit konzipiert und gemalt hatte. Ganz beeindruckt von der künstlerischen Gestaltung und deren Wirkung auf den Betrachter lief sie zu dem Gedenkstein unterhalb des Panorama-Museums. Er trug die Aufschrift »Bauernschlacht unter der Führung von Thomas Müntzer. 15. Mai 1525«. Erst hier wurde ihr richtig bewusst, dass sie auf dem blutgetränkten Boden stand, auf dem das Gemetzel mit etwa 6.000 Toten rund 500 Jahre zuvor stattgefunden hatte.

In Gedanken an die erlebte Geschichte und deren Verarbeitung begab sich Adina auf den Weg nach Weißensee und hielt an einem Supermarkt an, um sich Obst, Getränke und eine Notration Gebäck zu kaufen. Dann bezog sie die für sie viel zu große Ferienwohnung im »Alten Standesamt«. Sie war froh, dass das hübsch sanierte Gebäude gegenüber dem Rathaus frei gewesen war, als sie sich kurzfristig für Weißensee entschieden hatte.

Da es spät am Nachmittag war, begab sie sich nur auf einen kleinen Spaziergang durch die Stadt und kehrte im »Café am Markt« ein. Sie setzte sich auf die Terrasse, die der Gaststätte vorgelagert war. Von hier hatte sie eine schöne Aussicht über den Markt und auch alle Gäste im Blick, die das Innere des Hauses betraten oder auf der Terrasse Platz nahmen. Der Eingang zum Chinesischen Garten befand sich schräg hinter ihr. Die Anlage war bereits geschlossen, obwohl die Abendsonne sie sicher in goldenes Licht tauchte und Adina diesen Anblick gemocht hätte. Aber wahrscheinlich hätte sie sich in all der Pracht ganz besonders einsam gefühlt. Sie trauerte der Unerreichbarkeit also nicht nach und konzentrierte sich auf die Speisekarte.

An der anderen Ecke der Holzterrasse saß ein ungleiches Paar, das sich flüsternd unterhielt. Während die Bedienung die selbst gemachte Limonaden-Kreation des Hauses servierte und Adina ihre Bestellung aufgab, wurde die etwas ältere Frau energisch. »Morgen ist er weg. Keine Diskussion mehr«, sagte sie zu dem jüngeren Mann neben sich. Adinas Kopfkino schaltete sich augenblicklich ein. Dann dachte sie sich: Du spinnst. Vielleicht ist er ihr Sohn und er soll einen Holzhaufen im Garten wegräumen oder den alten Kühlschrank zur Annahmestelle bringen. Dafür spendierte sie ihm ein Essen im Restaurant. Adina beruhigte sich damit, dass sie Gespenster sah und sich kriminelle Situationen förmlich herbeiredete.

Sie konzentrierte sich auf die Kalbsleber mit Kartoffelbrei und Salat, beim Kauen darum bemüht, nicht mehr zu dem Paar zu schauen und erst gar nicht zu lauschen. Dass am Nachbartisch ein Pärchen mit Kind Platz genommen hatte, erleichterte ihr das alles ungemein. Als sie fertig mit Essen war, hatte sie die Sache mit morgen, und dass da etwas oder wer weg sein sollte, beinahe vergessen.

Sie hatte Lust, einen Absacker in der Ratsbrauerei zu trinken, doch die hatte Ruhetag. Also spazierte sie die paar Meter zu ihrer Ferienwohnung zurück.

In ihrer Unterkunft angekommen, ließ Adina den Laptop hochfahren. Bevor sie mit Recherchen begann, schaute sie in die Abendnachrichten. Auf allen Kanälen flammte die gleiche Meldung auf: »Vermisste Frau in Saalfeld nach fünf Jahren gefunden«. Der Leser erfuhr, dass Antonia lebte, zurzeit in einer Klinik und nicht vernehmungsfähig war. Adina versuchte sich in Olis Lage zu versetzen, jetzt, wo alle seine Freunde und Bekannten, die vom Verschwinden Antonias gewusst hatten, die Neuigkeit erfuhren. Sie wählte seine Nummer auf ihrem Handy. Oli meldete sich nicht. Eine halbe Stunde später blinkte auf dem Handy eine Nachricht auf: »Bin bei meinen Eltern. Mach dir keine Sorgen.«

Adina schenkte sich ein Bier ein und versuchte ein wenig zu arbeiten. Sie merkte, dass sie unkonzentriert war und nicht viel zustande brachte. Es dauerte nicht lange und sie klappte den Laptop wieder zu, nahm sich ihren Thüringen-Reiseführer und kuschelte sich in das für sie viel zu große Bett.

Am Morgen stieg Adina die Stufen zur mittelalterlichen Schöpfstelle am Markt hinab. Die Wassergewölbe glichen feuchten Kellergängen, die behutsam saniert worden waren. Dann betrachtete sie die Tafeln, die auf die einstige Johanniterkommende und den Besuch der Heiligen Elisabeth von Thüringen hinwiesen. An der Stadtkirche St. Peter und Paul war ein riesiges Schild, das von der vollendeten Sanierung kündete. Sie lief um die Kirche herum und betrat das Innere durch eine Glastür, auf der in großen Lettern »Kulturkirche« stand. Mehrere Aufsteller wiesen auf Konzerte hin. Der MDR-Musiksommer gastierte demnächst hier.

Die Kirche beschäftigte Adina eine Weile. An den Seiten platzierte Tafeln der Dauerausstellung klärten sie über die Zeit vom Bau der Kirche bis zur Reformation in Weißensee und Umgebung auf.

In der Mitte des Kirchenschiffes suchte sie die Grabplatte des während der Baumaßnahmen wiederentdeckten Grabes vom »Guten Conrad«, der 1303 in Weißensee im zarten Alter von 16 Jahren auf mysteriöse Weise ums Leben kam. Sein Tod löste ein Pogrom an den Juden im Ort aus, nachdem sich die Mär von der rituellen Christentötung durch Juden verbreitet hatte. Conrad war bis zur Reformation als Heiliger verehrt worden und dann bis zu seiner Wiederentdeckung in Vergessenheit geraten. Auf den Tafeln erfuhr Adina vom Ausmaß der grausamen Vernichtung jüdischen Lebens in der Region und von den Wallfahrten zu Ehren des Jungen. Als Conrads Gebeine 2014 unter einer neuen Grabplatte wieder bestattet wurden, fand nach der Andacht in der Kirche eine Veranstaltung zur Erinnerung an die ermordeten Juden statt. Dort wurde das jüdische Totengebet »Kaddish« gesprochen. Dazu trafen sich die Teilnehmer auf der Runneburg, deren Besichtigung Adina im Plan hatte. Auf dem damaligen Schloss Weißensee mussten die Juden ihr Leben lassen. Dass Conrads Tod nur ein Vorwand für die Judenvernichtung war, darüber musste Adina gar nicht erst nachdenken.

Weißensee war längst nicht der einzige Ort, an dem zu dieser Zeit Judenpogrome stattfanden. Adina wusste, dass die Legenden von den blutrünstigen Ritualmorden an Kindern und den vergifteten Brunnen im Mittelalter aufkamen und manchem heute noch als Begründung für die Judenverfolgung dienten. Beim Lesen der Tafeln erfuhr Adina einiges über das Zusammenleben von Juden und Christen in Weißensee, das bis ins elfte Jahrhundert friedlich verlief. Sie informierte sich über die Reformation in der Thüringer Gegend und deren versuchte Unterdrückung durch den damaligen Herzog.

Im Kirchenschiff verbaute Sichtfenster ermöglichten ihr Einblicke in die frühe Zeit der um 1180 errichteten Kirche und die archäologischen Befunde aus der Sanierungszeit. Die Malereien an der Empore zeigten Szenen aus der Bibel, von denen sie zumindest einen Teil erkannte. Das neue Orgelwerk hatte 1737 kein Geringerer als Johann Sebastian Bach geprüft und für gut befunden, las sie in der Beschreibung. Die Decke hatte im Rahmen der Generalsanierung ihre faszinierenden Ausmalungen zurückbekommen.

Im Chinesischen Garten war sie die erste Besucherin. Und, wie es aussah, die einzige. Adina begann, den »Garten des ewigen Glücks« zu erkunden. Immer wieder nahm sie auf den Bänken Platz und betrachtete die Gartenlandschaft, in der verschiedene Gebäude und Pavillons mit asiatisch geschwungenen Dächern, Wasser, Steine und Pflanzen harmonisch zusammengefügt waren. Sie schoss jede Menge Fotos.

Im Hochzeitspavillon sah sie sich einen Film über den Bau des Gartens an, für den original Steine und vorgefertigte Gebäudeteile herangekarrt worden waren. Sie stellte sich vor, wie sie auf dem Brautstuhl saß, verwarf den Gedanken jedoch sofort wieder. An eine Hochzeit mit Oli war nicht mehr zu denken, seit ihre Vorgängerin entdeckt worden war. Sie wusste nicht einmal, ob ihrer Beziehung mit Oli der Hauch einer Zukunft beschieden war.

Adina verließ den Pavillon. Mit ihrem Handy schoss sie ein Selfie am Tor zum Himmel, dessen schwerer Messingriegel verschlossen war. Kontemplativ, ganz in Gedanken versunken, nahm sie den Weg in Richtung tiefster Punkt des Gartens unter die Füße.

Auf den Steg zum Seepavillon konnte sie nicht gehen. Direkt am Gondelteich befand sich eine Baustelle, die nur nachlässig abgesperrt war. Adina schaute sich um und sah niemanden. Dann schlüpfte sie durch das Loch in dem Bretterzaun, der den Weg zum Steg über das Wasser versperrte. Was vor ihr lag, verwirrte sie einigermaßen. Sie sah einen weißen Bigpack, wie er zum Transport auf Baustellen verwendet wurde. Der Sack war gefüllt mit Steinen und ein paar schwarzen Folie-paketen, die verdammt nach Leichenteilen aussahen. Ein blutverschmiertes Päckchen bestärkte sie in ihrer Annahme.

»Was tun Sie hier?«, fragte eine Männerstimme hinter ihr.

»Ich schaue mich um. Äh, der Zaun war offen. Das ist doch hoffentlich nicht verboten«, sagte Adina und versuchte das Handy unauffällig in die Tasche gleiten zu lassen.

»Das nicht, aber Fotos von der Baustelle sind nicht erlaubt«, antwortete der Mann und stellte sich breitbeinig vor ihr auf. Hinter ihr war das Wasser, vor ihr der Kerl. Der war gestern im Café mit der älteren Dame, schoss es Adina durch den Kopf, da musste sie schon seinen Schlag abwehren. Mit dieser Art von Gegenwehr hatte er nicht gerechnet. Adina warf ihn zu Boden und griff augenblicklich nach den Schnüren, mit denen er den Bigpack an den Schlaufen verschnüren wollte.

»Es tut mir leid, aber bevor Sie mich ebenfalls in diesen Sack befördern und versenken, muss ich Sie leider fixieren. Ewiges Glück und Harmonie hatte ich mir ehrlich gesagt ein wenig anders vorgestellt«, sagte sie in aller Ruhe. Der Mann versuchte sich zu wehren, doch gegen die in Krav Maga geschulte Adina hatte er keine Chance. Nachdem er an das Geländer der Holzbrücke gebunden und komplett hilflos war, rief Adina die Polizei und übergab den Tatverdächtigen den rasch eintreffenden Beamten. Ihr war klar, dass der Nachmittag für sie gelaufen war, denn das Prozedere mit Geschädigten- und Zeugenaussagen kannte sie bereits von anderen Fällen, in die sie zufällig geraten war.

Am späten Nachmittag besichtigte Adina die Runneburg. Dabei hielt sie am Minnesängerdenkmal auf dem Markt an. In der Tourismusbroschüre hatte sie von den berühmten Minnesängern aus Weißensee gelesen. Sogar Walther von der Vogelweide soll den Thüringer Ort gepriesen haben. Adina wunderte sich immer mehr, dass sie vor ihren Thüringen-Recherchen nie etwas von Weißensee gehört hatte, wo doch so viel Geschichte in diesem Fleckchen Erde steckte. Weißensee war im Codex Manesse benannt, der bekanntesten Liederhandschrift aus dem 14. Jahrhundert. Und einer der örtlichen Schreiber wurde sogar im bekannten Sängerkrieg erwähnt. Adina tauchte ihre Arme in das plätschernde Wasserspiel am Minnesängerdenkmal. Dann lief sie weiter, geradewegs auf den romanischen Profanbau zu, der sicher einst bessere Zeiten erlebt hatte. Den Abend verbrachte sie in der Ratsbrauerei, wo sie im Biergarten sowohl das selbst gebraute Helle als auch die dunkle Variante probierte, nachdem sie die deftige Thüringer Küche getestet und für gut befunden hatte.

Die Ratsbrauerei braute seit 1434 nach dem ältesten Reinheitsgebot, das der Stadtrat von Weißensee als »Statuta thaberna« aufgestellt hatte, las sie in der Karte. Dieses Gesetz über das Benehmen im Wirtshaus enthielt die Festlegung, dass ins Bier nur Hopfen, Malz und Wasser durften. Die Akteure der Ratsbrauerei behaupteten, das sei das älteste heute noch geltende städtische Reinheitsgebot in Deutschland. Das Rathaus mit Brauerei sollte sogar das älteste in Deutschland sein. Adina wollte am Abend nachschauen, ob dem wirklich so war. Aber zumindest wusste sie jetzt, dass Rathausbrauerei und Café am Markt zusammengehörten und von einem Braumeister betrieben wurden.

Am nächsten Tag wollte sie den Wanderweg um Weißensee herumlaufen und dabei den Sagenweg testen. Im Prospekt wurde ein Stück Weg des Parzival mit dem Heiligen Gral oder das Elisabethtor als begehbares Buch versprochen. Leicht beschwipst legte sie den kurzen Weg über die Straße zurück und betrat ihre Ferienwohnung. Sie ließ das warme Wasser der Dusche über ihre Haut perlen, seifte sich ein und spülte den Schaum ab. Nachdem sie die Haut trocken gerubbelt und ihr Schlafshirt übergezogen hatte, putzte sie ihre Zähne und fiel ins Bett.

Es war nach neun, als Adina am Morgen erwachte. Sie fühlte sich, als hätte sie am Abend zuvor viel zu tief ins Glas geschaut.

Adina nahm ihr Handy und prüfte, ob Oli ihr eine Nachricht hinterlassen hatte. Stattdessen hatte ihre Freundin Mia mehrmals angeklopft und sich nach ihrem Befinden erkundigt. Sie hatte wohl die Nachrichten von Antonias Auftauchen ebenfalls gehört. Adina schwang sich aus dem Bett und machte sich erst einmal einen Kaffee. Danach ging sie ins Badezimmer. Als sie in den Hausflur zurückkehrte, es war bereits nach 10 Uhr, fiel ihr ein weißer Umschlag auf, der durch den Türschlitz ins Hausinnere befördert worden war. Adina bückte

sich, hob den Brief auf und las: »An meine Schicksalsfrau«. Sie untersuchte den Umschlag, bevor sie ihn öffnete, und nahm ein in enger kleiner Schrift beschriebe-
nes Blatt heraus.

Liebe Schicksalsfrau,
danke, dass du mein Leben zerstört hast, nach-
dem ich den los war, der genau das versucht hat.
Said war mehrere Jahre lang mein Toyboy im
Tunesienurlaub. Seit mein Mann gestorben ist
und mir ein kleines Vermögen hinterlassen hat,
verbrachte ich zweimal im Jahr eine angenehme
Zeit mit ihm an den Stränden von Djerba oder
an anderen malerischen Mittelmeerorten. Er
hatte es gut, denn ich bezahlte ihn fürstlich und
ermöglichte ihm so für längere Zeit ein Auskom-
men, für das er nicht viel tun musste. Ich wollte
lediglich nicht allein sein und mich für ein paar
Tage als Frau fühlen, wenn du verstehst, was ich
meine. Dann kam er auf die aberwitzige Idee,
mich in Deutschland zu besuchen und zu erpres-
sen. Er drohte, Fotos und Videos zu veröffent-
lichen, die er heimlich von unseren Stunden zu
zweit gemacht hatte, wenn ich ihm nicht Unter-
halt zahlte und ihn ins Testament einsetzte. Was
hätte ich tun sollen? Hier in der thüringischen
Provinz, mein Sohn in leitender Funktion einer
bekannten Firma. Wir wären erledigt gewesen.
Ich habe Bastian angeheuert, damit er mich von
Saids Leiche befreit. Doch du bist dazwischenge-

kommen. Jetzt bleibt mir nichts mehr, als mich von dieser Welt zu verabschieden. Wenn du den Brief liest, werde ich am Fuße des Kyffhäuserdenkmals liegen. Tot wie Said und wie mein Mann, wegen dem ich mir dieses Urlaubsabenteuer gesucht habe. Du bist mein Schicksal. Das habe ich bereits auf der Terrasse des Cafés am Dienstagabend gespürt.

Ich hoffe für dich, dass dir ähnliche Tragödien erspart bleiben und du immer die Liebe bekommst, nach der du dich sehnst! Adieu.

Angela M.

Adina schluckte und ließ den Zettel sinken, bevor sie dachte: Wenn du wüsstest ... Dann informierte sie die Polizei. Im Nachrichtenticker las sie am Nachmittag: »65-Jährige stürzte sich von der Aussichtsplattform des Kyffhäuserdenkmals – tot«.

9 BRATWURSTTOD

MÜHLHAUSEN

Das Wochenende stand vor der Tür. Adina musste sich entscheiden: Sie konnte weiter in Thüringen bleiben und arbeiten. Oder sie verbrachte die Zeit in ihrer Berliner Wohnung. Und sie konnte zu ihrem Lebensgefährten Oli, mit dem sie seit etwa einem Dreivierteljahr zusammen war und in dessen Annaberger Wohnung sie lebte.

Die Berliner Wohnung schied nach einem Blick auf die Vermietungstermine aus. Sie war besetzt, was sich gut auf Adinas Budget auswirkte. So war sie nicht gezwungen, sich jede Übernachtung auswärts zu überlegen, falls sie kein Quartier mehr im Erzgebirge hatte.

Adina rief Oli an. Der wirkte apathisch und erklärte, dass er das Wochenende in Jena verbringen wolle, um Antonia zu besuchen. Seitdem sie vor ein paar Tagen nach ihrem fünfjährigen Verschwinden gefunden worden war, bemühte er sich um ein Gespräch mit Adinas Vorgängerin, war jedoch bisher an Ärzten und der Polizei gescheitert. »Wollen wir uns in Jena treffen? Ich bin gar nicht weit entfernt«, hakte Adina nach.

»Lieber nicht. Ich weiß noch nicht, was wird«, antwortete Oli. Die Abfuhr reichte ihr, um Olis Wohnung und damit das Erzgebirge abzuwählen. Blieb ihr also die Möglichkeit, in Thüringen weiterzumachen, für ihr Tourismusportal zu arbeiten oder interessante Storys für die Printmedien aufzutreiben.

Adina schaute auf die Landkarte. Ihr Blick blieb an Mühlhausen hängen. Am nächsten Wochenende stand die traditionsreiche Mühlhäuser Stadtkirmes auf dem Programm. Adina hegte Zweifel wegen eines Zimmers im Ort, doch ein Anruf im Brauhaus genügte. »Sie haben Glück, es hat gerade jemand storniert«, sagte ihr ein freundlicher Mann mit einer jungen Stimme am Telefon. Adina schickte ihm schnell alle erforderlichen Daten inklusive der Nummer ihrer Kreditkarte. Die Bestätigung für die Zimmerreservierung traf augenblicklich ein.

Also blieben Adina ein paar Tage Zeit, bevor sie nach Mühlhausen wechselte. Sie studierte die Landkarte weiter. Der kleine Ort Volkenroda zog ihren Blick magisch an. Sie überlegte, woher sie den Ortsnamen kannte. Dann fiel es ihr ein. Ihre Schulfreundin Cäcilie war nach Volkenroda in ein Kloster gezogen, mit ihrem damaligen Freund. Sie hatten sich von Zeit zu Zeit geschrieben, aber seit einer Weile aus den Augen verloren. Adina schaute in ihrem Adressverzeichnis nach und entdeckte eine Telefonnummer, von der sie nicht wusste, ob sie aktuell war. Um das herauszufinden, wählte sie die Nummer.

Cäcilie meldete sich beim zweiten Klingeln. »Hallo, hier ist Adina. Ich hoffe, du erinnerst dich an mich«, sagte Adina zur Begrüßung.

»Adina, so lange ist es nicht her, und wir waren bis zum Abitur zusammen in der Schule. Wie könnte ich dich vergessen? Was ist dein Begehr?«, fragte Cäcilie.

»Ich bin ganz in deiner Nähe und würde gern irgendwo Station machen, bevor ich ab Mittwochabend in Mühlhausen zu tun habe. Vielleicht können wir uns treffen?«, schlug Adina vor.

»Sicher doch. Du kannst zu uns ins Kloster kommen, wir haben viele Übernachtungsmöglichkeiten und es sind immer interessante Leute da. Wir werben ja nicht umsonst mit dem Slogan ›Die Tür steht offen, das Herz noch mehr‹. Soll ich dir etwas reservieren? Ich bin gerade im Büro«, fragte Cäcilie.

»Das wäre toll. Ich muss halt ein bisschen Wäsche waschen. Und ich brauche einen Internetzugang«, sagte Adina.

Cäcilie lachte. »Internet hast du überall, sogar auf der Toilette. Wir sind ein sehr offenes und modernes Kloster. Ich schau gleich nach einem freien Zimmer. Oder magst du lieber in einen Wiesenanhänger? Bei mir hättest du höchstens eine Matratze im Kinderzimmer mit Lukas und Katharina«, zählte Cäcilie auf.

»Wiesenanhänger? Das klingt interessant. Ich habe schon in einer Herbergskirche übernachtet, ganz allein im Turm. Und jetzt bin ich in einem früheren Standesamt. Ist es vom Hänger weit zum Kloster?«, wollte Adina wissen.

»Nein, die Hänger stehen nicht weit entfernt von den festen Gebäuden im Stillebereich des Klostergartens, auf unserem Gelände, gleich unterhalb vom Bauernhof, mit Blick zum Christus-Pavillon. Soll ich nachschauen?«

»Ja, mach mal. Ich bin gespannt«, sagte Adina.

»Passt, einer ist gerade unbewohnt. Du kannst ihn haben. Am Wochenende habe ich Zeit für dich, in der Woche muss ich ein wenig arbeiten«, sagte Cäcilie.

»Dann bis morgen. Ich rufe dich an, wenn ich da bin. Ich brauche nur ein Abendessen«, verabschiedete sich Adina.

Das Gespräch mit Cäcilie hatte Adina Schwung für das bevorstehende Wochenende gegeben. Ganz schnell hatte sie am Samstagmorgen ihre Sachen gepackt und die Ferienwohnung in Weißensee verlassen. Auf der Tour nach Volkenroda hatte sie einen Abstecher nach Sondershausen eingebaut. Allerdings fehlte ihr die Muße zum Einfahren in das Erlebnisbergwerk. Seit ihren Erlebnissen in den Feengrotten hatte sie es nicht mehr so mit Besichtigungen unter Tage. Und im Konzertsaal fand gerade keine Veranstaltung statt.

Adina holte sich beim Bäcker einen Kaffee to go und eine Streuselschnecke. Dann drehte sie eine Runde um das ehemalige Residenzschloss der Fürsten zu Schwarzburg-Sondershausen, betrachtete den Fortgang der Sanierungsarbeiten und wandelte durch den Lustgarten. Die Ausstellungen im Schloss reizten sie nicht so sehr. Stattdessen erklomm sie die knarrenden Stufen des Possenturms im Sondershausener Naherholungsgebiet Possen und wurde mit einem Blick in die Thüringer Landschaft belohnt. Ihre Gedanken weilten jedoch schon in Volkenroda und beim Klosterleben.

Adina stellte ihr Auto auf dem Parkplatz oberhalb der Klosterkirche ab. Es war bei Weitem nicht das einzige Fahrzeug, das auf dem recht geräumigen Parkplatz stand. Dann rief sie Cäcilie an.

»Schön, dass du da bist. Wir wollen gerade Kaffee trinken. Ich hole dich ab«, sagte ihre frühere Schulfreundin. Auf dem Weg neben dem Parkplatz umarmten sich die beiden Frauen, als wären sie nie getrennt gewesen.

»Kann ich dir etwas abnehmen?«, fragte Cäcilie und hängte sich Adinas Laptoprucksack über die Schulter. Die beiden Frauen liefen den kurzen Weg zur Wohnung von Cäcilie. »Meinen Mann Michael kennst du ja noch. Michael Hofmann. Im Kloster heißt er nur Micha. Micha-komm, Micha-schnell, Micha-hilf«, lachte Cäcilie. »Und das sind unsere Kinder Lukas und Katharina.«

Die Kinder winkten Adina fröhlich zu, bevor sich alle an die gedeckte Kaffeetafel setzten. Adina bedauerte, dass sie ihnen nichts mitgebracht hatte. »Wir haben alles, was wir benötigen«, sagte Katharina bescheiden. Dann musste Adina ihnen erzählen, was sie machte und warum sie in der Gegend war. »Oh, cool, ich reise auch gern und schaue mir andere Orte an«, sagte die elfjährige Katharina.

»Wenn du willst, kannst du gleich deine Wäsche waschen. Ich zeige dir dann den Wiesenanhänger. Und Micha führt dich durchs Kloster, während ich ein bisschen aufräume und mich mit den Kindern beschäftige. Abendessen gibt es heute für alle im Refektorium. Morgen kannst du mit uns essen. Ab Montag habe ich dich im Refektorium angemeldet. Du kannst noch entscheiden, wann du dort essen willst. Wenn du unterwegs bist, reicht vielleicht Frühstück und Abendessen oder nur eins von beiden«, bot Cäcilie an.

Adina probierte den leckeren Apfelkuchen und die Muffins, die Cäcilie zusammen mit ihrer Tochter Katharina gebacken hatte. Die Familie machte auf Adina einen sehr harmonischen Eindruck. Sie schaute immer wieder gern hin. Und musste vor Sehnsucht ab und an wegschauen. Sie fühlte, wie nahe sie einer eigenen Familie gewesen war und wie ihr gerade alles zu entgleiten drohte.

Bevor ihre Stimmung gänzlich umschlug, lobte Adina den Kuchen und fragte Katharina nach dem Geheimnis der fluffigen Muffins. »Die haben wir gemacht wie immer«, sagte Katharina, für die das Backen selbstverständlich zu sein schien.

Nachdem die Wäsche in der Maschine war, brachte Cäcilie Adina zu ihrem Wiesenanhänger. Sie passierten dabei den Christus-Pavillon. »Der stand auf der Expo in Hannover und wurde hierher umgesetzt. Ein teures, aber unheimlich lohnenswertes Unterfangen. Viele kommen extra wegen des Pavillons zu uns. Micha kann dir nachher alles erklären«, sagte Cäcilie.

Hinter dem Christus-Pavillon erblickte Adina ein Schild mit dem Wort »AusWeg«. »Das ist ein Meditationsweg. Es gibt einen Flyer dazu. Den kann ich dir mitgeben. Oder du schaust auf die Internetseite des Klosters, da kannst du ihn anklicken. An sieben Stationen findest du Steine mit Nummern, die etwas bedeuten. Alles beginnt und endet mit dem ›AusWeg‹. Du bist auf dem Weg, ein Weg ist zu Ende, andere liegen vor dir, du kannst die Richtung wechseln, du musst Entscheidungen treffen, hast Hoffnungen oder Ängste … Schau dir das in Ruhe an«, forderte Cäcilie sie auf.

Das Symbol des Weges hatte sich längst in Adinas Kopf festgesetzt. Sie wollte sich später genauer damit beschäftigen.

»18 Uhr ist die Sonntagsbegrüßung im Refektorium. Danach genießen wir dort alle zusammen ein Abendessen aus der Klosterküche. Der Sonntagsgottesdienst ist morgen um zehn im Christus-Pavillon – wenn du uns begleiten möchtest.«

»Ja, auf alle Fälle. Ich möchte das Klosterleben kennenlernen«, sagte Adina. Sie überlegte kurz. »Bei meiner Großmutter hat die Woche sonntags begonnen und der neue Tag mit dem Vorabend, wie bei meinen jüdischen Freunden in Israel – Shabbateingang am Freitagabend«, sagte sie und dachte zurück an ihre Spurensuche in Chemnitz, wo sie viel über ihre jüdische Urgroßmutter Adina erfahren hatte.

Cäcilie nahm den Faden auf: »Bei uns sind oft Gruppen von Israelfreunden zu Gast oder Vereine, die sich der jüdisch-christlichen Zusammenarbeit verschrieben haben. Du wirst die Sonntagsbegrüßung mögen, glaube ich.«

Der Wiesenanhänger erwies sich als eine Art Bauwagen, der auf einer Wiese am Rande des Klosters fest verzurrt war. Cäcilie steckte den mitgebrachten Schlüssel ins Schloss und ließ Adina zuerst eintreten.

»Wow. Viel schöner, als ich gedacht habe. Ich glaube, hier lässt es sich aushalten«, sagte Adina.

»Richte dich erst einmal ein. Micha kommt in einer halben Stunde und zeigt dir alles Wesentliche. Wir treffen uns dann 18 Uhr im Refektorium und nach dem Essen können wir ein wenig bei uns zusammensitzen und reden. Bis dahin«, sagte Cäcilie und verließ den kleinen Bauwagen.

Adina packte alles Wichtige aus, die anderen Sachen ließ sie in der Reisetasche. Sie wechselte die Schuhe und öffnete die Tür zum Wagen, um den Blick zum Kloster fotografisch festzuhalten. Es dauerte nicht lange und Micha klopfte an.

»Die Anlage ist top gepflegt, alles so sauber. Und vor allem lebendig. Ich war vor Kurzem im Augustinerkloster Erfurt. Da erschien mir alles eher düster«, sagte Adina.

»Das ist heute noch gar nichts. Warte bis Montag, dann treffen weitere Gruppen ein. Bei uns sind oft Schulklassen und Freizeiten zu Gast. Heute sind nur Konfirmandengruppen da und ein paar Pilger. Die ganz schwarz gekleideten Männer gehören zu einer seltsamen Vereinigung, die irgendwelche Traditionen bewahren will. Zurzeit scheinen sie jedoch eher sich selbst zu suchen. Komische Typen, nur weiß man das halt vorher nicht, wenn die sich anmelden«, sagte Micha und sprach weiter: »Ein offenes Kloster entspricht der Philosophie der Jesusbruderschaft, zu der wir uns zählen. Unser Stammkloster ist in Hessen. Den Schulbauernhof besuchen am Wochenende viele Familien. Der Spielplatz und das Café sind sehr beliebt. Die Waffeln kann ich empfehlen. Wir haben

mehrere Seminarräume für Tagungen. Sogar Firmen-
veranstaltungen finden statt. Strategiemeetings von
IT-Unternehmen im Kloster, ein bisschen skurril, aber
warum nicht? Die essen mit uns im Refektorium und
übernachten hier, ansonsten machen sie meist ihr Ding.
Und es gibt Treffen wie die der merkwürdigen Bewahrer. Wollen wir nicht alle etwas bewahren und haben
eher Angst vor dem Ungewissen? Ich denke, irgendwie schon.«

Adina schluckte, bevor sie mit »ich glaube schon«
antwortete.

Micha schlug vor, zuerst in den Christus-Pavillon zu
gehen. Bevor Adina den lichtdurchfluteten Glaskasten
betrat, staunte sie über die Gestaltung der Außenhülle.
Im doppelwandigen Glas waren Unmengen von natürlichen und künstlich produzierten Materialien untergebracht. Tausende vertraute Alltagsgegenstände wie
Zahnbürsten, Glühbirnen, Teesiebe, Feuerzeuge oder
Musikkassetten wechselten sich ab mit Muscheln, Tan-
nenzapfen, Federn, Holzstückchen oder Distelköp-
fen. In jedem der riesigen Fächer immer nur eine Sorte.
Sie umschlossen den Kreuzgang, über den man in den
übersichtlich gestalteten Innenraum kam. Dazwischen
waren von Künstlern gestaltete Kammern mit biblischen Kerngedanken wie dem Wasser als Quell des
Lebens, dem Licht oder dem Weinstock, die meisten
aus dem Johannes-Evangelium. Micha erzählte, wie
der Pavillon für die Expo 2000 in Hannover mit dem
Ziel der späteren Umsetzung geplant, gebaut und aufgestellt worden war. »In Volkenroda fehlten damals

wesentliche Teile der ursprünglich romanischen Kirche wie der Kreuzgang. So kam das Projekt zustande. Man könnte es nachhaltig nennen, aber das Wort wird inzwischen für so vieles missbraucht«, sagte er.

»Stimmt leider. Den Pavillon muss ich mir ganz in Ruhe anschauen«, antwortete Adina.

»Morgen beim Gottesdienst kannst du die tolle Akustik des Innenraumes erleben. Künstler treten deswegen gern bei uns auf«, sagte Micha. Sie verließen den Christus-Pavillon und standen vor einem großen Wasserbecken, das auch als Löschwasserreservoir diente. Micha erklärte die Gebäude, die Adina noch nicht besucht hatte, die Zisterzienserkirche, den Langen Gang, die Werkstätten, die Ateliers, die Pforte mit der Information. Dann zeigte er ihr die Toiletten und die Gemeinschaftsräume, die sie aufgrund des eher spartanisch ausgestatteten Wiesenanhängers nutzen sollte. »Wichtig ist da drüben das Refektorium mit dem Speisesaal. Dort treffen wir uns dann. Cäcilie hat die Anmeldeformulare bei uns in der Wohnung. Die kannst du heute Abend ausfüllen. Wir sehen uns«, verabschiedete er sich.

Adina genoss ein wenig den Blick auf die Kombination von romanischen Überresten mit modernen Bauten oder den Fachwerkhäusern und dem leuchtend grünen Wasser zwischen Christus-Pavillon und Kirche. Dann spazierte sie fast schon gelassen in Richtung der Wiese unterhalb. Dort versuchte sie, Kontakt zu Oli zu bekommen. Es meldete sich die Mailbox.

Bei der Zusammenkunft im Refektorium fielen Adina

die schwarzen Typen wieder auf. Ihr Blick wurde magisch angezogen von diesen Herrschaften, die sich nicht recht wohlzufühlen schienen.

Bei der Sonntagsbegrüßung wurde gesungen, gesprochen, gebetet. Nach dem Abendessen lief Adina mit Cäcilies Familie zu deren Wohnung. Es dauerte nicht lange, und die Kinder gingen ins Bett. Während Cäcilie den Erwachsenen Wein servierte, erkundigte sich Adina nach der Herkunft der auffälligen Gruppe.

»Ich glaube, die Vereinigung oder was auch immer ist irgendwo im Fränkischen ansässig. Die meisten in Coburg. Keine Ahnung, was die bewahren wollen«, verriet Cäcilie.

»Die sehen eher aus, als hätten sie etwas zu verbergen. Jedenfalls nicht wie Bewahrer des Guten«, antwortete Adina.

»Meinst du? Ich habe genau wie du das Gefühl, dass die nicht ganz koscher sind. Am Montag oder Dienstag reisen sie ab. Du musst sie nicht lange ertragen«, sagte Cäcilie.

Adina erzählte von ihren Erlebnissen im Chinesischen Garten und der Frau, die vom Kyffhäuser-Denkmal gefallen war. Cäcilie wollte Wein nachschenken. »Mir ist das eine Glas irgendwie zu Kopf gestiegen«, lehnte Adina einen Nachschlag ab. Es dauerte nicht lange und sie verabschiedete sich von Cäcilie und ihrem Mann. In der Nacht schlief sie tief und traumlos. Sie hatte keine Mühe, aufzuwachen und zu Cäcilie zum Frühstück zu gehen. Den Aufenthalt im Christus-Pavillon während der Sonntagsmesse genoss sie. Die Akustik war wirklich toll. Das bemerkte sie vor allem bei den musikalischen Beiträgen.

An den folgenden Tagen siegte Adinas journalistische Neugier über den Willen zur inneren Einkehr. Sie unterhielt sich mit Klosterbewohnern und -mitarbeitern, mit Besuchern und Künstlern, schoss jede Menge Fotos und ließ sich das Einverständnis zur Veröffentlichung geben. Im Wiesenanhänger begann sie mit der Arbeit an einem Feature über das Klosterleben im Wandel der Zeit. Ihren Oli hatte sie fast schon vergessen, als eine Nachricht eintraf. Der Wortlaut war fast der gleiche wie bei der vorhergehenden. Es gehe ihm gut und sie solle sich keine Sorgen machen. Wie sie sich fühlte, interessierte ihn offenbar nicht.

Am Mittwoch brach Adina in Richtung Mühlhausen auf. »Ich glaube, ich komme bald zurück, dann für etwas länger. Ich würde gern ein wenig arbeiten, für meine Projekte. Und gleichzeitig im Kloster mithelfen, wo jemand gebraucht wird«, versprach Adina ihrer Freundin Cäcilie zum Abschied.

Zwei Tage später rief Adina bei Cäcilie an. »Ich muss mit dir reden. Hier ist etwas ganz Merkwürdiges passiert. Und ich weiß nicht, wie ich mich verhalten soll«, sagte Adina.

»Nur raus damit. Ich bin allerhand gewöhnt so als Berliner Pflanze in der Thüringer Pampa«, antwortete Cäcilie.

»Es geht um die merkwürdigen Typen, die bei euch im Kloster waren. Ich habe einige von ihnen wiedergetroffen.« Adina zögerte.

»Ja. Und? Haben sie dich belästigt?«, hakte Cäcilie nach.

»Nein, mich nicht. Ich habe sie am Abend bei einem Fleischermeister in Mühlhausen gesehen. Und der war am nächsten Morgen tot. Angeblich Selbstmord oder ein Unfall. Nur glaube ich das nicht.«

»Adina, deine kriminelle Fantasie treibt Blüten. Ich dachte, du hast genug von Weißensee und dem zerteilten Toyboy«, sagte Cäcilie.

»Ich würde gern zur Polizei gehen und meine Beobachtungen zu Protokoll geben. Sonst ermittelt dort keiner. Das bedeutet, dass ich euch mit reinziehe, denn die werden fragen, woher ich die Typen kenne.« Nun war es raus.

»Das ist kein Problem. Sie hatten bei uns einen Aufenthalt gebucht, mehr nicht. Wir haben nichts mit ihnen zu tun. Und falls du Bedenken hast: Du darfst trotzdem wiederkommen«, antwortete Cäcilie.

»Die Polizei wird auf alle Fälle bei euch aufschlagen und euch befragen. Und vermutlich nach Spuren suchen. Übrigens stammt der Fleischermeister aus Coburg und ist erst seit kurzer Zeit in Mühlhausen. Er hatte das erste Mal einen Stand bei der Kirmes«, sagte Adina.

»Ups. Es gibt ja bekanntlich keine Zufälle. Dann sorge ich gleich dafür, dass niemand mehr die Räume betritt, in denen sie geschlafen haben. Ich hoffe, ich kann noch etwas retten. Im Moment ist es eh ruhig bei uns. Also los«, forderte Cäcilie ihre Freundin auf und verabschiedete sich.

Adina ließ sich nicht lange Zeit. Sie googelte nach der Polizei in Mühlhausen und fand die Kriminalpolizeistation in der Brunnenstraße. Zufällig landete sie in der Leitung eines Beamten, der mit dem Fall des Fleischermeisters vertraut war. »Die Sache wollte ich gerade zu den Akten legen, denn wir haben das Obduktionsergebnis. Er starb den Bockwurstbuden-, äh, den Bolustod, wenn Sie wissen, was das ist. Herz-Kreislauf-Stillstand durch Reizung von Nervengeflechten im Kehlkopf-Rachen-Bereich. Passiert manchmal, wenn sich jemand an einem zu großen Bissen verschluckt. Die Leute denken, er ist erstickt, aber das stimmt nicht. Der Reflex legt das Herz lahm. Und bei einer ganzen Bratwurst ist das kein Wunder«, sagte der Beamte.

Adina überlegte kurz. »Ich glaube, das bestärkt mich nur. Was, wenn ihm jemand die Bratwurst in den Rachen gestopft hat? Ich habe am Abend vorher so komische Typen vor der Fleischerei gesehen.«

»Dann sollten wir uns unterhalten. Ich lasse die Akte gleich auf dem Schreibtisch liegen«, sagte der Beamte.

Adina schaute auf die Karte in ihrem Laptop. »Ich kann in etwa zehn Minuten bei Ihnen sein, vielleicht in zwölf.«

»Dann warte ich auf Sie am Eingang«, antwortete der Beamte.

Adina ging an der Divi-Blasii-Kirche entlang und über den Untermarkt in die Erfurter Straße und bog in den Kiliansgraben ab. Sie blickte auf die beiden Gebäude mit den gleichmäßig verteilten Fenstern und hielt Ausschau nach dem Eingang. An einer der Türen stand ein Beamter und winkte ihr zu.

Nach ein paar kurzen Begrüßungsfloskeln waren

die beiden am Zimmer angelangt, in dem Adina ihre Zeugenaussage machen konnte. Sie begann mit ihren Beobachtungen vor der Fleischerei und endete mit der Begegnung im Kloster, bei der ihr die Typen aufgefallen waren. »Ich weiß mittlerweile, dass der Fleischermeister aus Coburg stammt und erst seit Kurzem in Mühlhausen ansässig ist. Und die Typen stammen vermutlich genau daher, aus Coburg und Umgebung. Da schauen Sie am besten in die Anmeldeunterlagen von Volkenroda – falls die wahrheitsgetreu ausgefüllt wurden«, sagte Adina und diktierte dem Beamten die Telefonnummer von Cäcilie. »Frau Hofmann verbindet Sie mit dem zuständigen Mitarbeiter«, fügte Adina an.

»Der Sache müssen wir auf alle Fälle nachgehen. Ich schicke die Spurensicherung noch einmal in die Fleischerei und nach Volkenroda. Glauben Sie, dass Sie in Gefahr sind, weil die Männer Sie bemerkt haben?«, fragte der Beamte.

»Nein, die haben mich nicht gesehen, zumindest nicht in Mühlhausen. Und im Kloster – da war ich halt nur mit Freunden im selben Raum.«

»Ich gebe Ihnen trotzdem meine Telefonnummer. Falls etwas ist. Sie können zu jeder Zeit anrufen«, fügte der Beamte hinzu.

»Meine haben Sie ja. Es wäre schön, wenn Sie mich auf dem Laufenden halten würden. So langsam wächst mir das alles über den Kopf. Ich gerate ständig in irgendwelche komischen Situationen«, sagte Adina.

»Das klingt interessant. Wollen Sie mehr davon erzählen?«, fragte der Beamte.

»Sind Sie heute Abend auf der Kirmes? Vielleicht dort«, antwortete Adina.

»Okay, nach der Eröffnung am Riesenrad auf dem Festplatz Blobach. 18 Uhr. Ich finde Sie. Vorher fahre ich fix nach Volkenroda.«

Hatte sie jetzt ein Rendezvous mit einem Kriminalbeamten vereinbart? Du spinnst, Adina, schalt sie sich.

»Markus Meier, ganz unspektakulär«, stellte sich der Kommissar am Abend vor.

»Meinen Namen kennen Sie ja. Irgendwie ist die Polizei immer im Vorteil«, meinte Adina.

»Möchten Sie etwas trinken?«

»Ja, aber nur etwas Alkoholfreies. Alkohol bekommt mir zurzeit schlecht. Vielleicht ist es einfach zu warm«, sagte Adina.

»Apfelschorle?«, rief ihr der Kommissar vom Schankwagen aus zu.

»Ja, passt«, antwortete sie knapp.

Er kam mit einem Becher Bier und einer Apfelschorle zurück.

»Wir haben einiges herausgefunden über diese komische Gruppe. Das Kloster in Volkenroda war sehr kooperativ. Der Verein nennt sich ›Custos Secreti‹, also ›Bewahrer des Geheimnisses‹«, sagte Markus Meier.

»Ja, ich erinnere mich. Der Mann meiner Freundin dort in Volkenroda erzählte mir, dass die irgendetwas bewahren wollen, Traditionen oder so.«

»Wir haben uns in der Dienststelle unterhalten und eine kühne Idee entwickelt: Der Fleischer hat das Bratwurstrezept aus dem Fränkischen mit nach Mühlhausen gebracht und wollte hier sein Geschäft machen. Das wollten die Typen verhindern. Sein Verhängnis war außerdem, dass er eine thüringische Frau geheiratet hat. So etwas betrachten Geheimbünde meist als Verrat, denn die Geheimnisse verlassen den festgelegten Zirkel. Wie finden Sie das?«

»Ich glaube, es ist schlimmer. Mühlhausen ist dabei, sich zum Zentrum der Bratwurst zu entwickeln. Da draußen auf dem Gelände am Stadtwald soll es doch um die Wurst gehen. Das Bratwurstmuseum soll auferstehen. Erlebnisfleischerei, Bratwursttheater, ein Kino, eine Veranstaltungsarena, das Bratwurstministerium, ein Institut, ein Riesending. Ich bin heute am Schwanenteich entlang bis dort hinter gelaufen, vorbei am Brunnenhaus mit der Poppenröder Quelle. Das könnte etwas richtig Großes werden. Platz ist ja vorhanden. Und eine XXL-Bratwurst und ein paar Accessoires liegen bereits da. Möglich, dass das die fränkische Bratwurstfraktion gestört hat.«

»Das wäre ein Motiv. Und vielleicht haben wir jetzt noch den Bratwurstmord als besondere Attraktion fürs Krimi-Dinner«, ergänzte der Kommissar.

»Das ist nicht lustig«, sagte Adina.

»Nein, ganz und gar nicht. Vor allem müssen wir das den Typen erst nachweisen, wenn es denn so ist. Es könnte sein, dass uns die Sachsen zu Hilfe eilen. Dort gibt es einen ähnlichen Fall, der als Unfall eingestuft wurde. Nicht weit entfernt von der sächsisch-bayerischen Grenze. Das bleibt aber unter uns«, bat der Kommissar.

Adina vertiefte sich in den letzten Schluck ihrer Apfelschorle. Der Kommissar gab die beiden Becher ab. »Komm, wir fahren Riesenrad. Ich zeige dir Mühlhausen von oben«, sagte er und zog Adina hinter sich her.

Adina hatte keine Zeit zu widersprechen. Wieder ein unbeweibter Kommissar, wie es aussah. Jemand musste ihr unbemerkt einen Magneten für solche Männer eingepflanzt haben.

Obwohl Adinas Bauch kribbelte und sie Mühe hatte, nach unten zu schauen, fand sie die Aussicht auf Mühlhausen bezaubernd. Einige der Gebäude hatte sie am Tag vorher besichtigt. »Dort drüben ist die Stadtmauer. Mühlhausen war eine mittelalterliche Reichsstadt. Früher hatten wir fast 60 Türme. Einige siehst du, obwohl gerade die Stadtmauer vieles eingebüßt hat. Dafür sind die Kirchen erhalten. Dort mit dem bunten Dach, das ist die St. Petri Kirche. In der Kornmarktkirche ist das Bauernkriegsmuseum untergebracht. Die Allerheiligenkirche ist auch ein Museum, in St. Marien die Müntzer-Gedenkstätte. Und in der Jakobikirche befindet sich die Bibliothek. In Mühlhausen hat man sich zeitig Gedanken über die Nutzung der nicht mehr benötigten Sakralbauten gemacht. Ich glaube, das ist gelungen«, erzählte er.

Adina konnte gar nicht so schnell schauen, wie er sprach.

»Sieh, dort ist das Brauhaus, es reicht bis zum Kornmarkt. Und die Kirche Divi Blasii mit dem Bach-Denkmal kennst du ja sicher, die ist gleich am Brauhaus. Der große Meister saß dort höchstpersönlich an der Orgel.

Draußen siehst du den Stadtwald, hinter dem Freibad und dem Schwanenteich. Da warst du heute«, erklärte er. Dann zeigte er ihr das Rathaus, die Straßen mit den schönsten Häusern, das Gymnasium und die Thüringentherme. Adina hatte gar nicht bemerkt, wann er zum vertrauten Du übergegangen war.

Als das Riesenrad wieder unten angelangt war, hatte Adina ein flaues Gefühl im Magen. »Ich hole mir eine Bratwurst. Möchtest du auch etwas?«, fragte der Kommissar.

»Nein, ich bekomme gerade nichts hinunter«, sagte sie.

»Dann bringe ich dich zum Brauhaus. Auf dem Weg kannst du mir von deinen kriminellen Begegnungen erzählen«, erwiderte der Kommissar.

Als Adina mit ihrem Weißensee-Erlebnis fertig war, hatten sie das Hotel erreicht. Adina verabschiedete sich, nicht ohne um weitere Informationen im Zusammenhang mit der Fleischergeschichte zu bitten. Sie war sicher, dass er ihren Namen in der Polizeidatenbank googeln und all die anderen kriminellen Ereignisse finden würde, in die sie verstrickt war, als Opfer, als Zeugin, als aufmerksame Beobachterin. Selbst in Thüringen kam da eine ganze Menge zusammen.

»Was machst du morgen?«, fragte der Kommissar.

»Wahrscheinlich ein wenig arbeiten und ein Museum besuchen«, antwortete Adina emotionslos. Sie wollte allein sein.

»Während der Kirmes gibt es spezielle Führungen. Steht alles im Programm«, empfahl der Kommissar.

Adina bedankte sich für den Tipp. Dann setzte sie sich auf eine Bank im Innenhof ihres Hotels und versuchte, Oli zu erreichen. »Hallo, Adina«, hörte sie nach dem dritten Klingeln. Damit hatte sie nun wirklich nicht gerechnet.

»Hallo, Oli«, erwiderte sie. »Wo bist du?«

»Zu Hause. Es ist alles so sinnlos.«

»Hast du mit Antonia gesprochen?«, fragte Adina.

»Ich habe sie gesehen, gesprochen wäre zu viel gesagt. Es war nur ein Monolog. Sie antwortet mir nicht.«

»Soll ich nach Annaberg fahren?«, fragte Adina.

»Nein, du kannst mir nicht helfen. Das macht alles nur schlimmer.«

Adina war ratlos. »Bist du am Wochenende wieder in Jena? Wollen wir uns dort treffen?«

»Ich weiß es nicht. Ich warte, dass mich Antonias Mutter anruft. Aber die muss sich jetzt um ihren Mann kümmern, der zur Reha-Kur soll nach dem Herzinfarkt«, antwortete Oli.

»Mach's gut, Oli«, sagte Adina zum Abschied.

»Wenn ich nur wüsste, was gut ist«, meinte Oli.

Wie zufällig lief ihr der Kommissar beim Handwerkermarkt der Kirmes auf dem Kristanplatz über den Weg. »Du könntest recht gehabt haben. Die Spurensicherung hat allerhand Material mitgebracht, aus Volkenroda und auch aus der Fleischerei. Es soll da gewisse Übereinstimmungen geben. Und im Nachhinein ist den Beamten noch einiges am Fundort der Leiche aufgefallen. In der Gerichtsmedizin haben wir schon angefragt, ob man Verletzungen anders deuten kann als nur von einem Sturz bei Herzstillstand.«

»Ich werde langsam zum besten unbezahlten Mitarbeiter diverser Polizeidienststellen in Ostdeutschland. Ohne mich wäre das wieder ein unentdeckter Mord geworden, der in der Suizidstatistik landet«, sagte Adina.

»Noch haben wir der Bande nichts bewiesen«, entgegnete der Kommissar.

Bevor Adina Mühlhausen verließ, ging sie erneut in die Kriminalpolizeistation zu Markus. Der Kommissar bestätigte ihr noch einmal, was Adina bereits vermutet hatte. Statt die Akte des Fleischermeisters unter Suizid abzulegen, wurde jetzt wegen eines Tötungsverbrechens ermittelt. »Ich denke, wir werden uns irgendwann hier wiedersehen, denn du musst die Leute identifizieren. Es wird auf alle Fälle nicht leicht, selbst mit der an sich guten Spurenlage. Wenn die einen cleveren Anwalt haben, sehe ich schwarz«, sagte er.

»Ich hoffe, das mit dem Identifizieren dauert nicht so lange. Im Moment habe ich die Bilder noch im Kopf. In sechs Monaten sind sie verblasst. Und wer dem Fleischermeister die Bratwurst in den Rachen gerammt hat, wissen nur diejenigen, die dabei waren. Vielleicht sollte es auch nur ein Denkzettel sein und sie hatten gar keine Ahnung von diesem Bockwurstsyndrom«, antwortete Adina.

»Was hast du als Nächstes vor?«, fragte der Kommissar.

»Ich bin noch ein paar Tage in Thüringen. Dann schaue ich nach meiner Wohnung in Berlin.«

10 AM PULS VON WEIMAR

WEIMAR

Weimar hatte Adina ausgewählt, weil es auch eine Studentenstadt war wie Erfurt oder Jena. Dort würde sie einen Waschsalon finden und ein paar Geschäfte, in denen sie ihr Repertoire an Dessous auffüllen konnte. So langsam war alles benutzt, was in ihrer Reisetasche herumlungerte. Das Thermometer kletterte noch jeden Tag bis knapp unter die 30-Grad-Marke, aber die Nächte waren schon recht frisch. Sie benötigte also außerdem ein, zwei Pullover und eine Jacke.

Adina hatte auf diversen Plattformen nach einer Unterkunft gesucht und kurze Zeit über ein Hostel nachgedacht, um sich wieder an Menschen in ihrer Nähe zu gewöhnen. Sie war ja meist allein unterwegs gewesen. Doch im Schlafraum mit drei oder fünf anderen Frauen wäre sie mit ihren unprätentiösen Arbeitszeiten nur angeeckt. Und bequem war es dort auch nicht, um längere Zeit am Laptop zu sitzen. Bei den Hotels und Apartments war sie auf so anregende Namen wie »Konsumhotel dieSonne«, »Goethezimmer« oder »Dichter & Denker« gestoßen, hatte dann jedoch ein Gästezimmer mit Arbeitsbereich am Frauenplan ausgewählt. Damit war sie ganz nahe am Puls von Weimar.

Bei einem Blick auf die Karte hatte sie keine Mühe, einen Waschsalon in der Nähe zu finden. Zuvor ging sie shoppen. In der Fußgängerzone und auf dem Weg in Richtung Herderkirche entdeckte sie ein paar interessante kleine Geschäfte, die nicht nur das übliche Ketten-Sortiment anboten. Im Schillerkaufhaus reizte sie eine knallrote Jacke. Ganz nahe dem Frauenplan fand sie ein Dessous-Outlet mit verführerischen Teilen. Sie wusste zwar gerade nicht, wen sie verführen sollte, aber das war ihr egal. »Oben hui, unten pfui – das geht gar nicht«, hatte ihre Großmutter immer gesagt und selbst knallige Teile bis ins hohe Alter getragen.

Adina ging an die Ständer mit den schwarz-weißen und den roten Teilen und nahm ihre Auswahl mit in die Ankleidekabine. Sie freute sich, dass alle Oberteile gut saßen. Nicht ganz so optimal war es mit den Slips, von denen sie jeden eine Nummer größer brauchte. Wenn sie in Annaberg zurück war, wollte sie unbedingt wieder Sport treiben. Falls sie dorthin auf Dauer zurückkehren würde. Zurzeit sah es eher nicht so aus, als würde in ihrer Beziehung zu Oli das ewige Feuer lodern. Er wusste nicht, wie er mit ihr umgehen sollte, seit seine Ex-Freundin fünf Jahre nach ihrem Verschwinden wiederaufgetaucht war und offensichtlich ziemlich mitgenommen von den Strapazen der Gefangenschaft in einer Klinik lag.

Adina ging zurück in ihr Apartment, entfernte sorgfältig alle Papierteile von den Neuerwerbungen und beförderte alles, was gewaschen werden musste, in einen großen Beutel. Dann lief sie zum Waschsalon. Die Waschzeit nutzte sie für ein paar Einkäufe im Späti, der gut frequentiert war. Sie packte Brot, Käse, Obst, Apfelschorle und Schoko-Crossis in ihren Korb und beobachtete ein paar junge Kerle, die um sie und andere Kunden herumschlichen. Automatisch legte sie die Hand über ihre Geldbörse und ging zur Kasse.

Nachdem sie alles bezahlt hatte, brachte sie den Einkauf in ihr Zimmer, bevor sie zurück zu ihrer Wäsche pilgerte. Die Süßigkeitenpackung riss sie auf, um ihr Verlangen nach Schokolade zu stillen. Die Teile aus dem Trockner legte sie sorgfältig in ihren Beutel. Dann lief sie zurück und aß etwas von den eingekauften Dingen. Ein Blick auf die Uhr nahm ihr die Entscheidung für oder gegen einen Anruf bei Oli ab. Es war zu spät. Sie vertagte das Gespräch auf morgen.

Adina klappte den Laptop auf, um die bevorstehenden Tage zu planen. Sie gab »Weimar« ein. Und fühlte sich augenblicklich erschlagen von der Wucht aus Kunst, Kultur, Geschichte und Gegenwart. Weimarer Klassik, Weimarer Republik, Weimarer Verfassung, Weimarer Nationalversammlung, Weimarer Porzellan, der Ettersberg mit Burg und Konzentrationslager Buchenwald, der Zwiebelmarkt Weimar, gut, der war erst im Oktober, den konnte sie auslassen ... Gleich zweimal wurde Weimar bei den UNESCO-Welterbestätten erwähnt, im Bauhaus-Welterbe dreimal. Beim Klassischen Weimar fand sie Zahlen zwischen elf und 16 Objekten. Bei der Menge kam es auf ein, zwei mehr oder weniger nicht an, dachte Adina. Allein der Besuch des anerkannten Welterbes hätte mehr als ihre paar Tage in Anspruch genommen.

Und da war noch etwas: Adina stolperte über den krassen Gegensatz zwischen dem großen Geist von Weimar und dem Erbe der Nationalsozialisten, also zwischen Goethe, Schiller, Herder, Wieland, Nietzsche, Schopenhauer, Bach, Liszt, Cranach, Gropius, Van de Velde sowie den dazugehörigen Mäzenen und Förderern wie Herzogin Anna Amalia, Charlotte von Stein, Herzog Carl August auf der einen und dem KZ Buchenwald, dem Missbrauch der Weimarer Klassik im Nationalsozialismus und den Schauplätzen von Naziaufmärschen auf der anderen Seite. Dieser Widerspruch, an dem bereits Wissenschaftler gescheitert waren, wollte nicht in Adinas Kopf. Wie konnten Menschen in einer Stadt mit so viel Kultur und Bildung auf das Nazigeschwätz hereingefallen sein und diese Unmenschlichkeit unterstützt haben!

Adina beschloss, am nächsten Morgen die Tourist Information aufzusuchen und eine »WeimarCard« für 48 Stunden zu kaufen. Dann wollte sie die Ermäßigungen so gut wie möglich abarbeiten. Auf dem Marktplatz lief gerade das, wofür ein solcher Platz gedacht war. Händler hatten ihre Stände aufgebaut und warben für ihre Waren. Adina fielen ein paar Jugendliche auf, die um den Neptunbrunnen herumlungerten und sich seltsam verhielten. In unregelmäßigen Abständen erhob sich einer von ihnen, mischte sich ins Markttreiben, kehrte zurück, umarmte einen anderen jungen

Mann, der sich sofort entfernte und nach ein paar Minuten zurückkehrte. Sie hatte jedoch keine Zeit, sich weiter mit dem Phänomen zu beschäftigen, da sie mit der »WeimarCard« eine Stadtführung gebucht hatte. Die Gruppe verließ sie im Park an der Ilm, von dort ging sie geradewegs zu Goethes Gartenhaus.

Auf dem Weg zurück schwatzte sie mit einem Einheimischen, der den Ausgang der Parkhöhle bewachte. Er versprach ihr brisante Informationen zur Weimarer Unterwelt und angenehm kühle Temperaturen, wenn sie sich für eine Führung in der Höhle entschied. Adina wollte darüber nachdenken. Das Römische Haus ließ sie aus, um noch möglichst viele Orte mit Eintritt zu besuchen, solange die Card galt. Schillers Wohnhaus und das Wittumspalais lagen nicht weit voneinander entfernt. Im Weimar-Haus waren ihr zu viel Hokuspokus und Museum light, allerdings würden das ihre Schüler lieben. Für Adina hatte sich mit all den Aktivitäten die »WeimarCard« schon am ersten Tag gelohnt.

Für Goethes Wohnhaus und das Nationalmuseum hatte sie sich für den kommenden Tag ein Zeitfenster ergattern können. Die mehr als 23.000 Schritte heute reichten ihr. Jetzt ließ sie sich erst einmal am besten Haus am Frauenplan nieder, wo man auf Vorbestellung Goethe-Menüs mit Geheimratsecken, einem speziellen Salat auf dreieckig geschnittenem Brot, danach einer Brühe mit Pastetchen, Wildbret in Morchelsoße an Knöpflein und als Dessert mit Weinschaum, Apfelcreme und Nüssen aufgepeppte, Nonnenfürzle genannte Krapfen verzehren konnte. Sie orderte einen großen Salat mit Pfifferlingen und eine Ginger-Limonade. Als sie das Restaurant verließ, nahm sie erneut eine Gruppe Jugendlicher wahr, nicht weit entfernt vom Goethebrunnen. Adina dachte: Die sehen alle irgendwie gleich aus.

In ihrem Apartment angekommen machte sie sich bettfertig und las die regionalen Nachrichten auf dem Handy. Gleich neben der Ankündigung für die nächste Ratssitzung sprang ihr eine Schlagzeile ins Auge: »Taschendiebe in der Weimarer Innenstadt«.

Also doch, dachte sich Adina. Sie hatte schon geahnt, dass die Burschen nicht ganz koscher waren. Adina klickte auf die Medieninformation der Polizei und erfuhr, dass einer tatverdächtigen Jugendgruppe nichts nachgewiesen werden konnte. Wie auch, wenn die das Diebesgut sofort wegbringen, erinnerte sich Adina an die Marktszene. Sie beschloss, die Polizei ein wenig zu unterstützen.

Am nächsten Tag ging sie erst zu Goethe und nutzte weiter die »WeimarCard«. Für Goethe hatte sie zwei Stunden eingeplant. Das war sportlich. Dann wollte sie mit dem Bus zum Schloss Belvedere und in die Fürstengruft. Das Residenzschloss war nicht in der Karte enthalten. Das würde den nächsten Tag in Anspruch nehmen, nach der Anna-Amalia-Bibliothek, die sie für eine Weile gebucht hatte. Sie hoffte, dass danach noch Zeit für einen Spaziergang im Park an der Ilm blieb.

Für den Abend hatte sie sich eine Veranstaltung auf dem Platz vor der Herderkirche ausgesucht, zu der die Akteure des Festivals »Yiddish Summer Weimar«

zusammen mit der »Hochschule für Musik Franz Liszt« eingeladen hatten. Sie feierten ihr Abschlussfest mit vielen Weimarern und Besuchern der Stadt. Adina hatte vor Jahren einmal über das Festival geschrieben und kannte ein paar Leute vom Team.

Sie schaute sich das Programm und das anschließende Treiben auf dem Herderplatz an. Dann entfernte sie sich kurz vom Ort des Geschehens und wählte die Nummer der Polizei.

»Wenn Sie die Bande der Taschendiebe einsammeln wollen – sofort vor der Herderkirche. Ich helfe Ihnen. Sie erkennen mich an einer roten Jacke. In meiner Nähe trägt niemand eine. Ich stehe hinten rechts. Bringen Sie genug Personal mit«, sagte sie zu dem Beamten am Telefon.

Adina erzählte kurz, dass ihr die Bande beim Markttreiben zum Wochenmarkt aufgefallen war und sie im Späti kein gutes Gefühl in der Nähe von zwei der Delinquenten gehabt hatte.

Kurze Zeit später sprach sie ein Mann in Zivil an. »Schön, dass du gekommen bist«, rief Adina aus und machte leise »pst«. Sie beschrieb die Jugendlichen und bewegte ihren Kopf unauffällig in deren Richtung. Dann ging es ganz schnell und ziemlich unauffällig. Diesmal hatten sie das Diebesgut noch bei sich.

Adina beschloss, es fürs Erste bei einem kurzen Ausflug in die Weimarer Klassik zu belassen und nach Annaberg zurückzufahren. Zuvor hatte sie noch ihre Zeugenaussage bei der Polizei gemacht. Weimar war ein zu heißes Pflaster für sie geworden, seit sie die Diebesbande verpfiffen hatte. Keiner wusste, wer zu den festgenommenen sechs jungen Kerlen noch dazugehörte und die Szenerie vielleicht beobachtet hatte. Die Bauhaus-Geschichte und auch den Ettersberg wollte sie sich für spätere Besuche aufheben. Und was die Klassiker betraf, hatte sie noch jede Menge Hausaufgaben zu machen.

11 NUR ENGEL FLIEGEN

MEININGEN

Adina hatte beschlossen, das Wochenende in Annaberg zu verbringen. Irgendwie wollte sie versuchen, mit Oli zu sprechen. Ganz langsam setzte ihr diese Ungewissheit in ihrer Beziehung zu. Sie kündigte ihm ihre Rückkehr über WhatsApp an. Oli antwortete mit Daumen hoch, was sie nicht schlauer werden ließ.

Der Empfang war freundlich, die Stimmung genauso gedrückt wie bei ihrer Abfahrt. Oli machte sich Vorwürfe, weil er die Suche nach der vor fünf Jahren verschwundenen Antonia aufgegeben und sich stattdessen in Adina verliebt hatte. Bei einem Gespräch in der Uniklinik Jena musste Antonia nicht besonders freundlich auf ihn reagiert haben. Er nahm das persönlich, obwohl er sicher nicht der einzige Mann war, auf den sie nach fünf Jahren Gefangenschaft in einem verliesartigen Raum abweisend reagierte.

Beim Abendessen, für das Adina Bratkartoffeln mit Spiegeleiern gemacht hatte, blieb Oli einsilbig. Am nächsten Morgen fragte sie ihn, ob alles vorbei sei und sie zurück nach Berlin gehen solle. »Aber ich liebe dich doch. Und du kannst ja nichts dafür«, sagte er.

»Ich leide wie du«, antwortete Adina. Ihr kam einer der Sprüche ihrer Großmutter in den Sinn: »Zwei Ertrinkende können sich nicht retten.« »Ich versuche, die erste Etappe des Thüringenprojektes nächste Woche in Meiningen abzuschließen. Danach brauche ich erst einmal etwas Abstand, ein paar fixe Aufträge, so wie früher«, sagte Adina.

»Und dafür willst du wieder nach Berlin?« Oli ahnte es.

»Egal, wie du dich entscheidest, ob für oder gegen mich: Antonia wird immer da sein. Du kommst aus dem Dilemma nicht heraus. Solange du glaubst, du bist schuld an ihrem Verschwinden und nicht der Entführer, wirst du keine ruhige Minute mehr haben. Vielleicht solltest du professionelle Hilfe in Anspruch nehmen«, sagte Adina.

»Darüber habe ich bereits nachgedacht, ohne Ergebnis«, antwortete Oli matt, bevor die Stimmung ganz plötzlich umschlug. Fast schon animalisch umarmte er Adina. Sie hatten den heißesten Sex, den es in ihrer Beziehung jemals gegeben hatte.

Am Dienstagmorgen packte Adina ihre Tasche und verstaute ein paar persönliche Dinge in ihrem Auto. Sie wusste nicht, wann sie nach Annaberg zurückkehren würde. Knapp drei Stunden brauchte sie bis Meiningen. Die Autobahnen waren frei, sodass sie noch vor Mittag am Ziel ankam.

Für Adina versprühte die Stadt mit ihrer großen

Schlossanlage einen Hauch von Residenz. Ihr erster Anlaufpunkt war deshalb das Schloss Elisabethenburg. Sie kaufte sich eine Eintrittskarte für das Museum. Die historischen Räume waren prallvoll mit Geschichte des Herzogtums Sachsen-Meiningen. Adina freute sich, dass auch hier eine Verbindung nach Sachsen bestand. So konnte sie ihr Tourismusportal länderübergreifend gestalten.

Der für sie interessanteste Herzog war Georg II., Theaterherzog genannt. Die bekannteste Frau neben Elisabeth als Erbauerin des Schlosses wohl Adelheid, die als Adelaide 1830 Königin von Großbritannien wurde. Adina erfuhr, dass die australische Stadt Adelaide nach ihr benannt war. Eine britische Königin hätte sie in der Meininger Ahnengalerie nicht vermutet. Doch Adelheid stand höchstpersönlich in einem Zimmer des Schlosses und blickte aus dem Fenster. Als verkleidete Puppe, mit ebenmäßigen Gesichtszügen. Adina schoss ein Selfie mit ihr. »Die Meininger haben sie vermutlich schöner dargestellt, als sie in Wahrheit war«, erklärte ihr der Mann, der die Aufsicht im Museum hatte.

»Photoshop hatte halt auch Vorgänger«, meinte Adina. Beide lachten.

Nach dem Rundgang genehmigte Adina sich im Museums-Café eine kunstvoll gestaltete »Eisplatte à la Georg«, die für zwei gereicht hätte. Mit einer guten Aussicht auf die Schlossanlage kämpfte sie sich tapfer durch den Eisberg aus verschiedenen Sorten und genoss die Früchte sowie die Sahneklekse. Das heißt, sie hätte sie genießen können, wenn es nicht zwei Tische weiter so laut gewesen wäre. Alte Damen unterhielten sich beim Kaffeekränzchen über ihre Vorlieben. Eine erzählte ohne Punkt und Komma von den angeblich so wertvollen Goldmünzen, die sie immer kaufe, und was sie bei den großartigen Angeboten schon alles eingespart habe. Die nächste antwortete mit der Feststellung, dass sie einen Apfelbaum gepflanzt habe, also, nicht selbst, der Schwiegersohn hatte ihr geholfen. Warum sie ihr Geld nicht lieber spare, wollte eine andere von der Münzenliebhaberin wissen. »Ich will halt irgendwo dazugehören. Und jetzt gehöre ich zu den Goldmünzensammlern«, sagte die Frau, die am Ende auch die Rechnung beglich. Der Gedanke stimmte Adina nachdenklich. Dazugehören, wollen wir das nicht alle? Wozu gehöre ich eigentlich? Sie hatte noch nicht zu Ende gedacht, als in die Kränzchenrunde Bewegung kam. Ein gut aussehender junger Mann trat an den Tisch, nachdem die Goldmünzenfrau für alle bezahlt hatte, in bar und mit Euro. »Das ist mein Enkel Jonas, für alle, die ihn lange nicht gesehen haben. Er hat sich ganz schön rausgemacht«, sagte die Großmutter. Dem Enkel schien das peinlich zu sein. Eine zarte Röte überzog sein Gesicht. Er nahm der Großmutter ein paar Blumen und Geschenktüten ab, die auf ihren Geburtstag als Anlass für die Zusammenkunft hindeuteten. »Es ist nicht weit zum Auto«, sagte er.

Adinas Blick glitt über die Ahnengalerie des Hessenzimmers, die ohne Bilder geblieben war. Nur Namen und Wappen waren zu sehen. »Die erste Frau des Herzogs war gestorben und ihre Nachfolgerin hatte kein Interesse an diesem Raum. Deshalb blieb er ohne Bilder«, erklärte die Kellnerin. So ist das mit den Vorgängern und Nachfolgern, dachte Adina. Sie unterscheiden sich halt doch. Und dann fiel ihr wieder ein, warum sie aus Annaberg geflohen war. Wegen ihrer kürzlich aufgetauchten Vorgängerin und ihres Lebensgefährten Oli, der nicht wusste, was er wollte, seitdem Antonia so lange Zeit nach ihrem Verschwinden befreit worden war.

Die Zeit reichte noch für das Theatermuseum, in dem es zur vollen Stunde eine Vorführung gab. Zuvor schwärmte der Museumsmitarbeiter von Herzog Georg II., dem Meiningen nicht nur ein weit über die Grenzen Thüringens hinaus bekanntes Theater verdankte. Geradezu euphorisch berichtete er von dessen Talent, Bühnenbilder zu gestalten. »Der Theatervorhang hob sich und im Saal brach Beifall aus, nur wegen des Bühnenbildes«, sagte er.

»Fast wie heute bei manchen Aufführungen mit weißen Wänden und spärlicher Dekoration«, entgegnete Adina.

»Tisch, Stuhl, Wand, das war später bei Brecht«, klärte der Mann auf.

Die Meininger waren dabei, die im Theater eingelagerten Schätze früherer Bühnenbilder zu erhalten. Im Theatermuseum war gerade der III. Akt von Maria Stuart aufgebaut. Der Mitarbeiter erzählte davon, wie der Herzog die Bühnenbilder optimierte, damit sie transportabel waren und mit den Theaterstücken auf Tournee gehen konnten. Dadurch wurde etwas Geld in die Kassen gespült. Die Aufführung der »Johanna von Orleans« war legendär. Allein in Berlin gab es 55 Aufführungen. Der Herzog kümmerte sich höchstpersönlich um die Kostüme. Johannas Helm soll drei Kilo gewogen haben. Adina stellte sich einen so schweren Hut vor. Und den persönlich kämpfenden Herzog, der dafür Fechtunterricht in Paris genommen hatte. Oder die 100 Mimen, die zeitweise gleichzeitig auf der Bühne waren. Sie liebte es, dem Museumsführer zuzuhören und die traumhafte Kulisse zu betrachten, die sie leider nicht fotografieren durfte. Sie erfuhr, dass noch mehr solche Bühnenbilder eingelagert waren, leider alle restaurierungsbedürftig. Statt für Goldmünzen für so etwas Geld ausgeben – da gehört man doch auch irgendwie dazu, dachte sich Adina.

Vom Theatermuseum fuhr Adina in ihr Hotel. Sie hatte die Fronveste ausgewählt, weil sie das einstige Gefängnis interessierte. Übernachten in einer früheren Zelle. Nur noch wenig erinnerte an die Zeit. Da die hauseigene Gaststätte nicht geöffnet hatte, schickte sie der Hotelbesitzer ins »Henneberger Haus«, wo sie fürstlich speiste. Kein Wunder, dass die Jeans spannten, bei dieser leckeren Thüringer Küche, dachte Adina.

Zum Frühstück war sie mit dem Besitzer des Hotels verabredet. Adina wartete bei einem zweiten Kaffee auf ihn. Er entschuldigte seine Verspätung mit einem Ereignis, das sich wenige Tage zuvor bei einem der Knastessen zugetragen hatte. Ein Unternehmen aus Sachsen hatte ein Wochenende in dem historischen Gemäuer gebucht. Höhepunkt war das Knastessen am Samstagabend. Dabei verschwand eine der Mitarbeiterinnen. Man fand sie frühmorgens hinter dem Haus, schwer verletzt. »Keiner weiß, was passiert ist. Sie haben sie gleich in die Uniklinik nach Jena geflogen. Dort liegt sie im Koma«, sagte der Hotelbesitzer.

Bei dem Wort Uniklinik spürte Adina einen Stich in der Brust. Aber es fühlte sich deutlich zarter an als noch vor ein paar Tagen.

Der Hotelbesitzer führte sie durch das Gebäude und anschließend in den uralten Zellentrakt mit seinen dicken Mauern. Dabei erzählte er die wechselvolle Geschichte des Hauses im Schnelldurchgang, von der Ersterwähnung im 14. Jahrhundert und dem Ausbau im 19. Jahrhundert, Untersuchungshaftanstalt oder Gerichtsgebäude, von der Nutzung durch Nazis, Amerikaner, Russen, die Handelsorganisation HO, vom Leerstand kurz nach der Wende, von der Miederwarenproduktion oder der Abfüllung von Rhöntropfen, von seinem Kauf und dem Umbau des Gefängnishofes zur Rezeption. Im Zellentrakt berichtete er, wie ein Knastessen ablief, wie die vermeintlichen Steuerhinterzieher in Reih und Glied antreten mussten und erst einmal eingekleidet wurden, bevor das Essen im Blechnapf serviert wurde. »Ich lasse Sie allein. Sie können alles anschauen und Fotos machen. In etwa 20 Minuten bin ich zurück«, sagte der Besitzer.

Adina schaute sich verschiedene Räumlichkeiten an und betrat das kleine Zimmer mit der Knastbibliothek. Über die ganze Längsseite standen Bücher auf einem Brett. Sie erblickte das Bürgerliche Gesetzbuch, das Zivilgesetzbuch und die Strafprozessordnung neben ein paar wenigen Belletristikbänden, davon einige Krimis.

An der Wand standen mit Stiften geschriebene Sprüche, einige von ihnen mit Bildern illustriert. Die meisten waren ein Schrei nach Liebe oder Sex, drehten sich um Fußball oder kündeten von Personen, die da gewesen waren. Adina las:

»Der Osten stirbt! Hier nicht!« Weiter rechts ein Frauenarzt-Witz.

»Am 28.10.2005 fand meine Hinrichtung statt. Ich heiratete. Roswitha.«

»Wenn kleine Engel schlafen geh'n, dann kann man das am Himmel seh'n. Für jeden leuchtet dann ein Stern, und Deinen seh' ich besonders gern«, hatte Schmoddel für Kay S. hinterlassen.

Adinas Blick fiel immer wieder auf den Satz: »Vergiss es, kein Mensch kann fliegen.« Sie fragte sich, ob der vor dem Fenstersturz hier stand oder nachträglich an die Wand geschrieben wurde.

Adina wollte ein Buch aus dem Regal nehmen. Sie griff nicht nach den fetten Gesetzbüchern und deren doppelt so dicken Erläuterungen, sondern wählte ein unscheinbares Bändchen aus. Es war in Papier mit lauter bunten Schmetterlingen gehüllt und trug keine Aufschrift.

Adina schlug es auf: »Meine verlorenen Jahre«. Der Titel war in zarter Handschrift geschrieben. Adina vermutete ein Buch über die Zeit im Gefängnis von jemandem, der sich alles von der Seele schreiben wollte. Sie blätterte weiter.

»Tagebuch von Evelyne Ilonka Teufel, geboren am 1. April 1972, Mobbing-Opfer, seitdem sie denken kann«.

Adina setzte sich auf die Holzbank mit den Fußfesseln. Sie legte das Buch auf den ein wenig abgeschabten Tisch, an dem die Kollegen vor ein paar Tagen gefeiert hatten, und fing an zu blättern. Alles war handschriftlich, doch trotzdem gut lesbar.

Das Büchlein – eine einzige Anklageschrift. Kein Staatsanwalt an deutschen Gerichten hätte besser formulieren können, was der Frau in 50 Jahren widerfahren war.

Der Leidensweg begann mit der Schule, wo sie wegen ihrer alleinerziehenden Mutter und des über alle Berge gezogenen ungarischen Vaters ein gutes Objekt war. Sie versuchte nachzuzeichnen, wie ein Mitschüler ein Bild von ihr mit Teufelshörnern an die Tafel malte und darunterschrieb: »Male den Teufel nicht an die Wand.«

Auf Arbeit wurde sie ausgegrenzt, Kollegen tuschelten oder wurden plötzlich still, wenn sie den Raum betrat. Ihr wurde regelmäßig der Zugang zu Informationen versperrt, die sie für ihre Arbeit brauchte. Ihr Passwort wurde ohne ihr Zutun geändert. Ein IT-Mitarbeiter fand heraus, dass es plötzlich »Teufelskralle#1« hieß statt der »Evilonka#1«. Eines Morgens lag ein Zettel auf ihrem Schreibtisch: »Den Teufel muss man nicht rufen, er kommt von selbst«, stand darauf. Ein anderes Mal: »Den Teufel kann man nur schwer loswerden.« Oft war es ihr Name, mit dem Kollegen Schindluder trieben. Ein Hufeisen für den Pferdefuß war fast noch das Harmloseste. Die Autorin erzählte von ihren gesundheitlichen Problemen, von Schlaf- und Essstörungen, von depressiven Phasen, von der Furcht, am Morgen zur Arbeit zu gehen, und wie ihr so langsam die Luft ausging.

Adina schaute auf die Uhr und blätterte schneller durch das Büchlein. Nach den grausigen Schilderungen war sie gespannt auf das Ende.

In ihrer jetzigen Firma hatte die Frau anfangs keine Probleme gehabt. Bis jemand dem Chef wilde Geschichten aus ihrem angeblichen Privatleben erzählte. Der letzte Satz war kurz und knapp: »Es reicht!«

Adina hörte den Hotelbesitzer gerade die Tür aufsperren, als das Bild der aus dem Fenster springenden Frau vor ihr aufploppte. »Hieß die Frau, die sich in den Tod stürzte, zufällig Evelyne Ilonka Teufel?«, fragte sie den Hotelbesitzer.

»Woher kennen Sie den Namen?«, fragte der zurück.

Adina drückte ihm das Büchlein in die Hand. »Schauen Sie!« Jetzt musste sich der Hotelbesitzer auf die Bank setzen.

»Was mache ich damit?«, fragte er, nachdem er die Aufzeichnungen kurz durchgeblättert und sein Gesicht alle Farbe verloren hatte.

»Der Mensch ist des Menschen Wolf. Am besten die Polizei anrufen«, antwortete Adina. Sie nahmen das Buch mit nach unten an die Rezeption.

Am Nachmittag ging Adina zum Meininger Parkfriedhof, den sie durch das Eingangsportal mit Staffelgiebeln und einem großen Holztor betrat. Zuerst lief sie durch den Jüdischen Friedhof. 1944 hatte hier die letzte Beisetzung stattgefunden. Adina stellte fest, dass viele der Namen an den Grabsteinen abgeplatzt waren. Ihr fiel der jüdische Grundsatz ein, nachdem ein Mensch erst vergessen war, wenn sein Name verschwunden war. Für Opfer des Nationalsozialismus wurden die umstrittenen Stolpersteine verlegt. Was aber wurde aus den Gräbern ihrer Vorfahren, die keiner mehr pflegen konnte, weil die Kinder ermordet oder in alle Winde zerstreut waren? Adina wollte sich erkundigen, ob es irgendwo preiswerte Lösungen für das Problem gab, die man leicht an andere Orte übertragen konnte. Plexiglasschilder vor den Gräbern, auf denen die Namen und wichtigen Daten standen, konnte sie sich gut vorstellen. Sie wechselte auf den Hauptteil des Friedhofes. Hier hatten verschiedene Persönlichkeiten ihre Gräber, Dichter und Musiker, Adlige und Bauern, Kriegsgefangene und ihre Peiniger. Adina hatte sich den Lageplan abfotografiert, um gezielt nach Prominenten suchen zu können.

Das berühmteste Grab war das des Schriftstellers Ludwig Bechstein. Adina drehte ihr Handy in alle Richtungen. Das Grab musste hier sein. Auf allen Fotos, die sie im Internet gefunden hatte, war eine verwilderte Fläche abgebildet. Zur Entschuldigung wurde erklärt, dass Bechstein Freimaurer gewesen war und es bei den Logenmitgliedern üblich sei, alles so natürlich wie möglich zu belassen. Auch wenn es furchtbar aussah. Stattdessen erblickte Adina einen Stein mit einer weißen Tafel und einem aufgesetzten weißen Kreuz und endlich auch den Namen des Literaten. »Es wurde erst vor Kurzem restauriert«, erklärte ihr ein junger Mann, der auf dem Friedhof arbeitete. Er war die ganze Zeit hinter ihr gelaufen und hatte wegen Adinas fragenden Blicks auf das Handy angehalten.

Neugierig fragte er Adina, wo sie herkam und warum sie in Meiningen war. Sie überlegte kurz und antwortete mit »Berlin« und dass sie gerade auf der Durchreise sei. Dann zeigte er auf den jüdischen Friedhof und empfahl ihr den Besuch. Adina sagte ihm, dass sie von dort komme und die Meininger doch dafür sorgen sollten, dass sie die Namen ihrer Juden erhielten. Sie wusste nicht, ob der junge Mann ihren Wunsch verstanden hatte. Er verabschiedete sich und ging zum Verwaltungsgebäude.

Nicht weit entfernt stand ein älterer Mann, der sie die ganze Zeit beobachtet hatte. Sie fragte ihn nach dem Grab von Rudolf Baumbach, in dessen früherem Haus sich das Literaturmuseum befand. Seine Gedichte waren weitgehend in Vergessenheit geraten, nur eine der Vertonungen wurde von Chören mit grauhaarigen Tenören gern gesungen: »Hoch auf dem gelben Wagen«. Der Mann zeigte auf ein rot-weißes Flatterband. Ein Schild wies auf die Restaurierung des Steines hin. Adina würde also nicht erfahren, welche Verse auf der Grabplatte standen. »Sie können auf den Spuren von Rudolf Baumbach wandern oder eine Art Schnitzeljagd durch die Stadt unternehmen. Das Team vom Baumbachhaus hat immer gute Ideen«, sagte der Mann.

Adina verabschiedete sich und lief den Berg weiter nach oben bis zur Grablege von Herzog Georg II. und seiner Gemahlin. Rechts vom Weg war ein Baldachin aufgebaut, unter dem gerade eine Trauerfeier stattfand. Andrea Bocelli und Sarah Brightman sangen »Time to Say Goodbye«. Die Konserve klang ein wenig nach Blecheimer. Aber das konnte mit ihrem Standort am Hang zu tun haben, denn Leonard Cohens »Hallelujah« war akustisch nicht besser.

Vom Friedhof aus ging Adina durch den Englischen Garten zum Theater und studierte den Spielplan. Sie konnte sich entscheiden zwischen mehreren Aufführungen. Gespielt wurden »Das hässliche Entlein« von Hans Christian Andersen, »Die Welle« von Morton Rhue und »Die tote Stadt« von Erich Wolfgang Korngold.

Für Wagners »Tannhäuser« mit seinem Sängerkrieg hätte sie auf die Wartburg fahren müssen. Doch Eisenach hätte sie zu sehr an die Drachenschlucht und das plötzliche Ableben eines gewalttätigen Ehemannes erinnert.

Sie beschloss, sich am nächsten Abend die multimediale Schau »Spiel der Illusionen« anzusehen, bei der es um die Bühnenbilder des Herzogs ging. An der Kasse kaufte sie ihre Eintrittskarte.

Am nächsten Tag fuhr sie nach Jerusalem. In ihren Blog postete Adina Selfies von sich mit dem Ortseingangsschild. Ein paar Tage später löste sie das Rätsel auf, denn viele hatten sie tatsächlich in Israel vermutet. Dabei war Jerusalem ein Stadtteil von Meiningen, mit einem Fledermausturm, einem Gymnasium, dem Behördenzentrum, vielen Neubauten und kleinen Gaststätten. Nach dem Mittagessen in einer Art Bauarbeiterkantine blieb ihr noch Zeit für das Literaturmuseum, bevor sie ihren Meiningenaufenthalt mit dem Theaterbesuch abschloss.

Beim Auschecken am nächsten Morgen traf sie den Hotelbesitzer an der Rezeption. Er erzählte ihr von dem Gespräch bei der Polizei, die das Mobbingbuch behalten hatte. »Die meisten Dinge sind eh verjährt. Jetzt ist entscheidend, was mit der Frau wird, ob sie den Sturz übersteht«, sagte er. Sie lag immer noch in Jena, der Zustand unverändert.

Adina verabschiedete sich und brach in Richtung Berlin auf. Zu Hause würde sie den ersten Abschnitt ihres Thüringen-Projekts abschließen und sich eine kleine Auszeit gönnen, wieder mehr durch die Republik touren, Konzerte und Festivals besuchen, tagesaktuell schreiben, Fotos verkaufen. Mit zwei Zeitungen hatte sie bereits Vorgespräche geführt. Und sie hatte sich für ein Konzert akkreditieren lassen. Dass es gerade in Jena war, hatte fast schon masochistische Züge. Vielleicht wollte sie sich der neuen Realität stellen, Antonia besuchen. Sie wusste es noch nicht.

12 LET THERE BE ROCK

JENA

VON ROLAND SPRANGER

… Oh, let there be rock!

Adina lief mit ihren Earbuds in »Mystic Red« und dem Song von den »Kings of High Voltage« durch die sonnigen Straßen Jenas. Sie war nicht das erste Mal in der Universitätsstadt, um in der Kulturarena abzurocken. Abzujazzen. Abzuhiphopen. Oder irgendetwas zu machen, wofür es keinen Namen gab. Das lief dann meist unter dem Etikett »Weltmusik«.

Mit einer Kommilitonin war sie als Studentin bei »Giant Sand« gewesen. Die großartige Band um Howe Gelb noch verstärkt von mexikanischen Bläsern und Background-Sängerinnen. Das schöne T-Shirt war dann leider eingegangen, nachdem sie es zu lange im Schrank liegen gelassen hatte, ohne mit ihm zu sprechen. Bei »CocoRosie« war sie allein gewesen. Allerschönste Pop-Avantgarde im strömenden Dauerregen. Durchnässt bis auf die Unterwäsche. Daraufhin war sie nackt mit dem Auto nach Hause gefahren und prompt in eine

Polizeikontrolle gekommen. Da hatten die Beamten aber Augen gemacht. Mit Clemens hatte sie nach dem »Fink«-Konzert noch das »Kassablanca« besucht. Einen der schönsten Clubs weltweit. Von der Metallempore hatten sie sich die hochenergetischen Major Parkinson angehört. Sie mochte norwegische Bands. Clemens nicht. Anschließend hatten sie sich getrennt.

Wie auch immer:

Die Stimmung vor dem Theaterhaus Jena auf den Rängen des temporalen Amphitheaters oder davor als Steh-Fan war wunderbar. Umweht von Musik und dem Duft von Thüringer Bratwurst. Mit einem Bier in der Hand. Die Musik weitete sich nach draußen aus, wo überall Studenten und erst recht Studentinnen auf Wiesen und Freiflächen saßen, um zwischen ein paar Musikfetzen miteinander abzuhängen.

Erst nach einigen privaten Besuchen war sie auf die Idee gekommen, die Eintrittskarten nicht mehr selbst zu bezahlen, sondern sich als Journalistin akkreditieren zu lassen. Und seither war das Wohlfühlprogramm perfekt: geniale Konzerte für lau, mittelprächtige Bezahlung für Beiträge in verschiedenen Magazinen und Tageszeitungen, außerdem Zutritt in den VIP-Bereich. Und nach der Show noch absacken mit den Musikern bei der Aftershow-Party.

Heute war aber schon besonders.

Sie war auf der Aussichtsplattform des JenTowers zu einem Interview verabredet. Oder in der »Keksrolle«, wie die Einheimischen das Hochhaus wegen seiner runden Form nannten. Mit seiner Rundumverglasung und der Höhe von 144,5 Metern prägte es weithin das Stadtbild. Und wenn man davorstand, sah es aus wie ein Wolkenkratzer in Manhattan, bloß ohne New York außenrum. Okay, wie ein kleiner Wolkenkratzer, auf den man von den erwachsenen Wolkenkratzern herunterschaute. In Jena schaute man vom Tower auf den 75 Meter hohen achteckigen Turm von St. Michael, der für Touristen mit Höhenangst auch schon eine Herausforderung darstellte.

Heute war Adina örtlich und journalistisch »on the top«. Sie traf sich auf der Aussichtsplattform des Jen-Towers mit einem echten Star. Jan Fetzer, dem Gitarristen und Sänger von »BIRCH BARK BOX«. Natürlich hatte sie keine Probleme, ihn sofort zu erkennen, als sie in die Außengastronomie des Tower-Restaurants trat. Seine langen silberblauen Haare wehten im Wind, als wäre der Musiker gerade eben einem Manga entstiegen.

Kein Wunder, dass »BIRCH BARK BOX« so megaerfolgreich in Japan sind, dachte Adina.

Sie winkte. Jan Fetzer lächelte und rückte einen der Gartenstühle zurecht. Sie setzten sich.

»Hi«, sagte Adina. Sie konnte sich in seiner Sonnenbrille lächeln und mit dem Kopf nicken sehen. Er verzog seine Lippen zu einem Grinsen, aber so, dass nur ein Mundwinkel mitmachte. Ihr fiel natürlich keine Frage ein, mit der sie ins Haus platzen konnte, und er genoss es. Schaute durch das Sicherheitsglas nach unten. Sie folgte seinem Blick.

»Wissen Sie, was mir an Jena gefällt?«, fragte er schließlich.

Zuerst dachte sie, dass er nur eine Jan-Fetzer-Kunstpause machte, aber er erwartete wirklich eine Antwort.

Fuck! Woher sollte sie wissen, was ihm gefiel? Die ganze Stadt war voller Sehenswürdigkeiten. Trotzdem schien er eine Antwort zu erwarten. Na klar: Rockstar! Alles für eine Reaktion und ein bisschen Aufmerksamkeit.

»Nein«, antwortete Adina schließlich und kam sich dämlich dabei vor.

Jan Fetzer blickte sie noch eine Weile an, bis er sagte: »Es gibt hier einen Bahnhalt, der ›Paradies‹ heißt.«

Sie nickte und lachte fleißig: »Ja, das ist witzig. *Paradies*. Ist nach dem angrenzenden Park benannt. Mir gefällt am besten, wie Jena eingebettet zwischen den Hügeln liegt. Oder sind es Berge? Vielleicht sind es auch Höhenrücken? Einer davon leuchtet jedenfalls rot im Sonnenuntergang.«

»Ich merke schon ... Sie legen nicht so viel Wert auf die Schublade, in die Sie eine Erhebung stecken.«

»Das ist nicht schlecht, oder?«

»Das ist cool. Dann können Sie vielleicht auch über Musik schreiben. Die meisten Musikredakteure können das ja nicht, weil sie ständig was bewerten müssen. Mich interessiert so ein langweiliger deutscher Beamten-Bullshit nicht.«

Adina hatte eine Idee, in welche Richtung das Interview gehen würde, und genau so kam es. Jan Fetzer haute ein amtliches Rockstar-Zitat nach dem anderen raus:

»Wenn du immer die Wahrheit sagst, hast du vielleicht nicht viele Freunde, aber die richtigen.«

»Das Leben ist zu kurz, um Dinge zu tun, die man nicht gerne tut.«

»Musik ist die stärkste Form von Magie.«

Als sie die Aufnahme mit einem lässigen Druck auf das Smartphone beendete, wusste Adina, dass das Konzert am Abend besser werden würde als das Interview.

Zurück in ihrer Ferienwohnung in der Nähe des Universitätsklinikums, hüpfte Adina erst mal unter die Dusche. Psychohygiene war genauso wichtig wie Körperhygiene. Rockstars, VIPs und Politiker möglichst so schnell runterduschen, wie es ging. Dekontaminieren und die Poren wieder öffnen. Dann eincremen, Haare bürsten und andere entfernen. Dabei eine Folge »King of Queens« unachtsam verfolgen. Plötzlich klingelte das Handy.

»Adina.«

»Hier ist Jan Fetzer.«

»Ist Ihnen noch eine wichtige Botschaft eingefallen?«

»Mir wurde eine Gitarre geklaut.«

»Das ist natürlich Scheiße! Haben Sie nur eine?«

»Ich habe zu Hause einen ganzen Raum nur für meine Gitarren. Und auf Tour habe ich immer mindestens fünf oder sechs Stück dabei.«

»Dann ist der Auftritt heute Abend ja nicht gefährdet.«

»Es handelt sich um ein besonderes Instrument. Eine Fender Stratocaster, die mir Kirk DiAmato geschenkt hat. Also der Gitarren-Gott persönlich. Er sah in mir seinen legitimen Nachfolger, und die Fender ist mein Erbstück.«

»Das macht sie natürlich außergewöhnlich.«

232

»Außerdem hat sie magische Kräfte.«

»Magische Kräfte?«

»Ja, sie spielt sich besonders. Der Klang verzaubert die Zuhörer ... aber das führt jetzt zu weit. Genau genommen wurde die Gitarre auch nicht gestohlen, sondern entführt.«

»Ich versteh jetzt nur noch ›Bahnhof Jena Paradies‹.«

»Sie wird mir gegen eine entsprechende Zahlung zurückgegeben.«

»Haben Sie schon die Polizei informiert?«

»Wenn die Polizei am Abgabeort des Lösegelds auftaucht, wird die Gitarre sofort zerstört.«

»So was sagen Entführer immer.«

»Apropos: Er will, dass Sie das Lösegeld überbringen. Also der Entführer.«

»Ich?«

Adina atmete aus. Ein Gemisch aus Auflachen und Seufzen.

»Vermutlich wurden wir während des Interviews auf dem JenTower beobachtet«, sagte Jan Fetzer.

»Was muss ich tun?«

»Ich bring Ihnen einen Rucksack vorbei. Darin befindet sich, was der Entführer haben will.«

»Woher wissen Sie, dass es nur einer ist?«

»Oder die Entführer.«

»Und dann?«

»Dann warten wir auf Anweisungen.«

Adina wartete auf den Anruf des Guitarnappers. Komisches Gefühl, dass ein Krimineller ihre Telefonnummer hatte. Immer wieder fiel ihr Blick auf den kleinen schwarzen Rucksack, der für Bargeld in Millionenhöhe sicher nicht groß genug war. Adina öffnete den Rucksack. Eine längliche hölzerne Kassette, an deren Verschluss ein Vorhängeschloss angebracht war. Irgendwas klapperte, als sie den Rucksack schüttelte. Hört sich nicht nach Papiergeld an, dachte sie.

Das Smartphone klingelte.

»Adina.«

»Hallo, Adina.«

Die tiefe Stimme eines Mannes. Vielleicht von einer App künstlich verzerrt.

»Du bist also die Botin, die Fetzer ausgesucht hat.«

Aha, dachte Adina. Jan Fetzer hat auch ein entspanntes Verhältnis zur Wahrheit.

»Und du bist der psychopathische Gitarren-Räuber, nehme ich an?«, fragte Adina.

»Ich hol mir nur zurück, was mir gehört.«

»Wow, also ein Krimineller in wohltätiger Mission. Sie heißen aber nicht zufällig Robin Hood?«

»Das ist nicht witzig. Bloß mal als Rückmeldung für den Fall, dass es komisch sein sollte. Ich sag dir jetzt, was du zu tun hast: Geh runter zu ›Fritz Mitte‹ am Johannisplatz. Kennst du das?«

»Natürlich kenne ich das. Da gibt's die besten Fritten in unserer Republik.«

»Sehr gut für dich, wenn sie dir schmecken. Bestell eine große Portion Pommes mit Parmesan-Rosmarin-Dip.«

»Ich steh eigentlich mehr auf den Honig-Limone-Dip.«

»Du nimmst den Parmesan-Rosmarin-Dip.«

Danach unterbrach ihr erpresserischer Gesprächspartner das Telefonat. Vielleicht befürchtete er, dass das Gespräch zurückverfolgt werden könnte, aber wie sollte Adina das schon machen? Dass Journalisten Gespräche mit Hilfe irgendwelcher Nerd-Freunde zurückverfolgten, kam nur in Hollywoodfilmen vor.

Adina schnallte den Rucksack um und verließ die Ferienwohnung. In der Wagnergasse drehte sie sich um. Wenn Adina als Täter eine Lösegeldübergabe organisieren müsste, würde sie auf jeden Fall dafür sorgen, dass die Botin unter Beobachtung stand, um sicher zu sein, dass sie keine Zivilbullen oder andere unangenehme Überraschungen im Gepäck hatte. Aber in den vielen Cafés, Restaurants und Bars der Wagnergasse war am Nachmittag natürlich bereits Hochbetrieb, und die vielen durchschnittlich aussehenden Flaneure konnten tatsächlich einfach einen Platz in der Außengastronomie suchen.

Sie steuerte, ohne sich ein weiteres Mal umzudrehen, auf den achteckigen Pavillon zu, den in Jena jeder kannte. »Fritz Mitte«. Gut erkennbar auch an der Menschenschlange, die davor auf ihre Fütterung wartete. Adina stellte sich artig an. Und kam schnell an die Reihe. Das Team von »Fritz Mitte« war gut eingespielt und verstand sein Geschäft.

»Eine große Portion Pommes mit Parmesan-Rosmarin-Dip.«

Adina bekam die Tüte, stellte sich etwas abseits und aß fleißig die Fritten. Ich bleibe dabei, Honig-Limone wäre mir lieber, dachte sie. Vielleicht probiere ich auch mal Aioli-Zitro. Sie stieß auf etwas Hartes. Als sie mit der Holzgabel gezielt durch den Dip stieß, war es immer noch hart – raschelte aber.

Adina aß noch ein paar Pommes, die im Weg waren. Dann fischte sie mit der Gabel einen kleinen, parmesan-rosmarin-verschmierten Plastikbeutel aus der Soße.

»Das wird auf jeden Fall eklig«, sagte sie zu sich selbst. Sie versuchte, mit Hilfe einer Serviette den Beutel zu öffnen, ohne sich die Finger mit dem Dip einzuschmieren, aber natürlich passierte genau das. Adina verlor die Geduld: Sie warf die Serviette weg und öffnete den Beutel mit bloßen Händen.

Ein Fahrradschlüssel mit einem Zettel daran.

Adina reinigte sich die Finger mit einem Hygienetuch, wie sie es seit der Pandemie immer einstecken hatte. Sie rubbelte wild. Roch an den Fingern und verdrehte die Augen. Den Kombigeruch von Pommes mit Parmesan-Rosmarin-Dip kriegst du einfach nicht weg.

Auf dem Zettel stand: »Altes Peugeot-Fahrrad am Johannistor.«

Sie überquerte die Straße, ohne überfahren zu werden, und ging schnurstracks durch das alte Stadttor im Turm. Als Studentin in Jena hätte sie das auf keinen Fall machen dürfen, weil man sonst durch die nächste Prüfung fiel. Aber sie hatte ja keine Prüfung, sondern spielte ein bisschen Schnitzeljagd mit einem Irren.

Adina sah das Fahrrad, das an eine Laterne angekettet war. Sie sperrte das Schloss auf. Ihr Handy klingelte.

»Sehr schön: Du hast das Fahrrad gefunden.«

»Meine Hände riechen nach Fritten mit Parmesan-Rosmarin-Dip.«

»Ich hoffe, Fetzer bezahlt dich gebührend. Fahr zum Ernst-Abbe-Sportfeld.«

»Das ist da, wo Carl Zeiss Jena spielt, oder?«

»Genau. Nimm den Weg über die Fußgänger- und Fahrradbrücke im Süden des Parks. Paradies. Und halte beim USV-Bierwagen. Do you copy?«

»Ich hab's verstanden.«

»Und vergiss nicht, dein Handy in den Briefkasten der Sparkasse zu werfen, bei der du gerade stehst.«

»Geht's noch? Das ist kein Handy: Das ist mein Büro. Ohne das Ding kann ich verdammt noch mal nicht arbeiten!«

»Wenn es im Briefkasten einer Sparkasse liegt, hast du gute Chancen, es zurückzukriegen.«

Gespräch weg. Scheiße. Adina atmete einmal kräftig durch. Dann ging sie auf den Briefkasten der Sparkasse zu und warf ihr Smartphone ein. Bye-bye. Augenblicklich fühlte sie sich nackt.

Sie stieg aufs Fahrrad und fuhr Richtung Süden. Vorbei an der Kulturarena und dem Theaterhaus, wo heute Abend »BIRCH BARK BOX« spielen sollte. Das würde auf jeden Fall stattfinden. Jan Fetzer hatte ja noch ein paar Gitarren und Dollar mehr in der Hinterhand. Aber sie war so doof, sich auf eine so undurchsichtige Scheiße einzulassen. Warum eigentlich, Adina, fragte sie sich, aber sie kannte die Antwort: immer auf der Jagd nach einer guten Story und ein bisschen Nervenkitzel. Als sie durch den südlichen Teil des Volksparks fuhr, wiesen ihr bereits die Flutlichtmasten des Ernst-Abbe-Sportfelds den Weg. Sie überquerte eine Brücke über die Saale und hielt gleich danach am Platz vor dem USV-Bierwagen.

Im Bierwagen stand ein stämmiger Rothaariger in einem blauen USV-Trikot neben dem großen Poster einer USV-Fußballerin und trocknete tiefenentspannt einen Willibecher mit einem Geschirrtuch.

»Ah, Sie sind die Dame mit dem Peugeot-Rad«, sagte er zwinkernd.

»Sie kennen mich?«

»Na klar, wegen Ihnen habe ich heute früher aufgemacht.«

Er griff hinter sich und legte ein Mobiltelefon auf die Verkaufsfläche.

Adina schüttelte ungläubig den Kopf.

Arbeitet der Irre mit allen Imbissbuden der Stadt zusammen, fragte sie sich.

Sie stapfte nach vorne und schnappte sich das Handy.

»Noch ein Bier gefällig?«, fragte der Wirt.

Nötig hätte sie es ja, aber bevor Adina »Ja!« sagen konnte, klingelte das Handy.

»Adina.«

»Das hast du bisher sehr gut gemacht. Und anscheinend hast du auch niemanden als Blinden Passagier an dir kleben.«

»An mir klebt nur der Pommes-Geruch.«

»Sehr gut, dann bleibst du jetzt weiter Solistin – dann passiert auch der netten Gitarre nix. Komm zu mir.«

»Wo soll ich denn hin?«

»Mit dem Fahrrad wird das sehr anstrengend. Stell es ab. Und geh zu dem pinkfarbenen Dacia.«

»Echt jetzt? Ich hatte mit einem Trabant gerechnet.«

»Der Schlüssel liegt auf dem linken Hinterreifen.«

Und so war es. Adina öffnete das Auto, setzte sich hinein, und noch bevor sie den Schlüssel ins Zündschloss stecken konnte, klingelte das Telefon erneut.

»Fahr nach Cospeda!«

»Und du meinst, die Mühle schafft es da hoch? Die wird ja nur noch von der pinkfarbenen Lackierung zusammengehalten.«

»Wenn Napoleon es schaffte, über Nacht seine Kanonen da hochzubringen, um dann mit entsprechendem Wumms die Schlacht bei Jena zu beginnen, wirst du auch irgendwie hochkommen.«

»Er war ja auch nicht allein.«

»Wer?«

»Napoleon.«

»Wir treffen uns an seinem Stein. Ich hab dir die GPS-Koordinaten voreingestellt. Dein Luxusauto hat sogar ein Navi. Stell das Auto vor dem ›Museum 1806‹ ab und leg den Schlüssel wieder auf den Reifen. Den kleinen Spaziergang über den Napoleonpfad zum Napoleonstein schaffst du gemütlich in einer Viertelstunde. Hast ja nur leichtes Gepäck.«

Sie lief auf dem Napoleonpfad durch das Naturschutzgebiet auf dem Windknollen, einem kahlen Berg aus Muschelkalk. Über ihr zog ein Rotmilan seine Kreise. Die Kurzgrasvegetation erinnerte Adina an die Prärie aus Wildwestfilmen, über die ständig die einsamen Cowboys in den Sonnenuntergang ritten. Den einsamen Mann, der ihr auf der Bank den Rücken zuwandte, konnte sie schon von Weitem sehen. Neben ihm lehnte in etwa fünf Meter Entfernung eine E-Gitarre am Napoleonstein, einem schlichten Quader mit Inschriften. Auf die Gitarre war etwas montiert, das wie ein WLAN-Router aussah. Ein bisschen entfernt stand ein E-Mountainbike, das sich hier mitten in der Prärie gut in einem Werbeprospekt gemacht hätte. Adina nahm den Rucksack ab und setzte sich neben den Kerl auf die Bank.

»Bestimmt noch frei«, sagte sie.

»Ja. Die Aussicht ist super.«

»Sie sind also der psychopathische Gitarrenentführer?«

»Sie sind also die frustrierte Journalisten-Bitch?«

»Wissen Sie, was eine Journalistin auszeichnet? Recherche und gutes Gedächtnis! Deshalb habe ich Sie sofort erkannt. Und weil Jona ein Riesen-Fan von Ihnen ist.«

»Wer ist Jona?«

»Der Sohn einer Freundin. Sie sind Boris Belov. Der Schlagzeuger der ›BIRCH BARK BOX‹.«

»Ex-Schlagzeuger. Ein wichtiger Unterschied. Die anderen wollten mich übers Ohr hauen, aber jetzt hole ich mir zurück, was mir gehört.«

Adina schüttelte den Rucksack.

»Und das ist hier drin.«

»Ja.«

»Es ist kein Geld.«

»Es sind vergoldete Drumsticks, die mir Bill Bullfrog geschenkt hat. Der Schlagzeug-Gott. Fetzer wollte sie nicht rausgeben, nachdem er das Schloss im Proberaum gewechselt hatte.«

»Warum gab es eigentlich die Trennung? Die berühmten musikalischen Differenzen?«

»Mit Fetzer hält es ja niemand längere Zeit in einer Band aus. Ich konnte die ganzen abfälligen Schlagzeuger-Witze einfach nicht mehr hören.«

»Oh, shit! Und ich fall auf so einen Kindergarten rein.«

»Die Drumsticks haben einen emotionalen Wert für mich!«

»Ich hab's schon verstanden. Und was ist an der Gitarre angebracht?«

»Ein kleiner Sprengsatz. Ich kann ihn mit dem Handy deaktivieren.«

»Ich werde ihn auf keinen Fall abmontieren.«

»Das kann ich machen. Jetzt würde ich gerne die Sticks sehen.«

Adina zog am Reißverschluss, kramte im Rucksack und holte die Holzkassette heraus. Belov öffnete erst das Vorhängeschloss und dann den Deckel. Überglücklich lächelte er zwei vergoldete Drumsticks an, die im Sonnenlicht leuchteten.

»So schön.«

»Ja, sehr schön. Jetzt hätte ich gerne die Gitarre.«

»Augenblick. Ich entschärfe sofort den Sprengmechanismus.«

Belov holte sein Handy aus der Hosentasche. Fingerabdruck, dann wischen. Drücken. Er zögerte. Drückte noch mal.

»Ach, Scheiße, das war der falsche Button.«

Adina warf einen kurzen Blick auf die Gitarre. Dann schrie sie aus vollem Hals, drückte Boris Belov nach vorn, landete auf dem Boden und machte sich möglichst flach.

Ein ohrenbetäubender Knall. Eine Druckwelle bretterte über sie. Kleine Splitter landeten auf Adinas Rücken. Sie hob den Kopf. Von der Gitarre war nichts mehr übrig.

Sie stand auf.

Belov stöhnte.

Adina packte die Holzkassette mit den Drumsticks in den Rucksack.

»Lösegeld gibt es natürlich nicht, wenn die Geisel tot ist. Ein E-Bike ist übrigens ein sehr cleveres Fluchtfahrzeug.«

Adina hob das E-Bike auf und fuhr los. Durch die Prärie. Und dann eine steile Abfahrt hinunter nach Jena.

In einem Paketshop verschickte sie die Drumsticks an Jona. Der würde sich freuen. Er wusste ja nicht, was für ein Idiot sein Lieblingsdrummer war.

»BIRCH BARK BOX« stand an der Bühne der Kulturarena. Die untergehende Sonne spiegelte sich leuchtend orange in den Scheiben des JenTowers. Laute Gitarreneffekte und groovige Basslinien wehten weit durchs abendliche Jena.

Zwischen den Songs sagte Jan Fetzer irgendwann: »Heute ist eine meiner Gitarren gestorben. Die kann keiner mehr reparieren. Dieser Song ist für die Frau, die versuchte, sie zu retten.«

Und dann rockte die Band los.

Er ist ein Arsch, dachte Adina, aber egal.

Und dann rockte sie auch.

Sie spürte die Bässe im Bauch, die Füße ganz leicht.

Abheben. Lichter flackern unter den Lidern.

Das sind keine Scheinwerfer, dachte Adina.

Und dann Schwarz.

Das Licht schiebt sich nach vorne und bringt die Sinne mit.

Ich liege, denkt Adina.

Sie schaut an sich herunter.

Ich bin verkabelt. Schaut aus wie in Matrix.

Eine Frau beugt sich über sie.

»Der Herr Doktor ist gleich bei Ihnen.«

Die Frau verschwindet wieder. Sie hat es eilig.

Scheiße, ich bin im Krankenhaus, denkt Adina. Irgendwas ist mit mir passiert. Irgendwas ist mit mir. Ich war weg.

»Hallo, Frau Pfefferkorn!«

Aha, der Arzt. Schaut nicht aus wie in den Serien.

»Wie fühlen Sie sich?«

»Keine Ahnung, aber immerhin bin ich ansprechbar.«

»Ja. Sehr gut.«

»Was ist mit mir passiert?«

»Sie sind während eines Konzerts kollabiert, wir können aber einen Herzinfarkt und einen Schlaganfall ausschließen.«

»Okay. Woran lag es dann?«

»Haben Sie heute genug getrunken?«

»Verdammt, ich hätte das Bier am USV-Bierwagen nehmen sollen.«

»Alkohol ist in Ihrem Zustand natürlich nicht ratsam. Schon kleine Mengen können das Kind schädigen. Der Fötus trinkt mit.«

»Soll das heißen, ich bin schwanger?«

»Wussten Sie das nicht? Herzlichen Glückwunsch.«

»Scheiße.«

DANKSAGUNG

Ich danke allen, die mit mir die schönsten Orte Thüringens bereist haben, die mir Rede und Antwort standen, die mich an versteckte oder weniger bekannte Orte geführt haben. Ein besonderer Dank gilt meiner Familie, die in drei Generationen Tatorte mit mir getestet und die eine oder andere kriminelle Idee beigesteuert hat. Ihr seid richtig toll!

Ich danke Roland Spranger, der allen Widrigkeiten zum Trotz Brainstorming mit mir betrieben und zwei Super-Texte beigesteuert hat. Die Zusammenarbeit macht einfach Spaß!

Ich danke meiner Freundin Sally Ido, die mich zumindest virtuell begleitet hat, und dem Jazz-Drummer Yogev Shetrit, dessen Musik meine Kreativität beflügelt hat.

Ich danke dem Team vom Gmeiner-Verlag dafür, dass es an mich glaubt, und insbesondere meiner Lektorin Teresa Storkenmaier, die so manchen Lapsus entdeckt hat.

Danke auch allen Probelesern und denen, die bei der Korrektur des Manuskriptes geholfen haben, insbesondere Siegmar Schmutzler.

Ohne Euch alle wäre mein Leben ärmer.

*Weitere Titel finden Sie auf den
folgenden Seiten und im Internet:*

WWW.GMEINER-VERLAG.DE

Alle Bücher von Petra Steps:

Mörderisches Erzgebirge
ISBN 978-3-8392-2095-5

Mörderische Prachtbäder
ISBN 978-3-8392-2234-8

Mörderisches Vogtland
ISBN 978-3-8392-0059-9

Mörderisches aus Sachsen
ISBN 978-3-8392-0057-5

Mörderisches Türingen
ISBN 978-3-8392-0396-5

Vogtland hoch vier
ISBN 978-3-8392-1872-3

Kurbäder im Herzen Europas
ISBN 978-3-8392-2418-2

**Glück Auf –
Oje du fröhliche**
ISBN 978-3-8392-2528-8

Mords-Sachsen 1
ISBN 978-3-89977-718-5

Mords-Sachsen 2
ISBN 978-3-89977-753-6

GMEINER SPANNUNG

WWW.GMEINER-VERLAG.DE
Wir machen's spannend

Katharina Eigner
Diva del Garda
Gardasee-Krimi
281 Seiten, 13,5 x 21 cm,
Premium-Klappenbroschur
ISBN 978-3-8392-0348-4
€ 16,00 [D] / € 16,50 [A]

Haus verloren, Herz gebrochen: In Riva am Gardasee
rappelt sich Restauratorin Rosina wieder auf.
Ab jetzt residiert sie im Wohnmobil, und zwar solo. So-
weit der Plan. Aber dann überfährt sie beinahe Mario,
den gutaussehenden Ex-Kardinal, und wirft ihre Vorsät-
ze schnell über Bord. Ihre Camper-WG entwickelt sich
rasch zur Arbeitsgemeinschaft, denn ein Kunstwerk hat
den Besitzer gewechselt. Rosina will das Gemälde auf-
spüren und schaltet in den Ermittler-Modus.
Freie Fahrt für die Diva del Garda!

GMEINER SPANNUNG

WWW.GMEINER-VERLAG.DE
Wir machen's spannend

Anne Nørdby
Rot. Blut. Tot.
Thriller
512 Seiten, 13,5 x 21 cm,
Premium-Klappenbroschur
ISBN 978-3-8392-0430-6
€ 17,00 [D] / € 17,50 [A]

»Da war der Wolf. Er kam jede Nacht. Nebelgrau, mit
gelben Augen und mächtigen Pfoten. Er konnte seine
Krallen durch den Stoff seines Hemdes spüren. Sie
drangen in ihn ein. Der ganze Wolf drang in ihn ein …«

Nach 30 Jahren Haft kehrt ein entlassener Mörder
in seine alte Heimat auf die Insel Møn zurück. Alle
wissen, was der „Wolf von Møn" damals getan hat.
Als Leichen mit brutal auseinandergerissenen Kiefern
auftauchen, beginnt für die Super-Recognizerin Marit
Rauch Iversen und ihre Kollegen von der Kopenhage-
ner Mordkommission eine Menschenjagd.

GMEINER SPANNUNG

WWW.GMEINER-VERLAG.DE
Wir machen's spannend

Uwe Ittensohn
Winzerblut
Kriminalroman
352 Seiten, 12,5 x 20,5 cm,
Paperback
ISBN 978-3-8392-0427-6
€ 16,00 [D] / € 16,50 [A]

Vor dem Neustadter Saalbau stirbt auf bizarre Weise
ein Student. Zunächst sieht alles nach einem Unfall
aus – eine tödliche Mischung aus jugendlicher Aus-
gelassenheit, Leichtsinn und zu viel Alkohol. Haupt-
kommissar Achill will den Fall schnell schließen. Doch
Privatschnüffler André Sartorius und Oberkommis-
sarin Bertling ermitteln auf eigene Faust entlang einer
mysteriösen Blutspur weiter. Sie dringen in die Geheimnisse des Weinbaus vor und stoßen auf ein weiteres
ungewöhnliches Verbrechen.

GMEINER SPANNUNG

WWW.GMEINER-VERLAG.DE
Wir machen's spannend

Martina Parker
Aufblattelt
Gartenkrimi
458 Seiten, 13,5 x 21 cm,
Premium-Klappenbroschur
ISBN 978-3-8392-0326-2
€ 18,50 [D] / € 19,00 [A]

»Hast schon gehört?«

»Was meinst?«

»Na die Sache mit dem jungen Grafen.«

»Was ist mit dem? Jetzt sag schon.«

»Er heiratet ein Mädchen von hier. Isabella Kirnbauer.«

Jeder im Bezirk wusste, wer der Isabella ihr Vater war.
Der alte Säufer. Und ihre Großmutter – über die sprach
man besser gar nicht. Das ist ja wie in der »Neuen
Post«. Nur besser, weil man im Südburgenland ist und
die Leute persönlich kennt. Und dass dann die Gegen-
braut auf der Hochzeit Blut spuckend zusammenbricht,
ist erst der Anfang der Katastrophe ...

GMEINER SPANNUNG

WWW.GMEINER-VERLAG.DE
Wir machen's spannend